後宮に星は宿る

金椛国春秋

篠原悠希

角川文庫
20115

後宮に星は宿る

金椛国《きんかこく》春秋

おもな登場人物

星《せい》遊圭《ゆうけい》……名門・星家の御曹司。
小柄で少女のようにも見える。
虚弱体質で、書物や勉学を愛する秀才。

明々《めいめい》……農村出身。不作のため生活が苦しくなり、
幼い弟と共に都へ出てきた少女。
義理がたく面倒見のよい、明るく前向きな性格。

胡娘《こじよう》……星家の薬師。元々は異国出身の奴隷。
西方医薬の知識を買われ、
病弱な遊圭の療母を務める。

陶《とう》玄月《げんげつ》……遊圭と明々が勤める後宮の宦官。
女官関連の人事や経理を管理する。
有能で人当たりがよく、さらに容姿に優れ、
女官たちの人気も高い。

星《せい》玲玉《れいぎよく》……遊圭の叔母。

司馬《しば》陽元《ようげん》……金椛国の新皇帝。

天狗《てんこう》……遊圭の愛獣。
外来種の希少でめでたい獣とされている。

序　族滅の夜

「水音がしたのはそっちか」

十人以上の足音と怒声が、川岸を洗う水音を遮《さえぎ》って響き渡った。

「泳げないひ弱な子どもだ。その辺の柵《しがらみ》にひっかかっているに違いない。もっと向こうを照らせ」

とろりとした暗い運河の川面《かわも》に、松明《たいまつ》の火がいくつも反射する。

「どこにも見えない。飛び込んだのはいいが、流されたんじゃないか。真ん中はけっこう流れが速い」

苛立《いらだ》たし気な舌打ちも聞こえる。

「船を出させたり、川をさらうのは、朝にならないと無理だ」

「埋葬の儀はもう始まっている。今夜中に捕まえないと、俺たちが罰せられる」

「桟橋の下も見てこい」

「見つけても傷はつけるな。殺してもならんが、暴れるなら縛り上げてしまえ」

「なに、すぐに見つかる。星《せい》家の最後のひとりだ。逃げ場なんかない」

船を出せ、下流を見に行けと口々に叫びながら、男たちの声と足音が遠ざかっていく。

地下に潜んでいた星遊圭《せいゆうけい》は、暗渠《あんきょ》の蓋《ふた》越しに、頭上の音に耳を澄ませた。川岸は静けさを取り戻し、岸を打つ水音のみが夜のしじまに響く。

捕り手をやり過ごした遊圭は、狭苦しい地下水道の闇の中で、深いため息をついた。錦衣兵《きんいへい》の一団に追い詰められた遊圭は、運河に注ぐ排水口に逃げ込み、帝都の地下へと続く暗渠に潜り込んだ。高級官僚の御曹司が、汚水やごみの流れる暗渠に逃げ込むとは想像もしなかったのか、兵士らは排水口を照らすこともしなかった。

錦衣兵は失念していた。遊圭の父親が工部尚《こうぶしょう》の高官だったことを。

幼いころから母屋の書斎に出入り自由であった遊圭は、父親が家にまで持ち込む都の拡張、補修工事に関する図面を、しばしば目にすることがあった。

父親は、次男の遊圭が自分と同じ工部の官僚になることを期待していた。そのためか、遊圭が図面に興味を示すたびに、子ども扱いして追い払ったりせず、図面の読み方を根気よく教えてくれた。

都の水利図も見たことがあり、都中の地下に張り巡らされた暗渠が、地表の水路や道路と同じように、通行可能であることを学んでもいた。

運が良ければ、暗渠伝いに都の外へと流れ出る運河へ、辿《たど》り着けるかもしれない。

だけど、自分だけ生き長らえてどうしようというのだろう。みんな、捕まったのに。父も母も、祖父母も兄弟姉妹も、いとこたち親族もすべて、明日《あした》にはこの世からいなくなってしまうのに——。

そう思ったとたん、遊圭の喉《のど》が塞《ふさ》がり、息苦しさが増した。喘息《ぜんそく》の発作が起きそうだ。

汗が噴き出し、急に襲ってくる咳《せき》や目眩《めまい》に膝《ひざ》をつきそうになる。

冷たく湿った暗渠の壁に背中を押しつけて姿勢を安定させ、襦衣《じゅい》の懐から手探りで親指大の小瓶を出した。小瓶の栓を抜き、瓶の口に唇をつけて苦い液体を飲み干す。

遊圭はみぞおちに手を当て、懐に残った小瓶の数を数えた。急な発作に、水もなく薬を煎《せん》じることもできない状況でも飲めるように、療母《りょうぼ》の胡娘《こじょう》が調合してくれた即効性の粘薬は、もうあと二回分しかない。

どのみち強力過ぎるので、連続して服用してはいけないものだ。

都を縦横に流れる水路と運河を繋《つな》ぐ暗渠の中、遊圭はひたすら咳をこらえた。喘鳴《ぜんめい》がヒューヒューと闇の中を反響し重なり合い、死者の呼び声のようだ。やがて薬が効いてきたのか、汚水臭のためでない息苦しさと、胸の痛みが和らいだ。

暗渠の蓋に頭をぶつけぬよう、中腰のまましばらく進んだものの、汚水を吸った靴は重く、足を引き摺《ず》って歩くことも困難になっていた。

別れ際に胡娘がかけてくれた彼女の革の胴着は、遊圭には大きすぎた。そして厚い縮絨布《フェルト》の裏地はとても暖かいのだが、人並みの体力を持ち合わせない遊圭には重すぎた。背中に張りつく胴着の重みは、一歩進むごとに、遊圭のなけなしの体力を奪い取ってゆく。すぐに動くこともできなくなり、一寸先も見えない闇の中に立ち尽くす。

遊圭の体力も気力も、ほぼ限界に達していた。そもそも、追っ手のいない地表に出たところで、行く当てなどない。

——なぜ逃げる、逃げてどうなる。地上のどこにも、自分の居場所などないのに。おとなしく錦衣兵の前に出れば、乱暴されることなく、家族のもとに連れていかれる。二度と会えることはないと思っていた両親や兄弟に、もう一度会えるのだ。
——そして、殺される。死後の世界で亡帝に仕えるために、その陵《みささぎ》に生き埋めにされてしまうのだ。
家族との再会は、遊圭の短い命の終わりと、一族の滅亡を意味していた。
——胡娘はどうしただろう。
捕まって両親とともにいるのだろうか。異国人の家婢《かひ》に過ぎない彼女は、皇后の血族
として殉死の義務を負わなくていいはずだ。だが、自分を逃がすために錦衣兵に立ち向
かっていった姿を思い出せば、胡娘も無事でいられるはずがない。
星家の召使いたち、遊圭の従者も星一族を見捨てた。見捨てるどころか、せめて幼い
子は助けてくれと、遊圭を託された両親の友人ですら、掌《てのひら》を返して遊圭を錦衣兵に引き
渡そうとした。
恨みはしない。もし遊圭らを匿《かくま》ったことが露見すれば、彼らも星家と運命を共にしな
くてはならないのだから。
民は法を犯してはならない。
民は慣習に従わなくてはならない。
だから、両親とすでに成人していた長兄は死を覚悟し、粛々として勅命に応じ、参内

したのだ。

ただひとり、遊圭を自分の命に代えても助け、逃がそうとしたのは、金椛《ジンファ》帝国の法にも慣習にも従わぬ、異国出身の奴隷、胡娘だけであった。

西方医薬の知識を買われて星家に迎えられ、病弱な遊圭の療母を務めてきた胡娘にとって、遊圭が一日でも長く生きることが彼女自身の法であったのだろう。

「馬鹿げた法律。ぼっちゃんが死ぬ理由はどこにもない。生きる。何があっても。全部失くしても、最後のひとりになっても、ファルザンダム、生きる」

ふたりで逃走する間、胡娘は繰り返し遊圭の耳にそう囁《ささや》いた。

胡娘が口癖のように挟み込む、遊圭には意味の伝わらぬ異国の言葉は、なんの呪文《じゅもん》だったのか。遊圭があきらめずに逃げ道を探し続けているのは、その呪文のせいであったのかもしれない。

食糧の袋から、匂いと感触を頼りに干杏子《ほしあんず》を摘《つま》み出し、口に入れた。杏子の酸味を嚙《か》みしめることで唾《つば》が湧き、喉の渇きによる咳を緩和する。そして舌に広がる甘味は一時的に疲れを癒《いや》す。胡娘が遊圭に授けた知恵の通りに。

真っ暗な暗渠を、ぬるぬるとした壁に手を当て、足元を探りながら進むうちに、夜が明けたらしい。頭上の蓋の隙間から細く陽光が射し込み、目を背けたくなるような不快な下水道のありさまが見えてきた。

——見えない方が良かったかな。

『そもそも暗渠は排水施設であって、ゴミ捨て場ではないっ』

父親の罵声《ばせい》すら懐かしく耳の底に蘇《よみがえ》る。雨季が訪れ、都のどこかで詰まった暗渠から水があふれ、豪雨の中を呼び出されるたびに、遊圭の父親が悲鳴を上げて都の住民を罵《ののし》るのは、星家においては恒例の行事であった。

肥料や燃料になる人間や家畜の排泄《はいせつ》物は、城外から業者が買いつけて回る。家畜の餌になる残飯もしかり。しかし、怠惰で不道徳な住人はどこにでもいる。そして暗渠に流れるのは廃棄物や排水だけではなかった。鼠や犬猫の死骸《しがい》も浮き沈みしながら流れていく。

遊圭はもはや膝から下の感覚も失くしていたが、さすがに肉の溶けた動物の死骸が脛《すね》に当たれば、背筋に悪寒が走った。

やがて、蓋のない側溝に出た。清々《すがすが》しい涼気が顔に当たり、朝の陽射しに目が眩《くら》む。深く吸い込んだ清浄な空気に、ようやく生き延びたことを実感した。

人の気配を確かめてから地上に顔を出す。あふれる陽光に滲《にじ》んだ涙をまばたきで散らし、遊圭は辺りの状況を注意深く観察する。側溝の近くには、上水の水取口や井戸があるはずだが、炊女も洗濯女たちもまだ水場に現れていない。静かな朝であった。

——きれいな水が飲める！

遊圭は側溝から這《は》い上がった。上水を汲《く》み、手を洗う。腰に結わえつけた荷袋から、当座の食糧を取り出した。保存性と栄養価だけを追求した、胡娘特製の硬い月餅《げっぺい》を齧《かじ》り、腹や手足の冷えに効く散薬を水に溶かして飲む。

冷え切った両手を擦《こす》り合わせ、強張《こわば》った手足を伸ばすと、生きる気力がわずかながら湧き上がってきた。

――胡娘の用意してくれた食糧と薬を使い切るまでは、逃げて、生きる。

遊圭は覚悟を決めた。


誰も頼る者のいないこの街で、自力で生き延びなくてはならない日が来るなど、数日前の遊圭には想像もできなかった。

そう、裕福な星家の次男坊として、物見高く街を歩いていたあの日。行きずりの家出少女とその弟に出会い、彼らの難儀を救って自己満足していた遊圭なら、下水に潜んでここまで逃げ切ったことだって、信じやしなかっただろう。

一、槿花《きんか》の一日

ごうっと音を立てて、竈《かまど》の穴から紅《あか》い炎が勢いよく立ち昇った。

料理人は臆《おく》することなく次々に炭を竈へ放り込み、ひと抱えもある半球形の鉄鍋《てつなべ》の底で竈の穴をふさいだ。轟々《ごうごう》と燃え盛る炎の雄叫《おたけ》びは石の竈に封じ込められたが、厨房《ちゅうぼう》の熱気は一気に上がった。

都の繁華街の一角にある酒楼の厨房は、表通りに面していた。調理されている料理が通行人にもよく見え、そのたまらなく美味《うま》そうな匂いで客を呼び込むためだ。

事実、この三階建ての酒楼は、連日大勢の客で賑《にぎ》わっていた。

料理人は脇に積み上げられた白い脂を鷲《わし》づかみにし、熱煙を上げる鉄鍋に投げ入れた。脂はじゅうっと激しい音を立てながら、たちまち雪のように融《と》けて、泡立ちつつ鉄鍋の底へと滑り落ちてゆく。

豚脂《ラード》の旨味《うまみ》を想起させ、胃袋を締め上げる香りがあたりに満ちる。

目にもとまらぬ早業で、料理人は竈の横に並べられた鉢から、すでに刻まれて山盛りになっているニンニクや生姜《しょうが》などの薬味、各種の香草を次々にすくい取っては、脂の中に放り込み、鍋を回しゆすった。

次に、深型の甕《かめ》からお玉いっぱいにすくい上げたのは、豆醬《まめびしお》にじっくりと漬けた豚肉の切り身だ。料理人は塊肉にも見える豚肉の山を、鍋の上に投げ上げた。肉は空中でバラバラに広がり、鉄鍋に着陸して、じゅわっと豪快な炒《いた》め音とともに香ばしい香りを厨房に充満させた。

「いい香りだなぁ。きっとうまいんだろうなぁ」

厨房の窓枠にぶら下がるようにして、料理人たちの仕事ぶりを眺めていた星遊圭《せいゆうけい》は、口に唾を溜《た》めてつぶやいた。

「星二《せいじ》ぼっちゃん、いつまでそうやって眺めているんですか。店に入るなら入りましょうよ」

　遊圭の足下から苦しそうな声がした。遊圭はつま先立ちのまま、弾むように勢いをつけて、さらに背伸びをする。

「あた、あたた」と、遊圭の足下から小さな悲鳴が上がった。

「無理だよ、敏《びん》。親も連れてない子どもが、客として入れてもらえるわけがないだろう」

　小柄で声変わりもしていない遊圭が、酒楼の厨房をのぞき込みたければ踏み台がいる。ゆえに、物見の必要があるときは、従者の敏童《びんどう》が馬となり、遊圭を背中に乗せてやるのが習慣になっていた。

「ぼっちゃんのご身分なら、大家《ターチャ》の名前を言えば、ツケで食べさせてもらえるんじゃないですか。というか、肉料理なんて食べ飽きてるでしょう」

「わたしだけみんなと膳《ぜん》が別なのを知っているくせに、嫌なことを言う奴だな。それに、お父様の名前で大衆酒場がツケの集金に来れば、わたしが外食したことがばれて、それこそ胡娘にこってり油を絞られてしまうよ。ああ、いつになったら、わたしもみなと同じように、あんな脂の滴るような分厚い肉や、ふわふわとした饅頭《まんじゅう》を食べさせてもらえるんだろう」

　憧《あこが》れに瞳《ひとみ》を輝かせ、声をかすれさせて、遊圭はひたすら厨房の匂いを吸い込んだ。

　亜麻《あま》布を浅緑に染めた裾長《すそなが》の禅衣《ぜんい》に、足首まで届く青絹の深衣《しんい》を羽織り、赤い緞子《どんす》の帯を締めた身なりから、家の裕福さが窺《うかが》える。頭の両側で総角《あげまき》に結い上げられた髪は、精緻《せいち》な細工の見るからに高価な銀の笄《こうがい》で留めてあった。

市井の酒楼の軒先で、窓枠にぶらさがって厨房をのぞいてよい身分ではない。

「星二ぼっちゃん、もういいでしょう。せめて靴を脱いで乗ってくれませんかね。踵《かかと》の歯が背骨に当たって痛くてたまりません」

「靴を脱いだら、それだけ低くなってしまうじゃないか」

言い返しながらも、遊圭は素直に飛び降りる。

袖《そで》広く、丈の長い淡青の深衣が、風を孕《はら》んでふわりと広がった。禅衣の裾からゆるく襞《ひだ》をとった白い袴褶《ズボン》と、踵の歯を高めにとった革靴が見えた。

遊び盛りの少年と見えるのに、走り回るには邪魔な上げ底の靴で街を歩くなど、よほど自分の身長が気に入らないらしい。

そのような靴で飛び降りるのだから、遊圭が着地し損ねて転ぶのではないかと、おもり役の敏童は慌てて両手を広げて差し出した。

遊圭は敏童の手をパシリとはね返して、頬をふくらませた。踵《きびす》を返してさっさと歩き始める。

「このぐらいの高さなど、どうということはない。敏は過保護過ぎる」

「ええもう、カマボコで結構ですよ。街にでるときには、どこへ行こうと、星二ぼっちゃんに貼りついて離れないのが、僕の仕事なんですからね」

敏童は面倒くさそうに主人に言い返す。

「蒲鉾《かまぼこ》ではない。過保護だ。『過・保・護』と言ってみろ。ちなみに字はこう書く」

遊圭がいきなりしゃがみこんで地面に文字を書こうとするのを、敏童は「はいはいお勉強はお邸《やしき》に帰ってからでいいです」と押しとどめた。

「邸に帰ったら、敏は勉強などしてる暇はないじゃないか。古参の召使いどもに厨房だ廏《うまや》だ庭仕事だと走り回らされている。それで、あちらこちらで言いつけられた仕事を忘れてやり残し、叱られてばかり。文字を覚えて、このように手帳に書きつけておけば、やるべきことを忘れることはないんだぞ」

遊圭は竹簡を綴《つづ》った手帳の束を前後に振って、頭ひとつ分背の高い従者を見上げた。

「それで今日の買い物は、そこに全部書いてあるんでしょうね。さっさと用事を済ませて、釣り銭があれば露店で果物でも奢《おご》ってくれるんでしたっけね」

敏童は遊圭を急《せ》き立てるように、深衣の袖を引いて歩き始めた。

「そういう口約束は、しっかりと覚えているんだな」

遊圭はあきれて言った。竹簡の束を帯に差し、通りの看板を見上げる。

「書店通りの方が近いが、買い込むとけっこうな重さになる。先に薬屋に行って胡娘の遣いを済ませ、それから注文しておいた詩什《しじゅう》三巻と、豪氏史伝の写本を受け取りに行くことにしよう」

幼げな顔立ちと、それにふさわしい甲高い声にもかかわらず、遊圭の言葉遣いはおとなびている。

遊圭が馴染《なじ》みの薬屋の軒をくぐると、ツンとする生薬の臭いや、乾いた草の香りが鼻を打った。生薬を燻《いぶ》したり煎《せん》じたりするときの、煙ったい臭いが幾種類も混じって、もはや何の臭いなのか特定もできない。

店番の小僧が「星のぼっちゃんがお見えです」と奥に声をかけた。

三十路《みそじ》も半ば過ぎの、薬師で女主人の陶蓮《とうれん》が奥から小走りに出てきながら、「あらあらまぁまぁ、星二おぼっちゃん、今日はお加減いかがですか、おひとりですか」と一息に挨拶《あいさつ》した。

「ひとりじゃない。敏童がいっしょだよ。陶姐《ねえ》さん」

遊圭は朗らかに訂正した。

「いえいえ、胡娘さんがご一緒じゃないですねってことですよ」

「わたしのための薬草園が収穫期に入っているから、胡娘は忙しいんだ。買い物くらいはわたしだって手伝える」

遊圭は胸を張って応《こた》えた。背後の敏童は口の端を上げただけで小さく頭を下げ、行儀の良い従者よろしく、何も言わなかった。

「敏童もお役目ごくろうさん。これ、おふたりにお茶と葛餅《くずもち》をお出しして」

陶蓮は愛想を崩すことなく、小僧に命じた。遊圭に手渡された書付を見ながら、片方の壁一面を覆う引き出しをあれやこれやと開けては、薬を出して秤《はかり》にかけ、散薬や丸薬は小瓶に、乾燥させた薬草や調合前の生薬は、魚皮紙や麻布に包んでゆく。小僧が一抱えもある荷の包みを敏童に渡そうとすると、遊圭はそれを遮って両手を差し出した。

「敏は書籍を運んでくれ。薬はわたしが使うものだから、わたしが持つ」

「書籍だって、ぼっちゃんが使うものじゃないですか」

敏童は召使いらしくなく口答えをするが、遊圭は首を左右に振った。

「書籍がなくても困らないけど、わたしは薬がないと生きていられない。自分の命を人に任せるなって、胡娘がうるさいからね」

生まれつき病弱な遊圭は、日々薬漬けである。遊圭がこうして気ままに繁華街を歩き回ることを許されるようになったのも、つい最近のことだ。

気ままといっても、立ち寄る店は決まっている。店に寄るたびに椅子を出させて、十分な休憩をとりながら買い物を済ませ、まっすぐ帰宅する。

「でも胡娘さんがお付きにならなくても、こうしてお供の僕童ひとりだけで買い物に出られるくらい、丈夫におなりになったんですからねぇ」

陶蓮は涙ぐみ、袖先でまぶたを押さえた。

「最近はご都合する麻黄《まおう》の量も減りましたし、喘息《ぜんそく》の発作もあまり起きなくなったということですわね。甘草《かんぞう》なんかも摂《と》りすぎると、別の病気を招きますから。薬はなるべく摂らないですむなら、それに越したことはないんですよ。あら、薬屋の言うことじゃありませんわねぇ」

多弁な陶蓮は、自分の言葉に苦笑いして、遊圭たちを送り出した。別れ際に、硝子《ガラス》の壺《つぼ》から黄金色の蜂蜜飴《はちみつあめ》を摘み出し、遊圭と敏童の口に入れてやった。

「陶姐さんはいい人ですよねぇ」

通りを歩きながら、片側の頬を飴でふくらませて、敏童は楽しそうに言った。上等の服を着た小さな遊圭が大きな荷物を抱え、軽装の敏童が手ぶらでついていく光景は奇異に映るらしく、道行く人々がふり返っていく。

遊圭の返答は淡々としている。

「お金があって、治る見込みのない患者は、上客も上客。わたしたちに恩を売って損はないよ」

「本当に、星二ぼっちゃんは可愛げがないですね」

薬屋街を抜けて、交差路に差しかかった。右手がなにやら騒がしい。

遊圭は敏童と顔を見合わせた。その先は生鮮食材の露店や、軽食の屋台が並ぶ市場だ。正午もとうに過ぎてそろそろ仕舞う店もあり、喧噪《けんそう》はそれほどではないはずだ。

遊圭たちが足を止めた交差路に、敏童と同じ年頃の少女が、遊圭よりも幼い男児を引き摺《ず》るように走ってきた。よく似た顔立ちから、姉と弟であると察せられる。

「追われているようですね」

少女の背後から、麺棒《めんぼう》を振りかざして追ってくる男と、その一党らしき集団を眺めやって、敏童が囁《ささや》いた。

遊圭は、一直線にこちらへ駆けてくる姉弟《きょうだい》を避《よ》けようとしたが、荷物が邪魔で足元が見えない。舗石に穿《うが》たれた轍《わだち》に、靴底の歯を引っ掛けてしまった。

「ぼっちゃんっ」

敏童が叫んだ。後向きに倒れる遊圭に手を伸ばす。が、彼の腕がしっかりと受け止めたのは、のけぞった勢いで遊圭の手から離れ、宙に舞った薬の包みであった。

尻《しり》もちをついたはずみに、遊圭の足が宙に投げ出される。そのつま先に躓《つまず》いた少女が派手に転び、石畳に両手両膝《りょうひざ》をついた。もとより惰性で駆けていた男児は、両手を広げて遊圭の上に腹這《はらば》いになった。

男児の下敷きとなった遊圭は、握り込んだ拳《こぶし》を胸に当てて、速まる動悸《どうき》と浅くなる呼吸に眉《まゆ》を顰《ひそ》めた。

「阿清《あせい》！」

少女は悲鳴を上げて跳ね起き、駆け戻って男児を抱き上げた。そして猫のように大きな目を吊《つ》り上げて、遊圭を睨《にら》みつけた。

「よくも足を引っ掛けてくれたわね」

「そんなつもりはない。道を開けようとしたのだが、轍に躓いてしまったのだ。申し訳ない」

肩で息をしつつも、遊圭は真顔で謝った。

「星二ぼっちゃんが謝ることじゃないでしょうが」

敏童が遊圭の手をとり、主人を助け起こした。遊圭の肩越しに少女たちをねめつける。

「追われるようなことをしたお前たちが悪いんだ。うちのご主人さまを巻き添えにするな。さっさとどこへなりと行ってしまえ」

しかし、その時には追っ手と人だかりが交差路まで追いついていた。遊圭たちに向けた麺棒を上下に振って、赤ら顔の男が怒声を上げる。

「なんだきさまら、麺麭《パン》泥棒の仲間か。まとめてひっ捕まえてやる」

敏童に助けられて体勢を立て直した遊圭は、裾《すそ》と袖《そで》についた土と埃《ほこり》をはたいた。咳《せき》をこらえて耳の上に空いた手をやり、鬢《びん》の毛が乱れてないか確かめる。総角《あげまき》を留めた笄《こうがい》もずれてないのを確認してから、落ち着いて麺麭屋の男に向き合った。

「わたしは工部尚の侍郎《じろう》、星大官の家の者だ。ここを通りかかったのは偶然にすぎぬ。その者とはなんのかかわりもないのだが、このように行きあったのも何かの縁。かれらの負債はわたしが弁済しよう」

「せ、星家の童生《どうせい》さまでっ？」

麺麭《パン》屋の主人は遊圭の身分を知って、態度を豹変《ひょうへん》させた。慌てて地面に膝をつく。自身の目線が、遊圭のそれより下になるようにするためだ。

童生とは、高級官僚への登竜門、その第一関門である国士《こくし》太学《たいがく》の入学試験『童試』の受験者を意味する。

童試はその名の通り、十代前半の少年らを対象にした試験だが、出題範囲と履修科目を習得するだけで何年もかかる。受験年齢に上下の制限はなく、十歳で一発合格する神童もいれば、白髪になっても受からない老童生もいた。

国士太学の学生は、その先に待ち受ける官僚選抜試験の受験資格を得る。一家にひとりでも官僚が出れば、その一族は安泰である。そのため、多少なりとも経済力のある親は、だれもかれも息子たちを国士太学に入れようと必死であった。

膨大な教材を揃え、家庭教師を雇える富裕の家や、両親ともに博学という知識階級の子息はほぼ例外なく、国士太学の学生か、その予備軍である童生の二種類に分かれる。教養の高い家庭と経済力の双方を背景に持ち、学生の制服をまとわない遊圭は、周囲の人々に無条件で童生と判別された。

「いかにも」

遊圭は見かけの幼さに似合わず、鷹揚《おうよう》に応えた。病弱な遊圭は、屋内で読書に耽《ふけ》る時間が長い。三年前の童試で太学の学生となった長兄が八年かかって終えた教材群を、遊圭は三年で終えていた。すでに合格確実な学力は満たしている。

数日に及ぶ試験に耐えるだけの体力がつけば、来年にでも受験させようと、親と教師は大変乗り気であった。

麵麭《パン》屋の主人は、卑屈な笑いを浮かべて言った。

「盗んでいったのは蒸し饅頭《まんじゅう》ひとつですがね。この餓鬼ゃ、逃げるときに屋台をひっくり返して、一日分の麵麭や饅頭を地面にまき散らして行ったんでさ。今日のうちの商売あがったりで」

相手が声変わりもしていない少年であろうと、愛想笑いをしつつ這いつくばり、両手を揉《も》みながら可能な限りたかることに、抵抗はないらしい。

少女が興奮して異議を申し立てる。

「大げさなこと言うんじゃないよ。屋台越しにあたしの弟を捕まえようとして、あんたが自分ですっ転んで、屋台をひっくり返したんじゃないか」

遊圭は苦し気に胸を押さえながら、手を振った。

「ああ、理を通したければ、調停の場で裁決を仰げばよい。だが、いまここで丸く収めたほうが双方に利があるのではないか」

係争を調停に持ち込むと、時間も費用もかかる。それに、証人がみな麵麭《パン》屋の側に立てば、姉弟に勝ち目はない。現場にいた者たちが、そこで商売をしている麵麭屋と、こそどろ姉弟のどちらの肩を持つか、役人の手を借りずともわかりきったことであった。

遊圭は懐から財布を出し、刀銭を数えて麵麭屋の主人に差し出した。麵麭屋の主人は、赤い顔に笑みを広げて受け取り、姉弟には歯を剝《む》き出して「二度と市場に顔を見せるんじゃないぞ」と脅しをかけて引き揚げる。

麵麭屋に対する怒りで顔を赤く染めた少女は、腰に両拳を当てて遊圭の前に立った。

「助けてくれて、礼は言うけど。あんたがそこに突っ立ってなければ逃げおおせたんだから」

「そうだな。だから、仲裁に入る義務はあると思ったんだよ。あのまま、君たちが役所に突き出されたら、杖刑《じょうけい》は免れない。ひとつ、の蒸し饅頭は、二十回も杖《つえ》で打たれるほど、価値の、ある、もの、かっ、なっ。けはっ」

言い返す遊圭の呼吸が、傍目《はため》にも浅く苦し気になる。麵麭《パン》屋の主人をやり過ごして気が弛《ゆる》んだせいだろう。遊圭はこれ以上、こみ上げる咳をこらえきれなかった。

近くに茶楼があるのを見て、胸を押さえつつ近寄り、表の長椅子に腰かける。懐から親指大の象牙《ぞうげ》筒を出して栓を抜き、掌《てのひら》に転がり出た黒い丸薬をふたつ、口に入れた。

敏童がすかさず水を差し出す。遊圭は水を飲むと、ゆっくりと息を吸い込んだ。

ついてきた少女は、胸を押さえる遊圭の拳が親指を握り込んでいるのを見て、居心地悪そうに訊《たず》ねた。

「なに、あんた具合悪いの？」

親指を握り込むのは、避邪《へきじゃ》のまじないだ。薬が効いてくるまで、寄りついてくる邪気を吸い込んだりしないよう、遊圭は本気で恐れているのだ。

「うん。ちょっと騒がしかったり、びっくりすると、胸が苦しくなるんだ。放っておくと咳が出て息ができなくなるから、発作がおきそうなときは薬を飲んで、少し休むようにしているんだよ」

阿清は姉の背中から顔を半分出して、遊圭のようすを窺《うかが》う。苦し気な息の下から応《こた》える遊圭の頰の不健康な青白さにいまさら気がついた姉弟は、気まずげに顔を見合わせた。

遊圭は、少女の顔を見上げ微笑んだ。

「そっちの子は、阿清と言ったね。盗むほど、腹が減っているのなら、ここで何か、食べていくといい。どうせもう、今日買うつもりだった書籍代には、足りないからな」

片手を卓子について上体を支え、ふた言ごとに息を継ぎ、遊圭は呼吸を整えた。

「星二ぼっちゃん、そこまで施しをする必要ないでしょう」

敏童が呆《あき》れ声で口を挟んだ。少女も声を荒げて言い返す。

「あたしたちは物乞《ものご》いじゃないわ。ドーセイさまだかなんだか知らないけど、あんたみたいな子どもから、食べ物を恵んでもらう必要なんか――」

誰かの胃袋がぐぅうう、と鳴った。皆の目が一斉に阿清の上に集まったが、阿清は首をぶんぶんと横に振り、姉の腹を指さした。

遊圭はにっこりと笑って、茶楼の給仕に手招きをした。

「なんでもいいから、すぐできるものを出してくれないか。団子でも、果物でも、あるいは包子《パオズ》でも焼餅《やきもち》でも」

給仕は手渡された銅銭を数えながら、奥へと引っ込む。

「まあ、掛けて。君たちに施しをするのは、憐《あわれ》みや同情ではないよ。わたしはわたしの業に対する、負債を返しているだけなのだから」

少女は言葉もなく黙り込んだ。

この金椛《ジンファ》帝国では、難病は前世や祖先の因業の報いと信じられていた。生まれつきの病であれば、その業はいっそう深い。そして、そうした病に最も効くのは、高価な薬よりも他者の助けを必要とする者への喜捨とされていた。喜捨によって前世や先祖の罪業が浄《きよ》められ、健康体へ近づけるのだと。

そういうことならと、少女はしぶしぶと卓子の反対側に腰を下ろした。阿清もそれにならう。

初めに出された人数分の小鉢は、桜桃の蜜《みつ》漬けだった。ほのかな発酵臭が夏の終わりの情緒を醸し出していたが、幼い阿清もその姉も、そんなことはお構いなしにあっというまに小鉢を空にしてしまう。

遊圭は、自分の小鉢を阿清の前に押し出した。阿清は「にいさん、ありがとう」と、姉に止める暇も与えずに桜桃を口に放り込んだ。

大皿に盛られた、甘辛いたれをかけた串《くし》焼餅も、またたくまになくなる。

茉莉花茶《ジャスミン》をときどき口に運ぶだけで、自分は食べ物を口にしない遊圭は、身なりはそれほどみすぼらしくない姉弟《きょうだい》が、なぜ屋台の麵麭《パン》を盗むことになったのか訊ねた。

明々《めいめい》と名乗った少女は、都からそう離れてない農村の出身だという。

二年続いた不作のために税が払えず、父親は労役に駆り出され、留守居の母親が足を悪くして畑が荒れてしまった。明々と幼い弟だけではどうにもならず、金を貸してくれそうな親戚《しんせき》を頼り、十日前に都へ出てきたところだった。

「支度金がたっぷりもらえる奉公先を紹介してくれるって話だったんだけど、女衒《ぜげん》に売られそうになって飛び出してきたんだ。親戚っていっても、あてにできないもんだね」

それから三日間、路上で生活し、自力で奉公先を探していたという。

「紹介人を立てないと、まっとうな家や商店の奉公には上がれないものだよ。わたしの母様に頼んでみようか」

「星二ぼっちゃん。身元の知れない者にかかわるものじゃありませんよ」

敏童がたしなめたが、遊圭は聞き流した。

「保証はできないけど。わたしにできるのは、うちに出入りする口利き屋を紹介するまでだ。働けそうなところが見つからなければ、村へ帰るくらいの路銀はわたしが出してあげよう」

明々は目を丸くして、遊圭の顔を穴が開くほど見つめた。

情を求めて頼ってきた親戚にすら、遊郭に売り飛ばされようという世の中だ。見ず知らずの人間が、ここまで親切に世話をしてくれるものだろうか。

都会の洗礼を浴びた明々でさえ、思わず信じてしまいかけたのは、遊圭が漂わせる、つかみ難く透明な空気のためであった。

目鼻立ちなど品があって、阿清のようなわんぱくさなど一切なければ、敏童が脱しつつある少年臭さも、まだ発現していない。

髪を総角《あげまき》にしているから男子に見えるが、これが、女髷《まげ》だったり、深衣や禅衣《ぜんい》が女物であったら、どこかの令嬢と言われても信じただろう。

「手も擦りむいている。転んだ時のだね。血が滲《にじ》んだままにしておくのは良くない。うちに来て手当てしていくといいよ。うちの薬師はとても腕がいいんだ」

急に掌の痛みを思い出した明々は、眉《まゆ》をひそめた。傷口に入り込んだ砂利も、ひりひりと存在感を主張する。石畳にひどく打ちつけた膝《ひざ》も痣《あざ》になっていることだろう。

遊圭の援助は、無償の善意ではない。遊圭の施しを受けることで、明々たちが遊圭の業を濯《すす》ぎ、病から救うことになる。むしろ恩に着るのは遊圭の方なのだ。

強いて手や膝の痛みをこらえた明々は、鶏肉の包子を平らげてから、恩着せがましく言った。

「そこまで言うのなら、あんたの話に乗ってあげてもいいけど」

呼吸が楽になり、顔色も戻った遊圭が微笑を浮かべるのと、その背後で立ったまま串団子を食べていた敏童がため息をついたのは、ほぼ同時であった。

遊圭たちが、賑《にぎ》わう街並みを過ぎて官邸街にさしかかると、明々は縄張りを離れた猫のように、肩をすくめてきょろきょろと辺りを見回した。

「あんたんちって、本当にお金持ちのお役人の家なのね」

「父様は役人ではない。官人だよ」

遊圭は柔らかに訂正した。

「どう違うの？」

ピンとこないらしい明々に、敏童が代わりに答える。

「役人より偉いのが官人だ。天子様や宰相に命じられたことを、どう実行するのか考えて決めるのが官人。官人に言われたことをやるのが役人」

その説明は端折《はしょ》り過ぎではないかと遊圭は思ったが、明々と阿清は納得したらしい。うつろな眼でうなずいている。

「じゃあ、あんたのお父さん、国の偉いひとなんだ」

「二十何番目かにね」

「そんな偉いひとの息子が、僕童ひとりだけ連れて、街をふらついていいの？」

敏童が咳払《せきばら》いをして、明々の不躾《ぶしつけ》な質問をたしなめるが、通じない。

「金椛《ジンファ》の帝都は、とても治安がいいんだ」

遊圭は誇らしげに言った。二代前の王朝交代の折、破壊の激しかった帝都の再建はいまも続いており、その公共事業に父親が深くかかわっている。

「少なくとも、わたしがふらつき回る街区は、滅多に犯罪も起きない。せいぜい、市場の屋台から蒸し饅頭《まんじゅう》が盗まれる程度かな」

笑みを浮かべた遊圭の言葉を、皮肉と受け取るべきか明々は迷った。

「っと、やば。星二ぼっちゃん。おれら、ちょっと遅くなりすぎたみたいです」

先に角を曲がった敏童が慌ててふり返り、怯《おび》えた声を上げた。

「あ、本当だ。どうしよう」

遊圭も慌てて立ち止まる。そのふたりを不思議そうに眺めてから、明々は少年たちの視線を追った。

姉弟の四つの眼が、肩をいからせ、「…ざん…ダム！」と、聞き取りにくい叫び声を上げて、大股《おおまた》で近づいてくる人物に釘付《くぎづ》けになった。

服装は標準的な良家の女中のものだが、その女は驚くほど背が高かった。そして、既婚女性の髷に結い上げられた髪は、干した麦藁《むぎわら》のような明るい色をしている。肌は骨のように白く、眼窩《がんか》の窪《くぼ》んだ彫りの深い顔立ちに、鼻は鷲《わし》の嘴《くちばし》のように眉根から高くせり出していた。

「迦楼羅《カルラ》？」

驚いた明々が、思わず口走った鷲頭人身の妖物《ようぶつ》の名に、遊圭も敏童も噴き出した。

西方で信じられている異形の神を引き合いに出すほど、胡娘《こじょう》の容貌《ようぼう》は異様ではないと遊圭は思う。しかし、異国の民をほとんど見かけることのない地方の農村から来た明々と阿清は、怯えて後ずさりを始めた。

「いくらなんでも迦楼羅はない。わたしの療母だよ。胡の国の出身だから、瞳《ひとみ》も髪も肌も淡い色をして、顔立ちも少し違うけど。普通の人間だ。胡娘という」

遊圭が説明を終える間もなく、胡娘はおそろしい勢いで子どもたちの前に立ちはだかった。

「ファルザンダム！　こんな遅くまで、いったいどこまで、行ってたか！　それとも、発作でも起こしたか」

長い指で遊圭の頬を包み込み、異国の言葉混じりにまくしたてながら、その顔色や眼をのぞき込む。口を開かせて、舌まで出して見せるように遊圭に言いつけた。

「胡娘。大丈夫だよ。体は何ともない。ちょっと遅くなった理由はね――」

遊圭の説明に、胡娘は顔を上げた。アーモンド形の大きな目に、青みがかった灰色の瞳が、高い鼻の上から明々を射貫《いぬ》くように見つめた。

胡娘の艶《つや》やかな肌はようやく妙齢に達した娘のようだが、異相と体の大きさは老成した印象を与えるため、年齢がわからない。

――やっぱり迦楼羅みたい。

明々と阿清は、伝説の怪鳥に追い詰められ、進退窮まった鼠や蛇になった気分だ。

遊圭の説明と紹介に納得した胡娘は、金椛《ジンファ》の民にとっては鰐《わに》のように大きく見える口を横に引いて、頬いっぱいの笑みを浮かべた。

「あんたたち！　ぼっちゃんにいいことした！　こっち、台所で、なんか食べさせる」

がばりと両手を開いて、明々と阿清を抱擁し、その腕を引いて星家の邸《やしき》へと大股で歩き出す。姉と弟は、怪鳥の鉤爪《かぎづめ》に捕らえられた二羽のウサギのように、為《な》すすべもなく引っ張られていった。

その光景に、敏童がほっとしてつぶやいた。

「門限に遅れて説教くらうか、おやつを抜かれるか焦りましたけど、矛先が明々たちに向いて、助かりましたね」

「だろう？　善いことをすれば、善いことが返ってくるんだよ。情けは人のためならず、とはよく言ったものだ」

敏童がうんざりして、胸を張る主人を見下ろした。

「その年寄り臭いものの言い方、どうにかなりませんか、星二ぼっちゃん。陰で妖怪の爺児鬼《イエヤイクイ》って言われているの、知ってます？」

従者の辛辣《しんらつ》な忠告を、遊圭は鷹揚《おうよう》に聞き流した。

「胡娘は、路頭に迷った子どもたちを放っておけない質《たち》だからね。当分忙しくてわたしたちには構うまい。いまのうちに、敏は自分の持ち場に戻って、おやつをもらっておけばいいよ」

爺児鬼とからかわれても怒らないのは、遊圭が見た目以上に老成しているのが事実だからだ。生まれつき病弱で、ものがあまり食べられず、運動もできないために体の発育が遅れているだけで、遊圭はとっくに声変わりをしていてもいい年頃になっていた。

門内にいた召使いたちが、急ぎ足で遊圭を迎えに出る。

久しぶりの外出を終えた遊圭は、一刻も早く足を洗って、部屋でくつろぎたかった。

二、広がる暗雲

離れの自室に上がった遊圭は、足元に駆け寄ってきた小さな獣を抱き上げて頬ずりをした。

「ただいま、天狗《てんこう》」

丸顔に鼻先が尖《とが》り、手足が細く、体毛が深く密生した天狗は、姿形は狸に似ているが、毛並みの色合いが異なる。全体は濃い灰褐色の艶やかな毛に、首の周りだけが鮮やかに白い。

天狗のふわふわした毛並みは犬のそれと違い、遊圭が頬を擦《こす》りつけても、肌が赤く腫《は》れたり目が痒《かゆ》くなったりしない。また、猫と同じ布団に寝たときのように咳も出ない。動物の好きな遊圭が触れることのできる、数少ない獣であった。

この天狗という獣は、西海のほとりに棲《す》む珍しい生き物だ。吠《ほ》えることも鳴くことも滅多になく、捕らえるのは難しいが、小さなときから育てれば人語を解するのではと思われるほど、賢くひと懐こい。

子どもや病人を癒《いや》すともされ、飼えば災いを遠ざける吉獣とされていた。これも床につきがちな遊圭の無聊《ぶりょう》を慰めるために、親が金に糸目をつけず買い求めさせたものだ。飼い始めて一年にもならないが、天狗とは幼いときからずっと一緒に育ってきたように遊圭には思われる。

「ちょっと待ってて。母様に明々の奉公先の世話をお願いする手紙を書いてから、おやつをあげるから」

大急ぎで認《したた》めたその手紙を、母屋にいる母に渡すよう、水を運んできた女中に言《こと》づけて、手と足を洗い服を着替えた。

部屋着になって落ち着くと、とたんに体のだるさを自覚する。転んだ時に打った尻《しり》と腰がしくしくと痛みだした。見知らぬ人間と話すことのない遊圭は、快活で遠慮のない明々と、久しぶりの食事に興奮してはしゃぐ阿清の相手に、激しく消耗したようだ。

細く短い五本指の前足を伸ばして遊圭の膝《ひざ》をカリカリと引っ掻《か》く天狗《てんこう》に、おやつの干し肉と棗《なつめ》の実をやれば、天狗は小さな両手でおしいただくように餌を握って口に運ぶ。

熊のように物をつかむこともできるその前足で、天狗は器用に木に登ることもできる。その愛嬌《あいきょう》のある仕草に笑みを誘われた遊圭は、膝の上に載せて今日の出来事を話してやった。天狗は鼻の両脇に寄った丸い目を黒く輝かせて、遊圭の話に聞き入っているように見えた。

「大騒ぎだったよ。でも、楽しかったな」

天狗の喉《のど》をくすぐりつつ、遊圭はひとりごちた。

母屋の喧噪《けんそう》から離れた遊圭の離れには、胡娘をのぞけば中年から年寄りの女中ばかりだ。年の近い少年といえば、庭仕事にやってくる敏童くらいなものだった。休みなくしゃべる少女も、はしゃぎまわる子どもも、初めてではないだろうか。

寝椅子の榻《とう》に腰かけ、榻の端に置かれたやりかけの碁盤を眺めたものの、続きを打つ気は起きない。

胡娘が茶器を盆に置いて部屋に入ってきた。

手枕を引き寄せ、榻に横になった遊圭を見て、胡娘は心配そうに眉《まゆ》を寄せた。

「疲れたか。転んだと明々が言ったが、怪我はしなかったか」

立て続けに質問を浴びせる。

痣《あざ》でもできたのか尻が少し痛むが、まだ妙齢を過ぎてない胡娘に見せるのは恥ずかしい。遊圭はなんともないと答えた。

「ただ、ちょっと喉が痛いかな。街は埃《ほこり》っぽかったから」

「秋が近い。風邪かもしれないから、油断はしない。あとで大根を擂《す》ってくる」

胡娘は卓子に盆を置き、茶碗《ちゃわん》に檸檬香草《レモングラス》の茶を注いだ。柑橘《かんきつ》風味の爽《さわ》やかな香りが立ち昇る。小鉢の蓋《ふた》を取り、蜂蜜《はちみつ》をすくって茶に溶かしてから、遊圭に差し出した。瑞々《みずみず》しい、採れたての杏子《あんず》を一口大に切って添える。

「三年前に植えた杏子だね。もう実が生《な》ったんだ」

「今年からは、うちで干杏子が作れるよ」

上機嫌で応《こた》える胡娘にうなずき返し、遊圭は夕焼け色の杏子を口に入れた。まだ少し実が堅いが、果実の酸味に刺激されて唾液《だえき》が溢《あふ》れ、口の渇きが潤った。

遊圭は香草茶を口に含み、ゆっくりと飲んだ。一日歩いた疲れがほぐれてゆく。喉にかかり始めていたイガイガも、融《と》けて胃に流されていくようだ。

遊圭が檸檬香草の茶を飲むようになったのは、胡娘の奨《すす》めだ。

家庭医の煎《せん》じる薬は、幼かった遊圭には苦すぎたり、匂いがきつすぎたりして、呑《の》めないものが多かった。吐くことも多く、どのみち長く生きないのだからという、家中の諦観《ていかん》もあって、胡娘が星家に連れてこられるまでは、遊圭の病に効く療法を強く奨める者はいなかった。

もとは医師の妻で、本人は薬師でもあるという胡娘は、西方渡りの薬草に詳しい。そして子どもの患者に慣れているのか、薬を飲ませるのも慣れたものだった。

西方人の奴隷は、戦争などで落魄《らくはく》した知識階級の者が多く、東方では彼らの知識や技術は高く評価され、良い値で取引される。

そして遊圭の虚弱体質は、胡娘が専属の薬師兼療母となって以来、劇的に改善された。

「レモン草の茶を飲めば、ご飯もうまくなる。金椛《ジンファ》には体にいい食べ物がたくさんあるのだから、うまい茶を飲んで、ご飯もたくさん、食べるとよい」

胡娘は自分の言葉にうんうんとうなずきながら、遊圭の茶碗におかわりを注いだ。

「うん。なんだか、お腹が空《す》いてきたよ」

「だろう？　もっと飲め」

主人に対して命令口調だが、遊圭は「ありがとう」と応え、二杯目の茶に口をつける。

胡娘が療母となって以来、遊圭と胡娘は机を並べて金椛文字の読み方を学んできた。

胡娘は話すほうはまだ少し不自由なのだが、もと薬師だけあって、金椛の医療や薬草についてはすぐに習得した。

これも、息子が健康になるのならと、遊圭の母が胡娘の言うがままに、生薬について書かれた本草集を買い集めさせたお陰であった。

花実草木の画も詳細に描かれた、すべてが手描きの複写である本草集は大変高価で、胡娘の蔵書だけでひと財産になる。

「それにしても私は、ほんとに、ほんとに、心配したよ。ぼっちゃん、自分で買い物に行きたいとか言い出して。とちゅうで咳の発作起きたら、だれが薬をのませるか」

「いつ薬を飲めばいいか、もう自分でわかってるって、胡娘が言ってたじゃないか。実際、苦しくなりそうになったらすぐに薬を飲んで、大丈夫だったし」

「でも転んだ。発作だけでない。事故も心配するべき」

言い返せなくなった遊圭は、うつむいて茶碗を口につけた。

台所に引き返した胡娘は、しばらくして遊圭の夕膳《ぜん》を捧《ささ》げて戻ってきた。

「いつもの鶏と枸杞子《くこし》の粥《かゆ》に、竜眼も入れた。珍しくて、高いものなのに、陶蓮が分けてくれた。ぼっちゃんがひとりで出かけたら、すごく疲れるだろうと、気をきかせたのだ。きっと」

にこにこと遊圭に差し出す。遊圭は手渡されたレンゲで粥をすくい、口に運んだ。

胡娘が遊圭のためにだけ作ってくれる粥には、具材がそれぞれ持ち合わせた甘味と風味のほかは、ほとんど味はない。

少し塩をふるか、出汁《だし》を加えるか、あるいは獣脂を垂らしてコクを出せば、ぐっと食欲も増進するかもしれないのだが、胡娘は遊圭の食事に余分な調味料は入れさせない。

金椛《ジンファ》の民が好む、獣脂をふんだんに使った料理、脂肪分の多い赤身肉などは、胃腸の弱い遊圭には下痢のもとにしかならないのだという。塩も、漬物や干物など、食材の保存に使われている分で十分だと断言する。そして大量に集められた生薬は、薬味や隠し味どころでなくざくざく入れるので、ときに香りや刺激が強すぎた。

さらに、子どもに食べさせるのなら、薬と同じに甘くすればいいと思い込んでいるのか、果汁や干果、蜂蜜や糖蜜を多用する。

今日もにんにくの蜂蜜漬けが、昆布蒸しにされた白身魚の餡《あん》として、刻んだニラとともにたっぷりかけられていた。

食後は両親のいる母屋へ就寝の挨拶《あいさつ》に上がる。父親はまだ帰宅していなかった。母親から、明々たちを紹介した商家が乗り気で、明日にでも話がまとまりそうだと聞いて安心した。

自室に戻り、静かに詩集を読んでいると、胡娘が夜食を持ってきた。一度に一人前の量が食べられない遊圭に、少しずつでも口に入れる量と品目を増やそうと、胡娘は努力を怠らない。

「奥様から、梨をもらったです」

胡娘は笑顔を絶やすことなく、梨を二きれ薄く切った。胡娘手作りの、ヤギの乳で作った蘇《チーズ》と並べ、遊圭の前に置いた。

遊圭が梨をしゃくしゃくと食べている間に、胡娘は残った梨を摩《す》り下ろして、先に鉢に用意しておいた大根おろしと和《あ》えた。そこに卵黄を落としてよく混ぜ、肉桂《にっけい》の粉末を散らして、遊圭に奨めた。鮮やかな黄色と、梨の甘さが、遊圭の食欲を助けた。

就寝前には、カミツレの花と人蔘《にんじん》の薬茶を飲む。そして胡娘の奏でる二弦胡弓の楽を聞きながら眠りに落ちるのが、いつからの習慣なのか、遊圭はもう思い出せない。

この穏やかな習慣がいつまでも続くことを、遊圭はこの夜も疑うことはなかった。

「さて、今日も大過なく過ごせたな。おやすみ、ファルザンダム」

床についた遊圭の額の熱を白い掌《てのひら》で確かめて、胡娘は遊圭の袖《そで》に口づけをした。

それは、胡娘の故国の習慣なのだろうか。また、興奮したときや、ふたりきりのときだけ、胡娘が口にする呪文《じゅもん》のような異国語の意味を、遊圭は訊《たず》ねたことはない。

ただ、それが遊圭に対する呼びかけであることは、漠然と理解していた。

明け方、遊圭は時をつくる鶏の声でなく、ヤギの鳴き声で目を覚ます。胡娘が、遊圭に飲ませるヤギの乳を搾っているのだ。

遊圭は急いで寝床から転がり出た。同じ寝床で熟睡していた天狗《てんこう》が驚き、小さな鳴き声とともに飛び上がる。遊圭は短い上着を羽織り、庭に降りた。そのあとを、灰褐色の塊の天狗が、遅れまいとついてゆく。

盛夏はすでに過ぎたせいか、庭の草葉はしっとりと露に濡《ぬ》れ、忍び寄る秋の気配を微風に含ませている。花を探す蜜蜂《みつばち》の羽音が、菜園のどこかで空気を震わせていた。

ヤギを囲った庭の隅、胡娘のいる搾乳場の小屋の戸を開けた。

「おはよう、胡娘」

「おはよう、ぼっちゃん。具合はいいか」

「うん、そんなに疲れは残ってない。転んだところも、痛くない」

遊圭は強がりでなくそう答えた。忙しくヤギの乳房をしごく胡娘の後にしゃがみこむ。

このヤギも、肉をあまり食べられない遊圭のために、胡娘が両親に言って購入させたものだ。胡娘はヤギの乳から酸乳《ヨーグルト》、蘇《そ》、乾酪《チーズ》と、なんでも作る。

新鮮な凝乳を固めた蘇に、刻んだ干し果物や木の実を混ぜたお菓子は、胡娘の手料理では数少ない美味な食べ物だ。さらに、凝乳を発酵、熟成させた乾酪は酒にも合い、星家ではおとなから子どもまで誰もが欲しがる人気のおやつだ。

農業が主体の金椛《ジンファ》帝国とその周辺国では、獣の乳を飲んだり加工したりすることは盛んではないが、遊牧民の多い胡人《こじん》は動物の乳からいろいろなものを作り出す。

胡娘は、遊圭がおとなになっても肉が食べられなかったときのために、ヤギ乳の加工を学ぶことを奨めていた。遊圭も、ヤギ乳を煮詰めて攪拌《かくはん》し、凝固した白い塊を延ばしたり丸めたりする作業は面白く、積極的に手伝う。作るたびに微妙に味が違うのも不思議で、遊圭の探求心を誘った。

握力の弱い遊圭は、まだ搾乳はさせてもらえないのだが、胡娘が搾るたびに、ヤギの白い乳が迸《ほとばし》り、桶《おけ》に溜《た》まっていくのを見るのは好きだった。

離れに婿を迎えた遊圭の姉が懐妊した。もっとヤギがいる。ヤギの乳も乾酪も、妊婦にとてもよいのだと、胡娘は楽しそうにしゃべり続ける。

「私の故国では、ヤギ乳を飲ませていれば、子どもは病気にならない。産婦も、すぐ元気になって乳をいっぱい出す」

「確かに、わたしはこの春から、あまり寝込まなくなった」

「だろう？　金椛《ジンファ》の人は、なぜ飲まない？」

「なぜかな。みんな、胡娘がヤギを買ってきたとき、肉を食べるのかと思ったんだよ」

胡娘は大きな口を開けて笑った。

「肉もいい。金椛の人は、もっとヤギと羊、食べるべき。そしたら、体も、大きく、逞《たくま》しくなる。豚ばっかり食べてると、横に太るね」

遊圭は他の胡人を見たことがないが、胡娘の身長を考えれば、胡人というのはきっと金椛の民よりも大柄なのだろう。

「胡娘は、みんなが健やかになることばかり考えているんだね！」

遊圭は感嘆の声を上げた。

「薬師だからね！」

胡娘は勢いよく言葉を返す。

「でも、もうヤギの乳は出なくなるんだろ？　これからどうするの」

胡娘は、にっと笑ってみせた。

「春と夏とは、違う恵みを、神はくださる。秋と冬は、もっと長持ちするものを、畑や、森がくれるから、だいじょうぶ」

遊圭は、乳のように白い胡娘の手に目を落とした。十本の指先は草木の汁で暗緑色に染まり、指の先から手首まで小さな掻《か》き傷が無数にある。

胡娘は、敷地の一角に菜園を与えられていた。そこで、遊圭が必要とする生薬や滋養の高い食材を栽培している。四年目の薬草園は苗木から育てた栗や桃、無花果《いちじく》が結果しはじめ、胡娘が丹精した香草や薬草が豊かに生い茂っていた。

茱萸《ぐみ》や枸杞《くこ》、藍苺《ブルーベリー》など各種の果樹が、季節ごとに色鮮やかな実を結んでいく。中には黒苺《いちご》や狗薔薇《いぬばら》のように棘《とげ》だらけで、手入れや収穫をするのに血まみれになってしまうものもあった。

遊圭は勢い込んで宣言した。

「わたしも手伝う。育てるのも、採るのも」

「もちろん。ぼっちゃん、いつまでお金持ちかわからない。自分の薬は、自分で見つけて、保存して、煎《せん》じるやり方、私が全部教える。安心していい。ファルザンダムに、大事なことは、全部教える」

胡娘は、水を張ったような青灰色の瞳《ひとみ》で遊圭に微笑みかけ、固く誓った。

一家が一堂に会するのは昼食の時間だ。未明に登庁する星大官は、昼時には仕事を終えて帰宅し、家族が食卓で顔を合わせる。

遊圭はその日、いつものように胡娘と作った乾酪《かんらく》を持って母屋へ上がった。

母親の星夫人は、胡娘の蘇や乾酪を食べるようになってから肌の調子が良いと、いつも楽しみにしている。しかし、この日の星夫人は心がそこにないといった、憂いに満ちたまなざしで、遊圭の差し出した菓子箱を受け取った。

「どうかされましたか、母様」

遊圭は母親の気鬱《きうつ》を感じ取って訊ねた。

星夫人はあたりを憚《はばか》り、使用人に聞こえないよう低い声で遊圭に囁《ささや》いた。

「帝《みかど》が昨夕、急にお倒れになったの。旦那《だんな》様は、昨夜からずっと宮中にお詰めになっておられるのよ。詳しいことはわからないのだけど」

父親の席は、料理は用意されているものの、空席であった。遊圭の姉夫婦と、十八になる兄の伯圭《はくけい》はすでに席についているが、こちらも深刻な表情で上座を眺めている。ふたりの娘と席につきかけた第二夫人の夏氏《か》を、星夫人が招き寄せた。

「大奥様、何か」

星夫人よりひと回り若い夏氏の、丸くふくれたお腹にいたわりの視線を向け、星夫人が指図する。

「子どもたちを、城外か街の家に移します。あなたも、すぐに動けるように、用意をなさっておいてね」

「玲《れい》お嬢様のことでしょうか」

夏氏は、皇太子の後宮に上がっている遊圭の叔母《おば》の名を囁き、美しく整えた眉《まゆ》をひそめた。

「でも東宮には他にも皇子がおいでですし。年齢も、母の身分も星美人より上の方々が」

「ええでも、万が一、ということがありますからね。二代目のときはだれも皇后に成りたがらず、籤引《くじび》きだった、などという噂もあったくらいですから」

おとなたちのただならぬ緊張が伝わるのか、夏氏の娘たちは不安げに遊圭ら異母兄弟へと視線を泳がせる。

「まさか、あの壮健な帝がこんなに急に」

夏氏は握りしめた手巾《しゅきん》の端を噛《か》んだ。絹の手巾に唇の紅がつく。

不安に陥りやすい妊婦を慰めようと、星夫人は夏氏の肩に手を置いて諭した。

「あなたには産み月前の里帰りということで、そこから別に用意した邸《やしき》に移っていただきます。次に遊圭を街の商家に預け、順次、家中の者に旅行や転居をさせてゆきますが、私と伯圭は最後までこの家に残ります」

母の差配を黙って聞いていた伯圭は蒼白《そうはく》になったが、唇を引き結んだだけで何も言わなかった。

三年前、叔母の星玲玉《れいぎょく》が皇太子の後宮にあがり世婦の地位に就き、星美人と称されるようになった。そしてその翌年、男子を産んだ。以来、両親と一族のおとなたちは、時折このような不安を孕《はら》んだ会話をしてきた。

現在の皇太子、陽元《ようげん》の後宮は、皇帝であれば百人を超えるという妃嬪妾妻《ひひんしょうさい》の内官定員数を満たしてはいない。

そのなかでも、星玲玉は上から数えて二十数番目くらいの妾《しょう》だ。後宮に住まうとはいえ、世婦以下の妾妻は、夫の顔を見ることも稀《まれ》な世界であり、皇太子の手がついたことすら、星一族には青天《せいてん》の霹靂《へきれき》であった。

「わたしもこの家に残ります」

遊圭は思わず、おとな同士の会話に口を挟んだ。夏氏は遊圭がそこにいたことに初めて気がついたらしい。まばたきして少年を見下ろした。

「まあでも、二の若さま、星家は大丈夫ですわ」

遊圭は夏氏の言葉にうなずいて、必死で母親に訴えた。

「妃嬪の方々も皇子をあげられているのだから、皇太子殿下が即位される時がきても、玲玉叔母様が皇后になられることはないだろう、ってお父様もおっしゃっていたではないですか。わたしもこの家から逃げたりしません」

逃げる、という言葉に、夏氏の口元が不快に歪《ゆが》んだ。それでも笑みを絶やさず、遊圭に話しかける。

「一の若様の成人祝いの日に、方術師の人相見が見立てたのを、覚えてらっしゃるでしょう？　二の若様は星家で一番長生きして、当家に繁栄をもたらす、って。星家に災難が降りかかる心配など、ございませんよ」

「ええ、そうでしたわね。病弱な遊圭が皆よりも長寿で、家も栄えるのですから、我が家はこの先も安泰です」

夏氏の楽観的な展望に、星夫人はうなずき、息子の無作法をたしなめた。

「金椛《ジンファ》の人たち、おかしいね」

遊圭の着替えや薬、書籍を櫃《ひつ》や行李《こうり》に詰めながら、胡娘は繰り言をやめない。何年もかけてようやく整い、苗から育てた果樹も実るようになった薬草園の収穫期に、邸を出て他所《よそ》に住むことが気に入らないのだ。

「なにがおかしいんだ」

星家の直面している深刻な状況を理解できず、のんびりと長期外泊の支度をする胡娘の態度に、遊圭は少し苛立《いらだ》って問い返した。

「もし、皇太子が皇帝になる。そして、玲お嬢さんの子が次の皇太子になる、すると、玲お嬢さんが皇后になる。そしたら、星大官は皇后の兄、皇太子の伯父《おじ》だ。めでたいことじゃないか」

順番を間違えぬよう、指を折りながら、胡娘は星玲玉と星一家の近未来における可能性を整理した。

「めでたくないよ。金椛の国では、皇太子や皇帝に外戚《がいせき》は存在しない。玲玉叔母さんが皇后に立てられたら、わたしたち星一族は、先帝の陵《みささぎ》の墓守を命じられる」

「一族全員がか？　墓掃除にそんなにいらないだろう。金椛《ジンファ》の民も、死者に朝晩の供物を捧《ささ》げるのか。そしたら墓守は毎日肉が食べられる。食うに困らないな」

胡娘は、金椛国の法律や風習をまだよく知らない。遊圭は皇帝の葬祭について、言葉を選んで説き明かす。

「皇帝の陵の墓守には、墓掃除も供物のおこぼれもなし。みな、亡帝と一緒に墓室に閉じ込められて、埋められてしまうんだから」

「なんと、生き埋めかっ。どうして」

胡娘は薬草を選別する手を止めて叫んだ。

「皇后の親戚が、政《まつりごと》に口を出せないようにするためさ。金椛帝国の前の王朝も、その前の王朝も、外戚が帝国を乗っ取り政治を恣《ほしいまま》にし、三代と続いた王朝はない。対立する皇族を冤罪《えんざい》に陥れて滅ぼしたり、かれらに阿《おもね》る無能な官吏ばかり登用して国を傾けてしまう。だから、金椛の初代の皇帝が『天子に外戚なし』と宣言し、曾祖父母《そうそふぼ》を除くすべての皇太子の母方親族は、先帝に殉じるべしって法律を定めたんだ」

遊圭は、丸暗記した史実を暗唱するように、すらすらと答える。

幼いころから、部屋に引きこもっていることの多かった遊圭は、受験科目以外の通俗小説や史書にも親しむ時間もあり、同年の子どもたちよりは古今の歴史に明るかった。敏童が遊圭を爺児鬼《イエヤイクイ》とからかうのも、あながち的外れではないのだ。

「だからといって、皇后の親族を皆殺しというのは、理不尽すぎないか。やっぱり金椛《ジンファ》はおかしな国だ。それでは、この国の娘はだれも、皇后になりたがらないだろう」

親だって、娘を後宮に上げたくないはずだ、と胡娘はかぶりを振った。

親や娘の意向がどうあろうと、後宮に娘を差し出せと勅諚《ちょくじょう》が出れば、断れるものではない。まして不作や不況に見舞われれば、自身の親に遊郭へ売り飛ばされかねない貧しい家の娘たちにとって、たとえそれが末端の下働きであろうと、後宮はむしろ衣食住の保証された、安定した就職先であった。

皇帝がただひとりであるように、皇后もまた、数百数千の女官からただひとりしか選ばれない。その一方で、もし親王や内親王を授かれば、皇族の親として化粧領や扶持《ふち》を賜《たまわ》る。安定した収入と実入りが得られる確率のほうが、皇太子の母になる確率より高いのだから、族滅の危険を冒してでも、後宮に娘を送り込みたい貴族や平民には事欠かなかった。

ひとは誰でも、外れ籤《くじ》は自分以外の者が引くものだと思っている。

「まったく、世界は広い。わけのわからん決まりを、だれもおかしいと思わない国がある。もし星の大家《ターチャ》が墓に埋められたら、始まったばかりの左京区の利水工事はどうなるか」

「さあ」そこまで遊圭にはわからない。

遊圭のような少年には、華やかな礼部尚《れいぶしょう》や兵部尚《ひょうぶしょう》などの官庁に比べ、灌漑《かんがい》や土木建築工事の手配に明け暮れる工部尚の官僚は、それほど魅力的には映らない。

しかし、巨額の資金や雇用を動かす公共工事を一手に差配する工部尚には、事業の落札を求めて、賄賂《わいろ》で重い袖《そで》を引きずらせた業者が群がってくる。星大官に成り代わりたい中下層の官僚は少なくない。

「胡娘の国では、皇帝や国王の后《きさき》の親族は、族滅されたり追放されたりしないの？」

「されるわけがない。后妃の親族が、いちばん皇帝に忠実な盾となり、鋭い剣となるのだからな」

西海の彼方《かなた》では、金椛《ジンファ》とは正反対の常識がまかり通っているらしい。

「胡国では、后妃の親族は政治を壟断《ろうだん》したりしないんだ」

遊圭は感心した。胡娘はふっと遠くを見つめて嘆息した。

「私は王都に住んだことないから、詳しいことは知らないが、后妃は皇族から選ばれる。だから争いようがない」

それでは、血の近い者同士の結婚が続くのではないだろうか。祖先を共有する婚姻は忌避される金椛国では、考えられないことだ。

とにかく、今上帝が急病で倒れたからといって、死病と決まったわけではない。

「万が一に備えて、せめて姉様夫婦と、異母妹《いもうと》たちは殉死を免れるように、次の皇太子が立つまで、都から離れるのはいい考えだと思う」

「ぼっちゃん！」

胡娘は頰を赤くして掌《てのひら》で行李を叩《たた》いた。灰色の瞳《ひとみ》が、怒りで青みを増している。

「ぼっちゃんだって、生き埋めにさせない！　ぼっちゃんは何も悪いことなどしてないし、するはずがない」

恐ろしい剣幕でまくしたてる。遊圭がしどろもどろになって胡娘をなだめていると、母屋から遣いがきた。

父親の星大官が帰宅したので、迎えに出るようにとの伝言に、遊圭は身だしなみを整え、上等の深衣を羽織って離れを脱出した。

帰宅する父親を、門から玄関までずらりと召使いが並び、星夫人を筆頭に家族が母屋の玄関に整列して出迎える。星大官の帰宅が昼であろうと夜であろうと、あるいは深夜であろうと、必ず繰り返される日課であった。

遊圭もまた、病気や熱で寝込まない限り、伯圭の横に並んで父親の帰りを迎えてきた。

星大官は昨夜から一睡もしてないらしく、顔は灰色で、眼の下に濃い隈《くま》を作っていた。挨拶《あいさつ》の後、大官の後について広間に入った家族の顔には、一様に不安が張りついていた。

「帝《みかど》のお加減はいかがでしょう」

感情を押し殺した声で、星夫人が夫に訊《たず》ねる。

「よくない。医師は、今宵《こよい》意識が戻らねば、一両日の命であろうと」

星大官の疲れ切った陰鬱《いんうつ》な口調に、星夫人と夏氏はそっと視線を交わした。夕食後、再び母屋に呼び出された遊圭は、ひとりで両親と対面した。父親は沈鬱な面持ちで息子に告げた。

「薬屋の陶蓮の家に行け。万が一のことがあれば、陶蓮がそこからすみやかに城外の寺を手配してくれることになっている。東方に懇意にしている商人がいるから、胡娘とともにそちらを頼るといい」

遊圭もまた、蒼《あお》ざめて訊ねる。

「叔母《おば》様が、皇后になられるのですか」

「まだわからない。ただ、現東宮殿下は、上位の妃腹の皇子を差し置いて選ばれた。今回も上位の妃たちが、族滅を避けようと、どんな手を打ってくるかわからない。玲玉が皇后にならぬよう私も手は尽くす」

まるで、伏せられた絵札を順番に引いて、得点の高い絵札を集めてゆく『鬼婆《クイポー》めくり』のようだ。遊びと違うのは、絵札の山から皇后という鬼婆札を引いてしまったら、集めた絵札をすべて失うのではなく、一族揃って生きながらにして亡帝の墓に埋められてしまうところだ。

後宮に娘や姉妹を入れてしまった家族は、いつか誰かが負け札を引かねばならない絵札遊びから、最後まで抜け出すことはできないのだ。

後宮の奥深くではいまも、鬼婆札を押しつけあって、星大官でさえ予測できない駆け引きが展開されているのだろう。

唇の色まで失った次男の悲愴《ひそう》な表情に、父親は疲れた笑みを向ける。

「心配するな。方術師の見立てによれば、お前のお陰で我が一門は栄えることになっている。今日や明日で滅ぶ心配はない」

それはむしろ、星大官が自分自身に言い聞かせているようであった。

三、逃避行

生まれ育った邸《やしき》を出て、陶蓮の邸に移る朝。

遊圭の髪を洗いながら、胡娘はぶつぶつと文句を言い続けた。

「法律がおかしい。星の大家《ターチャ》は悪いひとじゃない。玲お嬢さんが皇后になって、皇太子の伯父《おじ》になっても、宮廷をわが物にするわけがない」

それでも手を休めることなく、盥《たらい》に張った糠《ぬか》水で櫛《くし》を濯《ゆす》いでは、おろした遊圭の髪を梳《す》いて、汚れを取り除いてゆく。

「嫁の家族が信じられないなら、一番の妻にしなければいいのだ」

胡娘によれば、金椛《ジンファ》帝国のように、平民からも后妃が選ばれる国は珍しいという。西方では、正式な皇后は皇族や王族と、それらに連なる最高位の貴族の家系からしか選ばれないそうだ。

「でも胡娘、それでは誰かが誰かの親戚《しんせき》ばかりになって、どんどん王家の血が濃くなるじゃないか」

「それのどこがいけない？」

きれいに梳いた遊圭の髪に椿油を塗り込み、いくつかの房に分けて編んでゆく。

「金椛《ジンファ》では、親戚でなくても、姓を同じくする者同士の結婚は禁じられているんだよ」

「それもおかしい。それでは高貴の血筋が守られないし、先祖代々の財産が失われる。祖を同じくするものが結婚するのは、神も喜ぶことだ」

胡人と金椛人は、風習も違えば崇《あが》める神も異なる。当然ながら、結婚観も違うのだ。そしてどれだけ話しても平行線らしい。

昨日と同じ繰り言が蒸し返され、うんざりしてきた遊圭は、むっつりと黙り込んだ。銀の笄《こうがい》にくるくると遊圭の三つ編みを巻きつけた胡娘は、頭の片側に手際よく総角《あげまき》を結い上げた。もう一方の総角を作るために、遊圭の右側に移動する。

「でも、金椛と私の民、共通するところある」

「どこが？」

「肌を見せないことと、髪を大事にするところね。いつも結ったり、布で隠したりする」

「髪は魂の気でできているからだよ。胡人もそう考えているのかな」

「金椛人にとって、髪は魂の一部か」

胡娘は感心したようにうんうんとうなずいた。

「私たちはそう考えないが、なぜかな。髪は切らない。いつもきれいに梳いて、巻いたり、結ったり、外出するときは帽子や布にしまって大事にする。たぶん、親がくれたものだから。親がくれたものは、神がくれたものと同じだ」

遊圭は、療母である胡娘の価値観が、少しでも自分たち金椛《ジンファ》人と似ていると知ると嬉《うれ》しい。

いつもは薬草園やヤギの世話で忙しい胡娘も、陶蓮宅では手すきになり、遊圭と話す時間が増えるだろう。西域のいろいろな話が聞けるのではないだろうか。

これから始まる居候生活も、胡娘がいればなんとかやっていけそうだ。

遊圭の気持ちは少しだけ晴れた。

遊圭と胡娘、籠《かご》に入れられた天狗《てんこう》、そして敏童が陶蓮の邸に移り、陶家の客用の離れに落ち着いた翌日、皇帝が崩御した。

遊圭は不安な気持ちで、皇太子の即位の日取りが告知されるのを待った。その日、皇后の座につくのが玲玉叔母でなければ、遊圭は自分の家に帰れる。

そうでなければ、即刻、王都から逃げ出さなくてはならない。

朝起きてすぐ、胡娘は遊圭に庶民的な筒袖《つつそで》の短衣を着せ、脚衣には兵士が穿《は》くような細筒の褲《こ》を穿かせた。

「これなら沙漠《さばく》だって山だって越えてゆける」

膝丈《ひざたけ》の上着の腰に、幅広の革帯を青銅の留め金で留めた胡娘は、自信たっぷりに断言した。


「父様の友人がいる東の城市には、沙漠も山もないよ」

遊圭は体に密着する、慣れない衣服に困惑して言った。

「平原をゆくなら、走ることも馬に乗ることもできる」

遊圭の戸惑いに頓着《とんちゃく》せず、胡娘は七日分の携帯食と薬を用意した。悪い知らせが入ったらすぐに、それを抱えて旅立つための準備だ。

星大官から預かった路銀の一部も、水筒と一緒に背嚢《はいのう》に詰めた。

「これは、ぼっちゃんが自分で運ぶ。最初は重いだろう。でも、もし私とはぐれたら、ひとりでも逃げられるように、自分の荷は、自分で持つ」

胡娘とはぐれるなど、想像もしたくない遊圭だったが、このときもまだ、本当に自分たちが都から逃げ出さなくてはならなくなるとは、想像もしていなかった。

「胡娘さん、こちらにおいでですか」

陶家の女中が部屋の外から声をかけた。陶蓮が胡娘を呼んでいるという。胡娘は席を立ち、母屋へ向かった。

遊圭と敏童が、無言のまま不安な時間を過ごしていると、表玄関が騒がしくなった。

渡殿まで見に行った敏童が、大慌てで戻る。

「ぼっちゃん、錦衣《きんい》兵です。ぼっちゃんを捕まえに来たんだ、逃げましょうっ」

皇族を守る責務と、勅諚《ちょくじょう》により皇族を捕縛する権限を有する錦衣兵が、遊圭の前に現れた。それは、星玲玉が皇后に立ったことを意味する。

敏童は、急いで遊圭に背嚢を背負わせ、手首をつかんで、裏庭へと駆け出した。

「胡娘が戻らないっ」

「胡娘さんを呼び出したのは、ぼっちゃんから引き離すのが目的だったんだ。陶蓮さんは、有事のときはぼっちゃんを匿《かくま》う気なんか、初めからなかったんです」

走りながら、敏童は口走った。

「何を言い出すんだっ」

長年の付き合いの陶蓮が、遊圭や星一家を裏切るなど、考えられなかった。

数年前に実家が没落したという陶蓮の店は、星家の後ろ盾でふたたび大きくなった。希少で高価な生薬の輸入にも、星家が便宜を図ってきたのだ。また、遊圭の逃亡を援《たす》けるために、陶蓮は多額の謝礼も前金で受け取っているはずだ。

「陶蓮が、そんな」

息がすぐに上がる。足の速い敏童に、とてもではないがついていけない。

「だめです、出口を塞《ふさ》がれてます」

敏童が悲鳴を上げた。

使用人が使う裏門にも、すでに錦衣兵が待機していた。兵士が遊圭たちを指さして、何か叫んでいる。引き返そうにも、背後からは陶家の使用人たちが追ってきていた。

「ぼっちゃん、この木に登って」

敏童は、築地塀《ついじ》の近くに生えていた松の枝に遊圭をつかまらせ、全力で持ち上げた。

幸い、築地塀はおとなの身長を少し超えるほどの高さだったので、木の枝伝いに飛び移ることは可能だった。塀の屋根にしがみつく遊圭の後に、軽々と登ってきた敏童が追いつき、先に塀を飛び降りた。

「ぼっちゃん、飛び降りて。受け止めますから」

体験したことのない高さから敏童を見下ろし、遊圭は完全に胆《きも》を潰《つぶ》していた。しかし、同じその高さから見渡す庭に、陶家の人々に混じって、鮮やかな兵装の錦衣兵がこちらに駆け寄ってくるのが見渡せた。

胡娘の姿は見えない。

「天狗《てんこう》！」

籠に残したままの愛獣を思い出し、遊圭は庭の方へ身を乗り出す。

「ぼっちゃん、犬ころの心配なんぞしてるときじゃないです！」

塀の外を見下ろすと、敏童が両手を広げて叫んでいる。塀の外側でも人々がこちらを見て騒ぎ始めていた。

天狗は希少な瑞獣《ずいじゅう》だ、陶蓮は粗末に扱わないだろう。

遊圭は目を閉じ、敏童めがけて飛び降りた。

敏童は器用に遊圭を抱きとめると、ためらうことなく走り出す。が、最初の曲がり角に着く前に、陶家の側門が開いて、錦衣兵が飛び出してきた。

突き出される警杖《けいじょう》の下を、敏童は遊圭の肩を引き下げてかい潜る。しかし遊圭はその動きについていけず、滑り込むようにして転んでしまった。

手を放してしまった敏童は慌てて引き返そうとしたが、遊圭はすでに重なり合った数本の警杖に押さえ込まれ、カスミ網に囚《とら》われた小鳥のように地べたに這《は》いつくばっていた。

遊圭が顔を上げると、敏童の顔は恐怖に歪《ゆが》んでいた。錦衣兵の注意が敏童に向けられる。

「そいつも捕らえろっ」

兵の叫びが虚空に響いた途端、敏童は遊圭に背を向け、脱兎《だっと》の勢いで逃げ出した。

遊圭は観念してうずくまった。錦衣兵は警杖を上げて縄を出し、ひとりが遊圭の衿首《えりくび》をつかんで立ち上がらせた。遊圭の腕に縄がかけられようとした瞬間、風を切る音とともに、縄を持っていた錦衣兵が悲鳴をあげてのけぞった。

蹄《ひづめ》の音が響き渡り、風を切る音が続き、錦衣兵が次々に頭を押さえ、悲鳴を上げて倒れる。遊圭は驚きに顔を上げた。

きらびやかな綱で飾られた、おそらくは錦衣兵の隊長の馬に胡娘がまたがり、錘《おもり》のついた縄を振り回して錦衣兵を薙《な》ぎ倒していたのだ。

「ぼっちゃん、つかまって」

胡娘の伸ばした手に無我夢中で飛びついた遊圭は、ふわりと宙に浮いたかと思うと、次の瞬間には馬の鞍《くら》に腹這いになってしがみついていた。

胡娘は遊圭の帯を握って鞍に押しつけ、自分の背後に安定させると、馬の腹を蹴《け》ってその場を走り抜ける。数区画を駆け、人目がなくなったところで馬から降り、縄で尻《しり》を叩《たた》いて放してしまった。

派手な錦衣兵の馬は目立ちすぎ、すぐに見つかって追い詰められてしまうからだ。

「ぼっちゃん、だいじょうぶか？」

遊圭はすぐには返事ができなかった。全力で走る馬の背で、何度も鞍に叩きつけられるように揺すられたのだ。

木に登ったのも、壁から飛び降りたのも、ましてや疾走する馬にしがみついたのも、生まれて初めてだった。緊張と運動が心臓や肺にかける負担に、去年までの遊圭なら、それだけでも引きつけを起こしていただろう。

実際、錦衣兵に囲まれ警杖で押さえ込まれたときは、呼吸が苦しくなっていた。

いや、馬の鞍で弾んでいた時も、息をしていたかどうか定かではない。

ぜいぜいと息を吸い込もうとしても、何も肺に入ってこない。喉《のど》の奥が腫《は》れ上がって気道を塞ぎ、視界が狭く暗くなってゆく。

胸を押さえた遊圭の目が焦点を失い、顔と唇の色が変わるのを見て、胡娘は緊急の事態を悟った。遊圭を担ぎ上げ、路地裏へ駆け込む。壁に沿って積み上げられた藁束《わらたば》に腰をおろし、遊圭を膝《ひざ》の上に抱きかかえた。遊圭が呼吸しやすいように背中を起こし、鎮静剤を服用させる。

麻黄、杏仁《きょうにん》、甘草、石膏《せっこう》を煎《せん》じて濃縮させたこの粘薬を、なかなか呑《の》み込めないでいる遊圭の口に水を含ませ、少しずつ薬と水を注ぎ込んだ。

薬を吐き戻すようすはないものの、自力で息を吸い込めない遊圭を見て、胡娘はその鼻を塞いでは、遊圭の青い唇に自分の口を重ね、何度も息を送り込んだ。

やがて発作は落ち着いてきたが、遊圭は倦怠《けんたい》感と手足の震えに、すぐには動けなかった。

胡娘は自身の目立つ異相を隠すため、男装して頭に布を巻いた。拾ってきた大籠《おおかご》に遊圭を座らせ、筵《むしろ》を巻いて藁束を運んでいるように見せかけた。

「その縄、どこで手に入れたの、胡娘」

籠の中で膝を抱えた遊圭は、かすれ声で訊《たず》ねた。筵を縛る縄は、錦衣兵を追い払うのに振り回していた、錘付きの縄だ。

「陶蓮の井戸の釣瓶《つるべ》縄。たくさんの相手と戦える武器になるもの、とっさに目についたの、切り取ってきた」

藁束の屑《くず》を吸い込まないように、鼻と口を覆った絹の手巾《しゅきん》の下で、遊圭は苦笑した。

「胡娘はすごいな。薬師なのに馬に乗れるし、縄も使える」

「胡人《こじん》はみんな馬に乗れる。旅が長いと、縄の使い方は自然に覚える」

胡娘は、しばらくは声も音も立てないようにと遊圭に言いつけ、遊圭は言われた通りにした。どのみち、胡娘の背中に負われて揺られているうちに、うつらうつらと眠りに落ちてしまったのだが。

その夜、下町に胡娘の取った宿で熟睡した遊圭は、翌朝には起き上がれるほどには回復していた。傍らの気配にそちらへ顔を向けると、胡娘は粘薬の量を量りながら、硝子《ガラス》の小瓶に移し替えていた。

「昨日は、薬の量を量る暇も道具もなかった。飲ませ過ぎたかと心配だった。だけど食事もできたし、よく眠れたようで、副作用はない。正しい量を飲んだようだ。ぼっちゃんは運がいい」

粘薬を乾燥させたり、あるいはさらに煮詰めて丸めたりする時間も道具もないので、昨日効いた分量ずつ小分けにしているのだという。

香水などを入れる硝子の小瓶は安くない。どこで買ってきたのかわからないが、胡娘は分けた小瓶をそれぞれ小さく切った布に巻いて、遊圭の肌着に縫い付けた。

「どうして、胡娘はわたしを助けてくれるんだ？　陶蓮はわたしを売った、敏童は逃げた。胡娘は星家が滅びれば、自由じゃないか。孤児で無一文のわたしには、胡娘を養えない。わたしの世話を続ける理由はもうなくなった」

遊圭の疑問に、胡娘はアーモンド形の眼を吊《つ》り上げた。

「私、薬師ね！　ぼっちゃんは私の患者！　ファルザンダム！　医師、薬師、癒《いや》し手は、自分の患者、見捨てない！」

遊圭は、胡娘の剣幕に言葉を失った。

「それから！　子どもが、おとなを養う心配、いらない！　私自分くらい養えるね！あと、子どもひとりくらいも、養えるからね！　ぼっちゃん、余計な心配、しない！」

胡娘はそれからしばらく機嫌が悪かったが、遊圭が無理してでも朝食を完食すると、笑顔に戻って言った。

「星の大家には、恩があるよ。右も左もわからない異国に売られて、売春宿やヒヒオヤジの妾《めかけ》に売られずに、薬師の仕事できた。東方医薬の勉強も、金椛《ジンファ》の言葉も習わせてもらった。私の神は、恩には恩で返すのが大事と云うよ。ぼっちゃんは、なにがなんでも、私が守るよ」

それから三日間、胡娘は宿を出入りして逃亡の算段を図っていたが、帝国を挙げての大葬と、拘束を逃れた星一族の探索で、とても都から出ていける状態ではないという。

帝都の四方の城門は監視の目が厳しく、容貌《ようぼう》や特徴があまりにもはっきりしている遊圭と胡娘では、行動を共にはできない。

胡娘は、八方ふさがりの状況に頭を抱えつつも、いつでも逃走できるよう、遊圭に旅支度のまま待機させていた。

「そうか、皇帝は崩御されたんだ」

宿の窓から外を眺めていた遊圭は、あちらこちらの窓から垂れ下がる白布にため息をつき、瞑目《めいもく》した。

遊圭の与《あずか》り知らぬところで、一国の天子が身罷《みまか》り、叔母《おば》が皇后に選ばれ、外戚《がいせき》の禍《わざわい》を未然に防ぐという名目で、星一族が滅ぼされる。

部屋の扉をわずかに開き、階下の噂話に耳を澄ます。禁城内での葬儀が終わり、これから陵《みささぎ》への行列が執り行われると酔客が大声で話していた。六十七人の星一族が、箱車に載せられて先帝の供をするのだと。

家族や従兄弟《いとこ》たちの顔が、次々にまぶたの裏に浮かぶ。悲しみとも怒りともつかぬ胸の痛みに、息もできない。

家族に会いたい。

帝都脱出の計画と準備に余念のない胡娘が目を離した隙に、遊圭はふらふらと宿から外へ出た。人混みに紛れて、陵へ続く北大門通りへと向かう。

周囲の喧騒《けんそう》が、波のように騒《ざわ》めく。まるで、夢の中を歩いているようだ。

星一族は、長じた遊圭の導きで末永く繁栄するはずではなかったのか。

遊圭の鼻の奥に、悔し涙が込み上げてくる。

人相見の言うことなんぞ当てにならない。

富貴の親の保護なくして、虚弱な遊圭がこの先ひとりで生き延びられるとも思えない。

人相見は、遊圭が一族の誰よりも、ほんの数日長く生きることしか当てられなかった。

それでも、胡娘は生きろという。

なぜ自分だけが生き延びなくてはならないのか、遊圭自身は納得できていなかった。皇后に身内がいることが、国を傾ける災いをもたらすなら、この先の国家を安んじるためには、自分も生きていてはいけないはずだ。

同時に、金椛《ジンファ》国では一族が滅び、誰もその家廟《かびょう》を祀《まつ》らなくなることを、恐れ忌む風習がある。子孫に祀られぬ祖先に後生はなく、その魂は永劫《えいごう》の闇を彷徨《さまよ》い続けねばならない。生粋の金椛人である両親が、遊圭の生存に懸ける希望と祈りは切実なものだ。

そしてまた、幼いころから、何度も死線を彷徨うような病を繰り返してきた遊圭には、生きることへの執着も捨てがたかった。

馬も鎧《よろい》も煌《きら》びやかに飾り立てた錦衣《きんい》兵たちが、皇帝の柩《ひつぎ》を載せた黄金の御車の先導として通り過ぎる。金椛の民は、集めてきた白い花びらを行列へと投げかけた。

北大門通りは、大粒の雪が降り積もったようだ。

亡帝の豪奢《ごうしゃ》な柩車《きゅうしゃ》に続いて、天子を載せた車駕《しゃが》、車上に鳳凰《ほうおう》を戴《いただ》く輦轂《れんこく》が八人の宮人に押されて通り過ぎた。

叔母玲玉の夫、新皇帝司馬《しば》陽元《ようげん》の乗る車駕だ。一歳かそこらで皇太子となった玲玉の息子、遊圭の従弟《いとこ》でもある翔《しょう》の父親。

宮廷に参内したことのない遊圭は、陽元との面識はない。輦轂の窓は紗《しゃ》の幕に覆われ、中の人物は紗に映る影しか、外からは見ることができなかった。

天子の輦轂《れんこく》に続いて、皇后の車、玉輦《ぎょくれん》が近づいてきた。

玲玉叔母は、自分の立后が星一族の破滅を招いたことに、どれだけ心を痛めていることだろう。

陽元の母后《ぼこう》は、心痛のために自害したというが、叔母には翔皇子のためにも、自分を責めずに生きて欲しいと遊圭は願った。

――まだひとりじゃない。玲叔母さんも、翔皇子もいる。

一瞬、希望が見えてきたが、次に進んできた黒い箱車を見て、遊圭の全身の血が引いた。周りの音が聞こえなくなり、気が遠くなる。

人間の宮人でなく、黒牛に牽《ひ》かれて進む箱車の列が延々と続く。六十人以上の殉死者を詰め込んだ箱車の歩みも、彼らを見送る群衆も、異様なほど静かであった。

せめて、最期を見送りたかったのに、窓のない箱車に詰め込まれた状態では、どこに父母や兄弟姉妹がいるのかわからない。

通り過ぎる箱のひとつひとつに取り縋《すが》り、家族の名を叫びたい衝動を、歯を食いしばってこらえる。固く握りしめた拳《こぶし》を震わせる遊圭は、爪が掌《てのひら》を破って血を滲《にじ》ませていたことにも気づかなかった。

叫びは呑《の》み込めても、涙はあふれて止められなかった。幸い、先帝の死と星家の悲運に涙を誘われた者は少なくなく、だれかが悼みの声を上げると、群衆も悲嘆の叫びを上げ、遊圭の頰を流れる涙を怪しむ者はいなかった。

粛々と過ぎてゆく箱車。為《な》すすべもなく呆然《ぼうぜん》と佇《たたず》む遊圭の近くで、誰かが叫んだ。

「あそこに、星の生き残りがいるぞ！」

冷水を浴びせられたように、遊圭は飛び上がった。頭上を飛び交う怒号に胆《きも》が潰《つぶ》れたが、群衆は遊圭の頭よりも高い位置を、きょろきょろと見回している。周囲にはまだ、自分がそうだと気づかれたわけではない。

前後も見ずに駆け出そうとする足を踏ん張り、親指を握り込んだ拳で胸を押さえる。激しい鼓動に『落ち着け、落ち着け』と言い聞かせた。大きく息を吸い込み、ゆっくりと吐きながら、獲物を追う群衆の波に紛れ込む。

先ほどまで、星家の悲運に同情し、涙を流していた群衆が豹変《ひょうへん》し、束になって星家の者に襲いかかろうとする。たとえいまは子どもでも、長じれば必ず国を亡ぼすであろう外戚は、ひとりも生かしてはおけない。

金椛《ジンファ》帝国、司馬《しば》王朝を開いた初代皇帝が皇后外戚の族滅を定めて以来、金椛の国民はその法に忠実であった。

司馬氏が帝位に就く以前の金椛では、皇帝生母の一族による国政の壟断《ろうだん》が繰り返された。そのためにこの二百年、三代と続いた王朝はない。

外戚による政《まつりごと》は、判で押したように、同じことを繰り返す。彼らの栄耀栄華《えいようえいが》を支えるためだけに皇帝の権威を笠《かさ》に着て、宮殿や離宮の造営に国民を使役し、災害や不作に喘《あえ》ぐ国民を顧みず増税を重ね、反乱を招いて国力を衰退させる。

前王朝の末期では、それを機と見た北方の異民族が、大陸を南北に分かつ北天江《ほくてんこう》を渡って侵攻し、多くの領民が殺戮《さつりく》、略奪された。自身が外戚の専横に苦しんだ当時の皇帝は、皇太子の母ひとりを自害させることで、次代の外戚禍を防ごうとした。

その後、北からの侵略軍を駆逐し、国を救った将軍が重用され、その一族がやがて宮廷に力を広げるようになった。

その将軍が皇太子の亡母の実兄であったことと、皇太子の新帝即位後には、将軍の親族がさらに国政を恣《ほしいまま》にしたことが、臣民の外戚に対する恨みを深くした。二百年に及ぶ外戚への不信と憎しみは、国民の心に深く根付き、外戚すなわち悪となった。ゆえに、新王朝の司馬氏にとっても、外戚禍の未然の排除は、国家安定政策の根幹となってしまったのだ。

ひとりでも生かしておいては、後顧の憂いとなる。

遊圭は群衆が自分を標的と見定める前に、急いで人混みにまぎれて逃げようとした。大通りでは、誰が誰を探しているのかわからない騒動になり、そこへ殺到する錦衣兵の警杖《けいじょう》に突かれたり叩《たた》かれたりして、悲鳴が上がった。

錦衣兵が探しているのが子どもだとわかると、安心して大通りから逃れようとするおとなたちと、小さな子どもを片っ端から捕まえてはその親に奪い返される不心得者とで、騒ぎは一向におさまる気配がない。

大通りの喧噪《けんそう》を逃れて、路地に逃げ込んだ遊圭は、宿への帰り道がわからない。どっと噴き出す汗に、手足が冷たくなってゆく。動悸《どうき》や目眩《めまい》を抑える薬を服用しようとしたが、袋の紐《ひも》を解《ほど》くことも難しいほど指が震える。

背後から近づく足音に、遊圭はぎくりとふり返った。しかし、相手の顔を見てほっと息を吐く。背中を壁に預け、へたりこんだ。

「敏童……無事でよかった」

「星二ぼっちゃん。こっちへ」

陶家の外で別れて以来、敏童はひどくやつれてしまっていた。顔に青痣《あざ》もできている。路地から路地へ移動しながら、敏童はあのあと錦衣兵に捕まってしまったが、星家の血縁ではないことがわかると、釈放されたのだと語った。

「見捨てて逃げて、すみません」

敏童は神妙に、震える声で謝った。遊圭は慌てて首を横に振った。

「敏童はよくやってくれたよ。あのときは仕方がなかった。あんなにたくさん兵士がいるのに逆らったら、敏童が殺されていたよ。でも助けに来てくれて、ありがとう」

遊圭の胸にもまぶたの奥にも、感謝と安堵《あんど》で熱いものが込み上げる。素直な遊圭の礼に、敏童は顔をくしゃくしゃに歪《ゆが》めた。

「ぼっちゃん……」

さらに路地を曲がって別の通りに出ると、五人の錦衣兵が待ち構えていた。

遊圭はぎょっとして足を止める。

最も美麗な鎧を着た士官が、槍《やり》の石突で地面をカッカッ打ちながら、敏童に向かって満足げに言った。

「よく捕まえてきた」

遊圭はぎこちない動作で顔を上げ、大きく見開いた目で敏童を見つめる。年下の主人の、困惑に満ちた視線を受け止めきれず、敏童は顔を歪めたまま後ずさった。その敏童に、士官が金属音のする小袋を投げつけた。

「約束の褒美をやる。お前の親兄弟の身も、これで安全だ」

空中でつかんだ銭袋を、両手で握りしめた敏童は、喉《のど》から絞り出すような声で叫んだ。

「仕方なかったんだよ、ぼっちゃん。星家の次男の顔を知っている召使いはみんな、親兄弟を人質に取られて、ぼっちゃんを捜し出すように脅されている。今日中にぼっちゃんが見つからなかったら、俺も親兄弟もいっしょに生き埋めにされてしまうから――」

愕然《がくぜん》として言葉を出せずにいる遊圭に背中を向けると、敏童は悪霊にでも憑《つ》かれたような勢いで駆け出した。

遊圭は敏童の走り去った街路を呆然と見つめ、石像のように立ち尽くした。状況が理解できなかったのではない。理解したくなかったのだ。身内の他には年齢の近い遊び相手のいなかった遊圭にとって、下僕とはいえ敏童は友にも等しい存在だった。

その敏童に売られた。

「さて、星公子《シンコンツー》。ご両親がお待ちかねだぞ」

何も考えられないまま、錦衣兵に肩をつかまれ背中を押される。五人の兵士に囲まれては、逃げることは不可能であった。可能であったとしても、遊圭には逃げようという気も起きなかった。

意志のない操り人形のように、遊圭はおとなしくかれらの後について行く。

大通りから少し外れた路地に、黒い駕籠《かご》が用意してあった。家族が連れ去られる行列に、遊圭が姿を現すことを見越して、周到な準備がなされていたようだ。

すべてをあきらめた遊圭が、駕籠に乗ろうと腰を屈《かが》めた瞬間、どこからともなく飛来した火矢が、駕籠の覆いに突き刺さった。驚く兵士たちの鎧《よろい》にも、次々と火矢が降り注ぐ。慌てふためいて火を叩き消そうとする兵士たちの怒号を縫って、胡娘の叫びが聞こえた。

「逃げろ！　ファルザンダム！」

遊圭は声のしたほうへ、一目散に駆けた。

どこから弓矢を調達したのか、最後の火矢をこちらに走ってくる兵士に放った胡娘は、弓を投げ捨てて遊圭の手を取り、すでに息の上がった遊圭を抱え上げるようにして逃げ出した。

大葬で扉を閉めた商店街の裏道に駆け込むと、隙間なく並べられた壺《つぼ》のひとつに遊圭を押し込んだ。遊圭の上着を脱がせて、近くに積み上げてあった藁束《わらたば》に被《かぶ》せ、遊圭と同じ大きさの人形に仕立てる。

収穫期の後、街のあちこちに葺《ふ》き替え用の藁束が積まれていたのが幸いした。

さらに胡娘は、自分の着ていた革の胴着を脱いで壺の中の遊圭に手渡した。

「待っているあいだ、寒くなったらそれを着ろ。絶対に、なくさない」

縮絨布《フェルト》が裏打ちされた厚い胴着は、ごわごわとしている。裏地と革の間に、逃亡生活に必要なものが縫い込まれているのかもしれない。

遊圭がうなずくのを見て、胡娘は蓋《ふた》を閉じた。別の方向へ駆けてゆき、追ってきた錦《きん》衣《い》兵を挑発し、どこかへ走り去って行った。

壺の中で息を潜めていた遊圭は、錦衣兵を撒《ま》いた胡娘が戻るのを根気よく待った。

だが、いつまで待っても、胡娘は戻ってこない。捕まってしまったのだろうか。

身寄りのない胡娘が、身内を人質に遊圭を引き渡すよう脅されることはないだろうが、遊圭を匿《かくま》った罪で、星一族とともに生き埋めにされてしまうのではないだろうか。

そのうち、尿意が我慢できなくなり、遊圭はそっと蓋を開けて壺から抜け出した。

日暮れ時の通りは無人であった。街の住人たちは大葬の行列についていったのだろう。

行く当てはない。ここからあまり遠ざかると、胡娘とはぐれて二度と会えなくなるかもしれない。乞食《こじき》のふりをしてでも、この界隈《かいわい》から離れるべきではないと考え込む。

幸い、当面必要な食糧と薬は、背嚢《はいのう》や懐に携帯している。路銀も財布を帯に結び付けてあった。雨露をしのげる場所さえ見つければ、胡娘と再会するまで生き延びられるのではないだろうか。

だが、考えがまとまらないうちに、いくつもの松明《たいまつ》が路地に現れ、錦衣兵がこのあたりの捜索を再開した。夜の闇を頼りに兵士の死角を逃げ回っていた遊圭だが、ついに勘のいい兵士に見つかって警笛を鳴らされてしまう。

運河に逃走路を遮られ、遊圭は突如閃《ひらめ》いた。手近にあった大きな石を抱え上げ、暗い水面《みなも》に放り投げた。そして護岸の石垣を這《は》い降りた。石垣に張りついて横に進み、最初に見つけた暗渠《あんきょ》の排出口に体を押し込む。

頭上では、追い詰めたはずが標的を見失い、船を出すべきかと錦衣兵らが話し合う声が聞こえたが、やがて遠ざかった。

遊圭は、そのまま暗渠の奥、都の胎内深くへと、手探りで進んでいった。

四、深淵を臨む

夜が明けた。

一晩中潜んでいた暗渠から、都のどことも知れぬ街角に浮上した遊圭は、通りのあまりの静かさに不安を覚えた。

この時間帯に水場を占領しているはずの女たちの姿がない。

大葬の喪が続いているのだ。

皇帝の葬儀も服喪も、遊圭にとっては初めての経験だが、礼書で読んだ覚えがある。三日の間、都の人間たちは喪に服す。商人たちは店を閉め、その間、使用人たちは暇を出される。一般の家では、竈《かまど》に火を入れることも自粛するという。

遊圭は息をついて、上水管に駆け寄った。栓を開けて、流れ出る清涼な水で手を洗い、合わせた両手のくぼみに溜《た》めた水を飲んだ。

腹ごしらえののち、汚れて悪臭を放つ靴を脱ぎ捨て、足を洗う。水は冷たく、朝の大気は肌寒かったが、暗渠の腐臭に満ちたじめじめした空気よりは、よほど生き返った気分になった。

どろどろに汚れた靴を履く気になれず、遊圭は裸足《はだし》のまま、休める場所を探し始めた。いまの自分は浮浪者と変わらない。いつか救った浮浪農民の姉弟《きょうだい》よりも、みすぼらしい姿をしているに違いない。

あらためて見回すと、そこは貧しい庶民たちが寄りあって暮らす長屋街のようであった。その一角に、藁を詰め込んだ上屋があった。

喪が明けるまで、長屋の屋根の葺き替え作業も行われまい。この暖かな藁束に挟まって暖を取り、胡娘を捜しにゆく力を蓄えよう。そう決心した遊圭は、ふらふらと上屋に入り込み、できるだけ奥へと体を押し込んで、身を丸めた。

藁屑《わらくず》と埃《ほこり》を吸い込んでしまい、咳《せき》が出る。胸が痛んで喉がゼイゼイしてきた。息が苦しい。こんなに短期間に発作が繰り返し襲ってくるのは、何か月ぶりだろう。体力がついてきて、もうすっかり良くなったと思っていたのに。

横になっていると咳がひどくなるばかりだ。遊圭は体を起こし、急いで粘薬を取り出して服用した。藁束に背を預け水筒を出して、先ほどの上水管から汲《く》んだ水で流し込む。こみ上げる喘鳴《ぜんめい》と、胸の痛みをこらえて膝《ひざ》を抱えているうちに意識が遠のいていった。

ペシペシと頬を叩《たた》かれ、遊圭は重く腫《は》れたまぶたを上げた。体が重く、喉が痛い。霞《かす》む視界に、誰かがこちらをのぞき込んでいるのが映った。そちらに体を向けようとして、あちこちの関節がぎしぎしと痛む。

「胡娘？　どこに行ってたんだ。なんだか、体がだるい。熱が出ているみたいだ。母様に、今日は父様のお迎えには出られないって——」

かすれた声がどこまで相手の耳に届いたものか、定かではない。聞き覚えのある少女の声が、遊圭の耳に降ってきた。

「あんたが、父さんの迎えに出ることは、もうないよ。それより、こんなところで寝ていたら風邪をひいちゃうよ。って、もうひいてるね。すごい熱。顔も真っ赤だよ」

遊圭は眼をぱちぱちさせて、声の主を見極めようとした。

「あたしのこと、覚えてない？　明々《めいめい》よ。市場で助けてもらった」

遊圭はびくりと肩を震わせ、起き上がろうとした。自分を知っている人間に見つかったら、錦衣兵に突き出される。

だが、極度の疲労と発熱に冒された遊圭は、指一本動かすこともできなかった。

「ああ、安心して、あんたがここにいるの、まだ誰も気がついてない。こっから三町離れたところで、錦衣兵があんたを取り逃がしたって聞いて、ずっと捜してたんだよ。行き場のない子どもが隠れる場所なら、あたしの方がずっと詳しいもの」

明々はにっと笑ってみせた。

「とにかく、うちにおいで」

遊圭は明々の言葉が理解できないといったように、熱で潤んだ瞳でぼんやりと少女を見上げた。

「それにしても、あんたは本当にボンボンだね。都中があんたを捜しているのに、いかにも昨日今日身寄りをなくした、いいとこのぼっちゃんですって恰好《かっこう》で逃げ回ってさ」

言うなり、明々は手を伸ばして、細工の美しい銀の笄《こうがい》を遊圭の総角《あげまき》から抜き取った。呆然《ぼうぜん》としている遊圭に構わず、手際よく童女の輪髷《まげ》を結い上げ、無染の細布で纏《まと》める。

「それにしても、すごい臭いね。いったいどこを逃げ回ってたの。着替え持ってきておいてよかった」

明々は膝元に置いていた布包みから、袖《そで》広く丈の短い嬬衣《ブラウス》と裙子《スカート》を取り出した。遊圭は頭が回らず、明々に言われるままに服を脱ぎ、童女の衣裳《いしょう》を身に着けた。

明々は、裙子の上から裳《も》を重ねて帯を締め、遊圭の肩に褙子《はいし》の上着をかけてやった。

「あんたは、村からあたしを頼ってきた妹分の遊々《ゆうゆう》よ。わかったわね。あたしの長屋はここから遠くないから、がんばって歩いて」

明々の肩に縋《すが》ってどれだけ歩いたのかも、遊圭には定かではなかった。姉弟の長屋に辿《たど》り着き、さして広くもない炕《カン》の隅に用意された寝床に倒れ込む。次に意識を取り戻したのは、それから三日後のことだった。

「なんにも覚えてないの？　眼を覚ますたびに、この薬とか、あの薬とか、指図してたけど」

寝床に重湯を持ってきた明々が、驚いて尋ねた。

遊圭は、薬袋の中身を広げた。解熱剤や、体力のないときに服用する丸薬、また痰《たん》を切ったり、咳や喉《のど》の腫れを鎮めるのに、粘薬よりも効き目の穏やかな、だが副作用のない散薬が減っているのを見て驚いた。

夢うつつに摂《と》るべき薬を明々に指示していたらしいのだが、うっかり処方を間違えば、よけいに症状を悪化させたかもしれないことに、遊圭は冷や汗の出る思いだ。

胡娘は常に、遊圭の生薬の選別、調合を目の前で見せてくれていた。そして、飲ませるときも、症状に合わせた処方と服用について説明を欠かさなかったことが、ひとりで判断しなくてはならなくなったいま、役に立った。

レンゲにすくった重湯を口に含む。人肌にさました重湯が食道を下りて胃に流れ込む。胃から腹腔《ふくこう》へと広がる温かさに、体の内側から命が蘇《よみがえ》ろうとしているようだ。

「どうして、わたしを錦衣兵に突き出さなかったんだ。都中の人間が、生かしておけば必ず国を傾ける星家の人間を憎んでいるのに」

遊圭は、聞き取りづらいほど低い声で訊《たず》ねた。明々は沸かした湯に茶葉を入れようとした手を止めた。

「あんたには、借りがあるもの」

「でも、君たちを巻き込んでしまうかもしれない。庇《かば》った君も法を破ったかどで罰を受けるかもしれないよ」

明々は、真剣なまなざしで遊圭を見つめた。

「巻き添えは怖いけど、だからって借りた恩を返す前に、恩人を見殺しにするのは、人の道に外れたことでしょう?」

遊圭は明々の義心をすぐには信じることができなかった。遊圭を裏切り錦衣兵に売った陶蓮や敏童が、星家に負った恩や負債に比べれば、明々が遊圭から得た施しなど微々たるものだ。

「星家の次男坊は、水路に飛び込んで、溺《おぼ》れてしまったの。あなたは、私の従妹《いとこ》の遊々《ゆうゆう》。わかったわね」

そう決めつけた明々は、口の端を歪《ゆが》めて笑った。

「田舎じゃあ、生まれてきても役所に届けられることもなく早死にしたり、売られていく女子はいっぱいいるのよ。都に奉公している親戚《しんせき》を頼ってくる子どもがひとりやふたり増えたって、長屋じゃ誰も怪しんだりしないわ」

「そういえば、君、奉公先は決まったんだね」

「星の奥さんのおかげでね。でも、弟と一緒に住み込めるところがなかったから、通える勤め先を紹介してもらったの。この長屋も、奥さんの口利きのおかげ。だから、あたしたち、あんたには返す恩がひとつやふたつじゃないわ」

明々はそこで一度言葉を切り、嘆息した。

「落ち着いたら、挨拶《あいさつ》に行くつもりだったのに」

明々の言葉に、母の顔を思い出し、家族のひとりひとりの顔がまぶたの裏に蘇る。

「大葬は、終わったんだよね」

埋葬も、と言おうとして遊圭の喉が詰まった。遊圭が眠っていた間に、星の一族は先帝の亡骸《なきがら》とともに、墓中に埋められてしまったのだ。

都の北の丘陵にあると聞く皇室の陵《みささぎ》は、この下町の長屋からは、方角すらも見当がつかない。遊圭は両手を顔に当てて歯を食いしばり、こみ上げる嗚咽《おえつ》を明々に聞かれまいとした。

明々は、うつむいて肩を震わせる遊圭を気遣い、水桶《みずおけ》を持って外へと水を汲みに行った。

部屋にひとり残された遊圭は、苦しい息を吐いた。しかしまぶたは熱く乾き、涙は出てこない。喉も胸も塞《ふさ》がれて、声も出せなかった。

遊圭は、家族が捕らえられたところも、殉死させられた姿も目にしてはいなかった。

胡娘と敏童に伴われて陶蓮宅へ移った朝、邸《やしき》の門まで見送ってくれた父母と夏氏《かし》、そして伯圭《はくけい》ら兄弟姉妹の、無理に笑って手を振ってくれた姿が、記憶に残るすべてだった。いまここにこうしているのは悪い夢で、目を覚ませば、胡娘が蜂蜜《はちみつ》と桂皮《けいひ》入りの温かいヤギ乳を持ってきてくれるのではないか。邸に帰れば皆がいて、何事もなかった日常が続いているのではないかと、そんな気がしてならなかった。

泣いてしまったら、いまのこの幻が現実になってしまう。遊圭は胸を押さえ、おのれの肩を抱き、床の中で息さえひそめて目を閉じた。

目を覚ませ、早く目を覚ませと念じながら。

外の水場と長屋を何往復かして、台所の水瓶《みずがめ》をいっぱいにした明々は、竈《かまど》の火を熾《おこ》してから遊圭の床に戻り、遊圭が食べ残した重湯の膳《ぜん》を取り上げた。

そのとき、湯浴みをするなら、お湯を沸かしてあげるわよ、と明々が申し出て初めて、遊圭は暗渠《あんきょ》を這《は》い出してから体も洗わないまま高熱を出して寝込んでしまい、汗でべとべとの状態でいることに気がついた。

遊圭はなかなか起き上がれるようにはならなかった。

明々の作ってくれる粥《かゆ》や粗末な膳に、遊圭は手持ちの生薬を使わせた。体力の回復に効果の高い薬用人蔘《にんじん》や竜眼、舶来ものの香辛料や薬草など、明々には想像もつかない高価な生薬を使っているのにもかかわらず、遊圭の回復ははかばかしくない。

寝込んでいる遊圭には、外や隣家の喧噪《けんそう》が筒抜けの古長屋は気の休まる場所ではないのか。あるいは、煤《すす》だらけの天井や一間ばかりの殺風景な庭の、枯れ草しか目に映らない陰鬱《いんうつ》な環境のせいもあったかもしれない。

そして微熱に苦しんでいる間に、殉死させられてしまった家族のことが常に心にかかり、鬱々として晴れぬ胸がいつまでも痛み、食が進まなかった。

無表情に宙を見つめているかと思えば、黙って涙をあふれさせ、話しかけられても聞こえたそぶりもしない。何をする気力も湧かず、朝ぼんやりと外を眺めているうちに、気がつけば夕日が部屋に射し込んでいる、ということもあった。

明々は、そんな遊圭にあれこれとは話しかけなかった。下手に慰めて悲しませたり、励まそうと言葉を誤り興奮させたりすると、遊圭が喘息《ぜんそく》の発作を起こすことを初めの数日で学んだからだ。

明々も暇ではない。毎日、早朝から仕事に出て、午後には帰宅して夕食の準備をする。家事の合間に弟の世話と遊圭の看病をしなくてはならなかった。

明々の勤め先は遊圭も耳にしたことのある、裕福な商家だ。その商家の近所に別宅があり、眼の不自由な隠居が暮らしているという。

「住み込みの老女中が食事の世話と話し相手をしているから、あたしは一日中掃除と洗濯。うるさいおばあさんじゃないから、とっても気楽」

少しだが、田舎の母親に仕送りもできるのが嬉《うれ》しいと、明々は微笑んだ。

明々の弟の阿清《あせい》は、近所の油売りの手伝いをして、家計を助けている。

どうしたわけか、阿清は遊圭が誰であるか気づいていなかった。遊々が明々の女友達であり、病気になって奉公先を追い出され、困っているのだという嘘をあっさり信じ、ひとに訊《き》かれたら田舎の従妹だと口裏を合わせるように言い含められている。

明々は、幼い弟がうっかり口を滑らして、遊圭の正体が近所に知られることを危惧《きぐ》したのだろう。

初対面のときの、上げ底の靴を履いてなかったことから、阿清と背丈の変わらぬ、小柄な少女にしか見えなかったせいかもしれない。それに、うち続く不運と病魔に打ちのめされ、やつれきった遊圭の面相は、一度会っただけの阿清には見極められないほど、変わり果ててもいたのだ。

遊圭が本当に少女だと思い込まされた阿清は、衝立《ついたて》で隔てられた遊圭の寝床には、遠慮して近づこうとはしない。おかげでますますばれる心配はなかった。

ひと月近く経っても、一向に回復の兆しを見せない遊圭に、さすがに明々も苛立《いらだ》ちを隠し切れない。

一日に二回しか出せない粗末な食事さえ、半分以上残してしまう。なにより、具合を悪くしたり、咳《せ》き込むときに胸に当てた遊圭の掌《てのひら》が、開かれたままなのが明々には歯痒《はがゆ》かった。親指を握りこむ避邪のまじないを忘れたということは、回復する意志も生きる意欲も失われてしまったようで。

そして立ち直ろうとしない遊圭への苛立ち以上に、食事に加えられる生薬が底を尽いてきたことへの焦りもあった。いままで薬を使っても治らなかったものが、この先、明々たちの出す粗末な食事で治せるとは思えない。

遊圭の持ち合わせた銀や銅銭も、働けない子どもが冬を越すには足りなかった。

「ね、あんたの着ていたこの胴着、けっこう値打ちものだと思うんだけど、売ったら薬が買えるんじゃないかな」

遊圭にはぶかぶかのその胴着は、羊の皮を赤く染めた上等のものだ。おしゃれをしない胡娘の、自慢の外出着だった。

「っ、それは売れない。胡娘のだから」

言葉を吐こうとするたび、遊圭は咳き込んでしまう。明々は未練がましく胴着の縫い目や裏地に指を這わせていたが、ふと思いついて背中の縫い目に剃刀《かみそり》を当てた。

「何をするんだ」

遊圭が驚いて明々を止めようとする。

「ここに何か、ごわごわしたものが。貴重品を胡娘さんが隠しておいたのかも。生薬とか、銀とか」

明々が分厚い革の胴着から引っ張り出したのは、背幅に折り重ねられた、幅の広い獣皮紙の束であった。

寝台の上に広げたとたん、遊圭も明々も息を呑《の》んだ。

「うわ、なんかびっしりと文字が書いてある。絵も。花や草の絵に色がついて。遊々、何これ、すごい」

遊圭は、獣皮紙の裏にも表にも書き込まれた、小さな文字の羅列と細密な絵を指でたどりながら、しばらく呆然《ぼうぜん》と見つめていた。

「これは、本草集だ」

それは、そのときどきの遊圭の体調や症状に合わせた生薬の種類と調合法、季節ごとに手に入る薬草や薬食の材料を事細かに記した、ひと綴《つづ》りの薬学書であった。

胡娘の手による、癖のある金椛《ジンファ》文字と、それに注釈かなにかのように添えられた、横に流れる西方文字。金椛語の読み方や意味がわからないとき、胡娘はいつも切れ目のわからない、この不思議な文字を書き込んでいた。

表紙には、遊圭が知るただひとつの胡語《こご》。

「セターレ《星》・エ《の》・ナーメ《書》」

声に出して読み上げるなり、涙があふれだした。

更地を耕すところから始めた薬草園を、胡娘の後をついて種を撒《ま》き、苗を植えた日々の光景がまぶたの裏に浮かび、胡娘の声が耳に蘇《よみがえ》る。

『ぼっちゃん、いつまでお金持ちかわからない。雑草みたいでも、食べられる草とか実、覚えるね。お金なくても、食べられるもの、薬にできるもの、その辺にいっぱいある。でも毒のあるのもいっぱいあるからね。間違えて食べると死ぬよ』

今は裕福でも、いつ野草を抜いて齧《かじ》り、泥水をすすって生きるほど貧しくなるかわからない、というのが、胡娘の口癖だった。

まさか本当にそうなるとは。

「胡娘ーっ」

明々の家に来てから、遊圭は初めて声を上げて泣いた。胡娘の残した本草集の束を抱きしめ、枕に顔を埋《うず》めたまま、家族の名をひとりひとり呼びながら泣き続けた。

泣き疲れて眠りにつき、目覚めた遊圭は猛烈な空腹を覚えた。粥では足りず、姉弟《きょうだい》の常食である軟飯をもらっておかわりをする。

それからの遊圭はめきめきと回復した。

綴り直した分厚い本草集を何度も読み返していくうちに、遊圭の顔色は良くなり、体を起こしていられる時間も長くなる。

やがて外にも出られるようになった。明々は、遊圭の頰がもとのようにふっくらとしてきたことに喜ぶ。

買い物に連れだって通りを歩いても、明々と遊々を姉妹と信じ、疑う者はなかった。

「でも、いつまでも世話にはなれない。体力がついたら、都を出て行こうと思う」

遊圭の決意に、明々はかぶりを振った。

「だって、あなた病持ちなんでしょ？　旅って頑丈なおとなでも難しいよ。あたしたちが村から都に来るのだって、大変だったんだから」

明々の村は都から徒歩で三日の距離だが、姉弟の短い脚とおとなに及ばぬ体力では五日かかったという。しかも路銀を節約するために、二日目からは野宿を重ねたとも。

「どうせ行く当てもないんでしょ。遠慮しなくていいよ。あんた、阿清よりも食べないから、たいして負担になってないし。薬代まではさすがに出せないけど、無理しなけりゃ、薬もそんなにいらないんだよね」

あっけらかんとした明々の口調に、遊圭は言葉に詰まった。

胡娘の消息も杳《よう》として知れず、遊圭はこれからどうしていいのか、なんの考えも浮かばない。

いつまでも女装で身元を隠してもいられないことに焦りつつも、一日の大半を、殺風景な庭を眺めて過ごす日々。

秋も深まったある日、明々たちと住む長屋に突然、錦衣《きんい》兵を連れた役人が姿を現した。

明々は夕食の支度をしている最中だった。自分を捕まえに来たのかと、部屋の奥で遊圭が体を硬くしていると、役人は「李明蓉《りめいよう》の住まいはここか」と呼ばわった。

他人が滅多に口にすることのない本名を問われた明々は、おそるおそる役人の前に出て応《こた》えた。

「李明蓉は、私ですけど」

役人はうなずくと、明々の出身と身元を確認し、書状を出して読み上げた。

それは、明々を後宮の宮官《きゅうかん》として召し上げるという内容であった。すでに支度金は支払われており、十日のうちに支度を整えて出仕するようにと命じられる。

役人は召喚状と割符を明々に手渡し、錦衣兵を連れて立ち去った。

明々は書状を広げて睨《にら》みつけた。阿清も目を細め、のぞき込むようにして書状を見たが、彼らに読めるのは自分の名前くらいである。

「どうしてあたしが後宮に呼び出されるわけ？」

驚き混乱する明々から書状を受け取った遊圭は、召喚文を二度読み直した。

「誰かが君を宮官に推薦して、選考に通ったんだ。支度金の受取人は、李虎児《りこじ》になっている。心当たりは？」

「虎叔母《フーおば》さん！　あたしを女衒《ぜげん》に売り飛ばそうとした親戚《しんせき》よ。性懲りもなくっ」

怒りで顔を真っ赤にした明々は、遊圭から書状をひったくり、外へと駆け出した。

「虎叔母さんの家に押しかけるつもりだ。けんかになりそうだったら、止めてくる」

阿清は慌てふためいて明々の後を追っていった。

二刻ののち、明々は出て行ったとき以上の不機嫌な顔で戻ってきた。阿清は気の毒なくらい、不安に満ちた表情で姉の顔色を窺《うかが》っている。

「あのごうつくばり！」

明々は手にした錦《にしき》の小袋を床に叩《たた》きつけた。豪快な金属音がして、弛《ゆる》んだ口から銅銭や刀銭が転がり出た。

「虎叔母さん！　母さんを説き伏せて、あたしを後宮に売ったのよ！　母さんはもうお金を受け取ったから、断ったらみんなの首が飛ぶんだって。なによ！　支度金のほとんどは自分の懐に入れてしまったくせに！」

怒り狂う明々の足元で、阿清が慌ててお金を拾い集めた。これは後宮に上がるために必要な衣裳《いしょう》や道具をそろえるお金だ。

明々の人物評からすると、おそらく、李虎児という叔母は、ぎりぎりの予算しか分けてはくれなかったはずだ。

先帝の崩御からひと月が経ち、禁城では後宮の刷新が行われていた。新帝陽元《ようげん》の後宮を充実させ定員を埋めるべく、女官の募集が進められていたのだ。

阿清は姉の機嫌を取ろうと必死になった。

「でも、後宮って、宮殿だろ。天子様のいる。おいしいもんとか食べられて、きれいな服とか着せてもらえるんじゃないか。ほら、天子様と仲良くしたら、お妃《きさき》さまとかにもなれるって」

明々は頬をぴくりと震わせ、気遣わしげに遊圭の顔を見た。

遊圭は息を深く吸って吐き、雲の上の仕組みについて、市井の姉弟に淡々と説いた。

「明々が命じられた宮官《きゅうかん》てのは、内官《ないかん》に仕える女官のことだ。いわゆる、掃除や洗濯、炊事や機織りといった下働きのことだから、着飾って皇帝陛下の目に留まることはないだろう。陛下の手がつくのは、内官と呼ばれる女性たちだよ。内官は上から妃《ひ》、嬪《ひん》、妾《しょう》、妻《さい》という地位に分かれ、彼女たちが陛下のお世話をする。この内官の数が百を超えるし、彼女らに仕える宮官にいたっては千人はくだらない。一生後宮で暮らしたって、一介の宮官では、皇帝陛下の影を見ることすらないよ」

阿清は、呆然と焦点の定まらない眼で遊圭を眺める。男ひとりに百や千の女性が侍《はべ》る風景が想像できないのだろう。

「それでも、歴代の皇帝の中では、少ないほうだ。乾《けん》帝だったかな、宮女三万人を数えたこともある。沛《はい》州に都があった時代の話だけどね」

「とんでもない！　とんでもないわ！」

明々は地団駄を踏んで叫んだ。遊圭は卓に置いた書状を指先で伸ばして、冷静に読み返した。

「十日のうちに、与えられた支度金でここに書かれたものを揃え、出仕しなければならない。いつまでも癇癪《かんしゃく》を起こしている場合じゃない」

明々は肩を落とし、ため息をついた。

「あんたたちは、どうしたらいいの。阿清は小さすぎてひとりでは暮らせないし、遊々は身元引受人がいないから、家も借りられない」

「阿清は村に返しても、後宮からの仕送りでお母さんと暮らせるだろう。わたしは、自分のことは自分でなんとかする」

しかし、なんの妙案も浮かばないまま三日が経った。行商人とともに村へ帰る阿清を見送った明々は、憔悴《しょうすい》して帰宅した。

「だめよ、いま男子に戻ったらすぐに捕まってしまうわ。あちこちにあんたの人相書きが出ているのよ。城門では未《いま》だに積荷を厳しく調べられるし、出入りする少年たちの身元は細かく調べられてるの」

　しかし、女装のままでは仕事にもつけない。身寄りのない女児の行き先はただひとつだが、本性が男では、生き地獄とも言われるその場所すら蹴《け》りだされる。

　八方塞《ふさ》がりだ。

　ふたりして思案に暮れていたが、急に明々が手を叩いた。

「あんたも、一緒に来るといいのよ」

「は？」

　遊圭はおそろしく間抜けな顔で訊《き》き返したに違いない。明々が遊圭の顔を見て噴き出した。

「だって、ここにずっといて、近所のだれも、一緒に住んでた阿清でさえ、あんたが男の子だって気がつかなかったんだもの。あのね、宮官は自分の小間使いに、女童《めどう》をひとりまでなら連れてきていいんですって。まさか星の生き残りが後宮に紛れ込んでるなんて、誰も思わないだろうし」

　ものすごく良い考えだと浮かれている明々に、遊圭は即座に反論できなかった。

「いやでも、無理だ」

「どうして？　あんた、とってもかわいいもの。頬と唇に紅を塗って、花簪《かんざし》を挿したらどこのお嬢様かと思うくらい」

ひ弱な体に抱える劣等感を刺激されて、遊圭は腐った木苺《きいちご》でも呑み込んだように顔をしかめた。

「いやいやだから、わたしはもういつ声が変わってもおかしくないんだ。手だって筋《すじ》張っていて、君の手とは全然違うだろう？　後宮に入ってから男だってばれたら、その場で処刑されてしまうよ」

遊圭は袖《そで》を上げて掌《てのひら》を広げ、手の甲を明々の目の前に突き出した。確かに筋張ってはいるが、痩《や》せた下働きの娘なら、このくらい脂の乗ってない手は珍しくはない。

「ひとりでここに残ったって、死んじゃうわよ。いまあんたくらいの男の子が奉公しようとしたら、身元の詮索《せんさく》がすごく厳しいの。阿清でさえそうだったんだから」

明々はさらに、宮官には年に一度の里帰りが許されることを話した。

「あんた、まだこんなにちっちゃいから、あと一年くらい、だいじょうぶよ。その頃には、ほとぼりも冷めて、今より丈夫になって奉公先とか見つけやすくなるよ、きっと」

どこまでも楽観的な明々の勢いに、遊圭はとうとう黙ってしまった。

もう外は木枯らしの吹きすさぶ初冬である。

現実問題として、胡娘に渡されていた路銀も薬代に消え、懐も寂しくなっていた。いまたったひとりで都に取り残されたら、ひと月ですら生き延びられる自信はない。

衣食住の保障された後宮なら、この冬を生き延びることは可能かもしれない。その間に、体が急に成長して男だとばれない限りは。

遊圭はゆっくりと息を吐いてつぶやいた。

「どっちを向いても、深淵《しんえん》に臨み、薄氷を履《ふ》むが如し、ってとこかな」

ところが、明々がいきなり泣きそうな声を上げた。

「あ、でも支度金が足りない。あんたの服も、新調するお金がいるのに。どうしよう」

「わたしの笄《こうがい》が、まだあったろ。銀だから、お金に換えて衣裳を揃えても、まだ薬が買えるくらいのお釣りがくる」

明々は、自分の提案に乗ってきた遊圭に、心から嬉《うれ》しそうな笑顔を向けた。

＊＊＊

玉座に就いてひと月。

その日の執務を終えた新皇帝陽元は、内廷に戻るなり玉冠をおろしてため息をついた。

「いかがされました」

腹心の宦官《かんがん》、陶名聞《とうめいぶん》が玉冠を片付けつつ訊《たず》ねた。

「午後は、皇后の宮を訪ねる予定だったな」

若々しく張りのある声だが、訊ねる口調は重たい。陶名聞は慇懃《いんぎん》に応じた。

「さようでございます」

「恨み言など言われるのではないかと思うと、気が重い。先に延ばせないか。大葬の礼から狩猟に出ておらん。体がなまって気分が塞ぐ」

今年十八になった陽元は、父帝の崩御から続いた責務の重さに、嫌気が差しているのを隠そうともしない。

武人皇帝であった祖父の雄偉な体格と、かつて後宮一の美姫《びき》と誉の高かった母后《ぼこう》の面差しを継いだ陽元は、衣裳《いしょう》を整え黙って立っていれば威風堂々とした美丈夫だ。

だが、内廷に戻り、緊張を解いたとたんに、おとなになりきらないやんちゃさがのぞく。朝議の玉座で威儀をただす皇帝と同一人物とは思えない。

「なりません」

陶名聞は、まじめ腐った顔で皇帝の意を却下した。

壮健であった先帝の崩御はあまりに急であった。十五で成人し、公務に参画するようになったのちも、朝議の参列や執務より狩猟に精を出すことの多かった陽元は、内にこもった日常が苦手なのだ。

陽元は大きな掌で、最近ようやく揃ってきた薄い顎鬚《あごひげ》を撫《な》でる。

「皇后は、なんという名であったか」

まだ四十代前半だが、宦官にありがちな脂肪の垂れてきたまぶたを上げて、陶名聞は恭しく応《こた》えた。

「玲玉《れいぎょく》様と申し上げます」

　正妻の名前くらい覚えて欲しいものだと、陶名聞はこれ見よがしのため息をつく。不敬な態度ではあるが、幼いころからの教育係でもあった陶名聞の態度を、陽元は咎《とが》めることはしない。むしろ言い訳がましくつぶやき返す。

「『玉』のつく名前が多すぎるのだ」

「大后様は、おとなしい女性でございますから、優しくお慰めしてさしあげれば、落ち着かれることでしょう。再びご懐妊されることがあれば、お気も紛れるのでは」

　陽元は渋い茶を口にしたように、形の良い鼻にしわを寄せた。

　正直、どんな女性だったかも覚えていない。美女であったことは確かだが、後宮の女官はみな標準以上に美しい。好みであったから手をつけたものの、印象の薄い女性であったらしく、数回通ったのちは足が遠のいていた。

　皇子を産んだと聞いて、一度は見舞いに訪れたはずだが、やはり顔は思い出せない。大葬の礼と立后の式で顔を合わせたが、どちらのときも星玲玉は紗《しゃ》で頭から体を覆っていたので、顔を見ることはできなかった。

　先触れを出し、宦官を引き連れて、陽元は後宮へと向かう。

　陽元が足を踏み入れた皇后の宮、永寿宮《えいじゅきゅう》は、ひどく静かだった。誰もが息を潜めているようだ。若い皇帝は深呼吸をした。居並ぶ女官たちに対して威儀を保てるよう、気持ちを引き締める。

　迎えに出た星玲玉は純白の喪服をまとっていた。顔も紗で覆っている。皇后の居室に案内された陽元は、勧められた椅子に腰かけた。

「なぜまだ喪服を着ている。私の前で紗を被《かぶ》る必要はない。顔を見せなさい」

玲玉は白い手で紗を上げて、整ってはいるが、ひどくやつれた顔を見せた。陽元はその青白さに息を呑《の》む。

「喪中ですもの。喪服を着るのは当然ではないでしょうか」

思いがけなく、涼やかな声で玲玉が応えた。

その名の通りの玲瓏《れいろう》とした声音に、玲玉は歌の上手で自分の注意を引いたことを、陽元は思い出す。

「だが、もうひと月が経った。喪の飾りつけはすべて片付けられただろう」

「親の喪は三年、ではございませんでしたか」

玲玉は蒼《あお》ざめた白目も鮮やかに、年下の夫の顔をじっと見つめ返した。

「親と祖父母の喪が合わせて十年。兄弟姉妹の喪が一年、伯叔、姪甥《めいおい》、従兄弟《いとこ》たちの喪も入れたら、わたくしの喪が明けるのは百年先です。ひととしてせめて一年は、彼らを偲《しの》んで過ごしたいものです」

なんの感情も込められていない、平坦《へいたん》な口調であった。

「私を、責めているのか」

皇后を決めたのは陽元ではなかったが、奏上された書類に印璽を捺《お》したのは、皇帝である陽元自身だ。

「まさか」

玲玉の口元に、うっすらとした笑みが浮かんだ。

「『皇帝に外戚《がいせき》なし』。太祖の定めた法です。帝国を傾けるような兆しは、その芽が出る前に摘み取ってしまわねばなりません。帝を閨《ねや》にお迎えした夜から、翔《しょう》を産み落としたその日から、いつかこの日がくるかもしれないとは、両親や兄弟たちも、覚悟はしておりました」

背筋を伸ばし、涙の筋さえ見せずに毅然《きぜん》と言い放つ玲玉を前に、陽元は口の中が渇いて返す言葉も思いつかなかった。女官の出した茶に手をつける気にもならない。

「では、喪服はやめるがいい。そなたはもはや只人《ただびと》ではない、一国の国母《こくも》である。後宮の増改築も進んでいる。新しく入宮してくる女たちを統率するのが、後宮の主たるそなたの役目だ。いつまでも閉じこもっておらず、それらしく装い、ふるまうべきではないか」

玲玉の唇が震えた。そろえた指を口元に添えて陽元から目を逸《そ》らす。

「帝《みかど》は、身内を亡くすことの痛みがおわかりでない」

周囲の女官と宦官が、緊張に身を硬くした。陽元は表情を変えずに、玲玉の横顔を眺める。

たったひと月前に父帝を失った陽元に、叩《たた》きつける言葉ではなかった。玲玉は自分の非礼にすぐに気がついたらしい。正面を向き、頭を深く下げて失言を謝罪した。

十を数えるほどの沈黙ののち、陽元がうなずいた。

「確かに身内を失う痛みというのは、よくわからぬ。母后は物心つく前に他界されたし、母方の一族はそれ以前に滅せられた。同母の姉妹は存命だが、藩国へ嫁いで久しい。異腹の兄弟姉妹は数が多すぎ、顔と名前を覚えるだけで精いっぱいだ」

そこで一度言葉を切った陽元は、わずかな迷いののちに言葉を続けた。

「少年のころに可愛がっていた犬が死んだときは、胸が絞られる痛みに一晩泣き明かしたものだが、父帝が崩御されたときには、涙も出なかった。愛犬が残した心の穴は未《いま》だ塞《ふさ》がれぬが、父帝がおられぬからといって、取り返せないものを失くしたという虚《むな》しさも、特にない」

声の響きに、年相応の揺らぎが見え隠れする。玲玉は取り澄ました仮面を落としそうになった。皇帝が心情らしきものを語りだしたことに、むしろ不安に瞳《ひとみ》を曇らせる。

「私には、頑《かたく》なに喪服を脱がぬそなたの心はわからぬ。ゆえに、そなたを慰める言葉を知らぬ」

陽元はすでに数人の皇子や皇女を生《な》しているが、それぞれの妻子と過ごす機会はほとんどない。先帝ともそうした希薄な親子関係であったことは察せられる。まして生母が幼少のうちに自害したことを思い合わせれば、心を通わせる家族を持たぬ陽元に、身内に対する思い入れがわからないのも、道理であった。

『皇帝に外戚なし』の法が、陽元という人間を形作った。

玲玉のまぶたの端から、透明な滴がこぼれ落ちる。こぼした涙を恥じるように、玲玉はもう一度頭を下げた。

「大変な失礼を、申し上げました」

冷え冷えとした空気を払いのけるように、扉のひとつが開いた。藍《あい》の深衣の裾《すそ》を翻し、よちよち歩きの幼児が部屋に駆け込んでくる。

「マー」

舌足らずの声で、母親を捜しに来た幼児は、かさばる衣裳に身を包んだ大柄な先客に驚き、身をすくめた。

「翔か。立太子の礼で杓《しゃく》を授けたのを、覚えておらぬか」

生まれてから数えるほどしか会ったことのない父親を、歩き始めたばかりの幼児に認識しろという方が無理であったが、翔は目の前で杓を揺らして微笑む男性のことは覚えていたらしい。

あーあーと笑い声を上げて、陽元に手を伸ばす。正しくは、陽元の手にした杓を欲しがっているようだが。陽元も笑みを誘われて、皇帝の威厳をぽろりと落とした。十八歳の青年らしい、明るく軽やかな声で幼児に話しかける。

「これは私のだから、やれぬ。自分のはどうした」

それは親子というより、年の離れた兄弟か、従兄弟同士のやりとりのようであった。

翔はすぐにあきらめ、母親へ駆け寄って膝《ひざ》によじ登ろうとした。

玲玉は両手を伸ばし、翔を膝の上に抱き上げた。先ほどまでの仮面のような顔と打って変わって、慈愛に満ちた微笑みを息子に向ける。

陽元は、その顔も記憶に残らない生母もまた、このような笑みを自分に向けたことがあっただろうかと、想像してみた。そして玲玉がほの紅《あか》く艶《つや》やかな肌を取り戻し、頰もいま少しふっくらしていたら、どれだけ美しいだろうかとも。

「玲玉、翔を残してゆくなよ」

唐突な陽元の言葉に、玲玉は思わず顔を上げ、目を見開いて夫を凝視した。その錫《すず》を張ったような瞳が震え、翔の黒髪にはらはらと涙が落ちる。玲玉は声を震わせて応えた。

「もちろんでございます。ずっと帝と皇太子にお仕えしてまいります」

五、牛耳を執られる

禁城へと向かう大通りを、明々のあとについて歩いていた遊圭は、「あっ」と小さな声を上げげた。

「どうしたの？」

前を行く明々がふり返った。遊圭はその問いに答えず、すっと明々の背中に隠れるように一歩下がる。

前方の交差路に、薄藍の深衣をまとった背丈も年齢もまちまちな、青少年の集団が列をなして歩いてきた。頭頂に黒冠を置いた青年、総角《あげまき》を結った少年。かれらの冠や総角を留める笄《こうがい》には、雄雉《きじ》の尾羽が誇らしげに揺れている。

「縹《はなだ》色の深衣に金鶏の羽冠。国士太学の学生だ」

低く押し殺した声で、遊圭は囁《ささや》いた。明々は縹衣《ひょうい》の集団から、遊圭の双輪髷《まげ》に視線を落とした。

「知り合いがいるの？」

「兄様の友人がいるかもしれない。わたしを覚えているかどうかは、わからないけど」

童女の髪形と服をまとった上に、明々に説き伏せられて化粧まで施した遊圭の正体が見破られることはないだろう。それでも用心に越したことはない。

学生たちをやり過ごしたのちも、遊圭は放心したまま、ぼんやりとその場に立ち尽くしていた。

早ければ、来年の今ごろには遊圭もあの中のひとりのはずだった。かれらと切磋《せっさ》琢磨《たくま》して、千人に一人が合格という国士登用試験に向けて、猛勉強中のはずだったのだ。それとも、初秋まではあの縹衣の一員であった、兄の姿を追っているのか。

「じゃ、行こうか」

明々に促され、遊圭は夢から覚めたように、無表情にうなずいた。

禁城と市井を隔てる濠端《ほりばた》の道に突き当たり、ふたりは北へ折れる。

幅は三十三歩（約五十一メートル）を超える濠の対岸には、高さ四丈（約十二メートル）の、その厚さも計り知れない石造りの城壁が延々と、ひたすら延々と続く。
床を上げたばかりの遊圭に、このような長距離を歩くのは大変な負担であった。休みをとりながら、少しずつ進む。

今日中に着くのかしらと明々が首をかしげたくなったころ、ようやく玄武門に着いた。明々は、髷が背中につくほど首を後に曲げ、口を開けて玄武門を見上げた。二階建てをゆうに超える城門の上に、玄武門の楼閣が聳《そび》え立ち、明々やその向こうに続く京北《けいほく》の家並みを睥睨《へいげい》している。

この楼閣ひとつに、明々たちが暮らしていた長屋を十個は詰め込める。しかも、玄武門は北の門、禁城の裏口に過ぎない。これが裏門ならば、南に位置する表玄関の朱雀大門《すざくだいもん》はどれだけ巨大なのだろうか。

玄武門の衛兵は、明々の差し出した割符を確認し、側門を開いて明々たちを禁城の中に入れた。

一歩足を踏み入れるなり、明々は途方に暮れた。十歩は幅をとった石畳の道路の向こうには、滑らかな薄丹色《うすにいろ》の壁が左右にどこまでも続いていたからだ。

「どっちへ行けばいいのかしら」

「右だ。西に進めばそのうち内門が見えてくる」

遊圭が後から助言した。

「なんであんたが知ってるの」

「召喚状に、西宮の尚宮司《しょうぐうし》で手続きをするようにって書いてあった。それが読めなくても、西の西凰宮《さいおうぐう》が今上帝の後宮で、東の東鴦宮《とうおうぐう》が皇太子や皇太后、先帝の妃嬪《ひひん》の後宮だってのは、常識」

「あんたたち都人《みやこびと》にとってはね」

明々は不機嫌に鼻を鳴らした。

「どうして外門と内門が離れているのよ。これじゃ迷路じゃない」

「そりゃそうさ。敵に攻められたときに、まっすぐに宮城の心臓部に辿《たど》り着けないように造られているんだから」

「こんな城壁、誰が攻めて来るっていうのよ」

明々は、城壁を築いたのが遊圭であるかのように睨《にら》みつけて、言い返した。

両側を壁に挟まれて、迷路のような道を案内に従って左へ右へとひたすら歩く。後宮の出入り口、西凰門に至るころには、明々と同じような新参の女官たちが列をなして並んでいた。彼女たちのまとった華やかな襦裙《じゅくん》と、色とりどりの深衣や袖なしの褙子《はいし》が、季節外れに咲き乱れる花畑のように風に揺れている。

西凰門の向こう、最初にかれらの前に立ちはだかる巨大な建築物を見上げて、明々はだれにともなくつぶやいた。

「これが皇帝がい——おわす宮殿なの？」

驚きのあまりおかしな言葉遣いになる。

ため息しか出ない豪奢《ごうしゃ》な宮殿の正面には『延寿殿《えんじゅ》』の額がかかっていた。一階だけで二階分の高さがあり、二階の上にも階があるようだが、地上からはよく見えない。両翼に広がるいくつもの殿舎へと回廊が続き、どれだけの数の棟で『延寿殿』が構成されているのか、正面からは見当もつかない。

驚愕《きょうがく》して立ち尽くすふたりに、西凰門の門衛が声をかけた。

「後宮の出入り口に皇帝陛下の紫微《しび》宮があるわけがないだろう」

禁城の壮大さを自分の手柄のように胸を張って自慢する。もうひとりの門衛が建物を指さした。

「左翼の殿舎が女官の不正を取り締まる『宮正司《きゅうせいし》』、右翼が総務を預かる『尚宮司《しょうぐうし》』、中央が宦官《かんがん》と後宮を総括する『内侍省《ないじしょう》』二十四衙《が》門《もん》のうち三衙門が入っている。つまり延寿殿は後宮の官庁にあたるわけだ。これでも手狭で、拡張工事が計画されている」

そして、右翼にある尚宮司の殿舎で入宮の手続きをするように教えてくれた。

「元気でな、お嬢さん。俺たちがあんたが目にする最後の男だぞ、しっかり目に焼き付けておくんだな」

さして美男でもないが、兵士にしては愛想の良い好青年であった。無数の女たちがこの門に吸い込まれてゆくのを見てきたのだろう。ほとんどの女官は一度も皇帝の顔を見ることもなく、異性に出会うことなく、盛りの時期を壁の中で終わらせる。

その門衛の日焼けした目尻《めじり》には、一抹の同情が滲《にじ》んでいたかもしれない。

明々は門衛に礼を言って門をくぐった。

この西凰門より先、男は一歩も足を踏み入れてはならない。

明々に続いて門の敷居を跨《また》いだ遊圭は、ごくりと唾《つば》を呑《の》み込んだ。


尚宮の受付で、明々は割符と交換に青い房と小札のついた、小さな黄緑の佩玉《はいぎょく》を受け取った。受付の次はどこへ行けばいいのか訊《き》こうとしたが、あとから来た新参者に押されるようにして列から吐き出された。

明々は、二枚の玉製の円盤を結わえた腰飾りを初めて見たのだろう。佩玉を手に、途方に暮れて周りを見回した。明々の手から佩玉を取った遊圭は、佩玉と札に刻まれた文字を読んでから、明々の帯に結びつけた。

「この穴の開いた円盤は璧《へき》という。君が歩くたびに、二つの璧がかちあって音を立て、君が参上していることを室内の者に知らせる。青い房は尚殿宮官《しょうでん》、君の職尚《しょくしょう》を意味し、黄緑の壁は安寿殿《あんじゅ》に所属するということだよ。この小札には君が仕える内官の名が書いてある。わたしたちが目指すのは、蔡才人《さいさいじん》の宮室がある安寿殿《あんじゅ》だ」

「それも召喚状に書いてあったの？」

明々は胡散《うさん》臭げに訊《たず》ねた。

「半分は勘だけど。ほら、同じ色の佩玉を持った女官を探しなよ」

見渡す限り、赤茶色の屋根瓦《がわら》を葺《ふ》いた豪壮な建物がいくつも並んでいる。間隔を置いて植えられた檜葉《ひば》や松の並木と、季節にはそれぞれの花が咲き乱れているであろう花壇に沿って、白い砂利が敷き詰められていた。

ここが、西凰宮のほんの一区画に過ぎないとは信じ難い。

幸い、同じ色の壁をつけた女官がすぐに目に入り、明々たちは藁《わら》をもつかむ思いでその女官を追った。女官の佩玉は明々の壁よりひとまわり大きく、房は赤かった。

壁の色を同じくする新人女官たちが集まったのを見て、赤い房の女官はついてくるように指図した。

また別の門をくぐり、両側に白壁の続く道を黙々と後宮の胎内深く進んで行く。時おり車駕《しゃが》が余裕で通れる大きな門をいくつか右左に見かけては、ようやく『安寿門』の額を戴《いただ》く門に辿り着いた。

安寿門の奥に鎮座する安寿殿もまた、延寿殿に劣らぬ豪奢な宮殿群であった。町がひとつすっぽり納まる広大な区画に庭園や疎林、いくつもの池や四阿《あずまや》が配置されている。その区画を囲む高い壁に沿って、安寿殿に仕える女官や宦官の宮舎や作業棟が、一定の間隔を置いて並んでいた。

明々たちの寝房が割り当てられた尚殿舎の六人部屋には、当然ながら宮官用の六台の寝台しかなかった。

「一緒に寝るしかないわね」

冬場は暖を取るための共寝を前提としている寝台は、小柄な人間ふたりなら十分な大きさであった。しかし、共寝は同性の親族や主従に限ってのことだ。

困惑を顔に出した遊圭に、明々は平然として囁《ささや》いた。

「あたしは気にしないわよ。阿清ともずっといっしょの布団だったし」

明々は、遊圭の秘密を守り抜くためにあえてそう断言したのか、それとも心底から遊圭を男子として認識していないのか、定かではない。

女性といえば母や姉妹、胡娘《こじょう》くらいしか縁のなかった遊圭だが、年の近い明々を異性として意識するくらいには成長している。既往歴と関係なく動悸《どうき》や血圧が上がりだした。だが新年も近いこの季節に、床に藁を積んで別々に寝るのもかえって怪しまれる。物心つく前から、暖かな布団や暖房の効いた部屋でひとりで寝る習慣が身についた遊圭のほうが、ここでは異端なのだ。

とはいえその夜は、一日中歩き続けて疲労困憊《こんぱい》していた。明々の体温や体臭など、意識する間もなく深い眠りに落ちてしまった。


朝、明々は遊圭が目を覚ます前に安寿殿に伺候した。陽が高くなってから起き上がった遊圭は、手持ち無沙汰《ぶさた》にあたりを見回した。

寝台の両側は低い衝立《ついたて》で仕切られているが、通路側は丸見えだ。着替える時は通路に背を向けた方がいいなとぼんやりと考える。

他の女童《めどう》は主人の宮官の寝台や衣服を整え、洗濯に行ったり、宮舎の掃除などに取りかかっていた。

　寝台でぼうっとしていても、だれも遊圭のために洗面盥《たらい》や湯を運んではこない。

「あたりまえか……」

　遊圭はひとりごちた。

　使用人の大勢いた自分の家はもはやない。朝食を部屋まで持ってきてくれた胡娘もいない。明々は遊圭を病人もしくは客扱いして、家事は手伝わせなかったので、ついつい忘れてしまっていたが。

　顔はどこで洗うのだろう、朝食はどこで食べるのだろうと遊圭が考えていると、目の前に影が差した。見上げると、明々と同年齢と思われる少女が、遊圭の前に立ちはだかっている。

「ずいぶんとお寝坊さんねぇ。自分の尚殿の支度も手伝わず、見送りもしないなんて」

　確か、阿祥《あしよう》という名の女童だ。阿祥の主人の秦尚殿《しんしようでん》は、この部屋の古株と紹介された。わからないことがあれば、阿祥に訊けばいいとも。

「遊々、っつたわね。こっちきて雑巾《ぞうきん》がけしなさいよ」

　遊圭は寝台にあぐらをかいたまま首をかしげ、不可解そうに阿祥を見上げた。

「わたしが？　なぜ？」

　遊圭の反応を予測していなかったのか、阿祥の目尻が吊《つ》り上がった。

「ふざけてるの？　あなた、女童でしょ？　尚殿が働いているのに、付き人の女童がなにをのんびり寝ているのよ。この部屋の掃除したり、表を掃いたり、洗濯とか縫物とか、やることといっぱいあるのよ」

明々に宮官とは宮殿の下働きだと言ったのは遊圭だ。その付き人の女童の役割は確かにそうだとは思うが、なぜ阿祥に命じられなくてはならないのか。

「わたしの仕事は、明々が決めることじゃないか。なぜ君――」

自分のしゃべり方が女らしくないことに思い当たった遊圭は、小さく咳《せき》をしてごまかし、言い直す。

「尚殿でない、わたしと同じ女童の阿祥、さんが他の尚殿の女童に指図する、のですか」

阿祥の顔がかっと赤くなった。遊圭は、この子は癇性《かんしょう》持ちかな、と思ったがすでに遅い。

「新入りのくせに、何もしないでごろごろしているの、あんただけよっ。グズグズ言ってないで、さっさと仕事にかかりなさいよ」

声を荒げた阿祥は、手にしていた雑巾を、遊圭の前にバシッと叩《たた》きつけた。

これ以上騒がれても困るので、遊圭はおもむろに寝台から降りることにした。やはり昨日は歩きすぎたようで、筋肉痛で足腰がいうことをきかない。体もだるかった。昨夜のうちに葛根湯《かっこんとう》を飲んでおけばよかったと後悔するが、あとの祭りだ。

日中は暖房は入れないのか、部屋は寒かった。鼻が冷たい。遊圭は褝衣を重ねて袖《そで》を手首で絞り、綿入りの褙子《はいし》を羽織った。

「顔を洗ってからでも、いいですか」

遊圭の問いに、阿祥はぎろりと遊圭を睨《にら》みつけたが、だめだとは言わなかった。しかし朝食について訊ねたら罵《ののし》られそうだったので、遊圭はそれ以上は何も言わず手洗い場に逃げ込んだ。

厠《かわや》が個室であったことに、遊圭は心から安堵《あんど》した。星家のような豪壮な邸《やしき》でも、人に見られず用を済ませるのは家族や客人のみで、使用人たちの厠はかなり開放的であったからだ。

寝房に戻り、先ほど投げつけられた雑巾を手に所在なげにしていると、なにをぼんやりしているのかと阿祥に叱りつけられた上に、そこを拭《ふ》け、あちらを磨けと命令される。

遊圭は言われたことをやっているのだが、阿祥にはそう見えないらしい。手を動かすたびに、阿祥の叱責《しっせき》が飛ぶ。

「埃《ほこり》を払うのに、物を動かさないでどうするの」

「榻《とう》の拭き方も知らないの？　もういいから床を掃いてよ」

「床は隅から外に向かって掃くのっ。寝台の下にもほうきを入れなさいって！」

「一か所終わるたびに何をぼんやりしているの？　さっさと塵《ちり》を外に掃き出してよっ」

他の女童が互いに目配《めくば》せし、袖を引いたり忍び笑いを交わすのが目の端に映り、遊圭の胃はきりきりきりする。

そもそも遊圭は、雑巾もハタキも手にするのはこれが生まれて初めてなのだ。阿祥の甲高い声が耳に刺さるたびに、遊圭は息が止まる。

「ああっ。卓子が水浸しじゃないっ。しかも、床にまで水がぼたぼたと。あんたって雑巾の絞り方も知らないのっ?」

阿祥はついに金切り声をあげて、遊圭の背中をどやしつけた。

「――らない」

「なに?」

「雑巾は、絞ったことはない」

「はぁ?」

阿祥は目を丸く見開いて、うつむいた遊圭の顔をのぞきこんだ。

「あなた、ふざけてるの? 尚殿の碑女《はしため》が雑巾の絞り方を知らない?」

孤児となったいま、身分の上下を言ってもどうにもならないが、このような言いがかりは無性に腹立たしい。そもそも、自分と同じ宮官の付き人にすぎない阿祥が、自分に対してここまで威張るのは理不尽ではないか。

「わたしは碑女ではないし、雑巾の絞り方はまだ習っていない。だが、教えてくれたら、ちゃんとやる」

隠そうとしても、肌に染みついた尊大さは声と言葉遣いに滲《にじ》み出てしまう。阿祥は可《か》憐《れん》な見た目に隠された、遊圭の自尊心と知性を嗅《か》ぎつけた。それは、名前も肩書も与えられない女童や婢女が、持っていてはならないものであった。

「李尚殿は、自分の女童に何も教えてないの。どこのお嬢さまよ」

白い歯を見せて、嘲《あざけ》りの言葉を吐き出す。なまじきれいな顔をしているだけに、目を背けたくなる厭《いや》らしさがあふれてくる。

「絞っても水が出なくなるまで、かたーく絞る練習からすることね」

そう言われても、筆より重たい物は滅多に持つことのなかった遊圭には、握力が足りない。真っ赤にふやけた掌《てのひら》が擦り剝《む》けるまで絞っても絞っても、水が滴り拭き筋を残す。

「役立たずね！」

栗の外殻のような、棘《とげ》だらけの言葉を投げつけられて、遊圭は思わず拳《こぶし》を握りしめた。しかし、拳を振り上げたところで、喧嘩《けんか》などしたことのない遊圭が、女とはいえ年も体力も上の相手に敵《かな》うはずがない。騒ぎは避けねばという理性に縋《すが》りつき、遊圭は歯を食いしばってこらえた。

宮舎の掃除を終え、自らの主人の身の回りを整えれば、宮官らが帰ってくるまで女童らは暇なものだ。仲の良い者同士で集まっておしゃべりを始めるのをよそに、遊圭は昨日からの肉体的な疲れと、午前中に蓄積された精神的疲労を癒《いや》すため、煎《い》り小麦とカミツレの茶を飲んで横になった。

午後になって、明々は宮舎に戻ってきたが、自分と遊圭の食事だけが談話室に用意されていないことに、驚きと落胆の声を上げた。

「遊々、具合悪いの？　熱は、ないみたいね。昨日歩いたからね。休んでていいよ。お

「昼は私が持ってくる」

他の宮官らに会釈して、明々は炊事棟に向かった。遊圭は起き上がって、急いで明々の後を追いかける。

「明々、ごめん。宮舎まで膳《ぜん》を運ぶのが女童の仕事だって知らなかった」

うつむく遊圭の赤くなった手を取り、憂鬱《ゆううつ》な顔を見比べた明々は苦笑する。

「なんか言われたの？　初日だし、洗濯物もないから、私が仕事している間、あんたはのんびりできると思ったんだけど、女ばかり相部屋だもんね。新人が何もしないわけにはいかなかったか」

「まあね。安寿殿、どうだった？」

「今朝は、上司に引き回されて担当の場所を掃除してきた。ほら、前の奉公先は適当に自分のやり方でやってたけど、こっちはまた、女ばっかりで仕事の取り合いというか、押し付け合いというか」

炊事場には食堂もあった。厨房《ちゅうぼう》で膳を受け取った明々と遊圭は、そこで食べていくことにした。


遊圭の体調を心配する明々は、遊圭より早く起きて支度をし、遊圭の洗面や着替えの世話をし、食前の薬湯に必要な湯をもらってくる。どちらが付き人だかわからない。

物心つく前から、誰かに世話を焼かれてきた遊圭も、それを不自然だと思わない。

「一人前のご飯を食べられるようにならないと、人並みに働くのは無理だから」

自分の手首より細い遊圭の腕をつかんでは食の細さを指摘し、明々はため息をついた。

一方、阿祥は遊圭が何をどうやってもガミガミと小言を言う。どうしたら阿祥の気に入るのか、指図された通りにできるのかわからず焦るうちに、阿祥の声は次第に高くなり、刺々《とげとげ》しさが増す。その棘は、背中や耳に物理的な痛みを錯覚させるほど鋭い。

遊圭の耳の奥で、言葉でなく音だけがキンキンと反響して、何を言っているのか聞き取ることも難しかった。

そのため、言われたことの半分もこなせないまま、取り上げられた雑巾《ぞうきん》で腕をはたかれたり、箒《ほうき》の柄で肩を突かれ、「ほんっとに役立たずのお嬢さまなのね」と嘲笑《あざわら》われる。同僚の女童は、遠巻きに傍観しているか阿祥に同調し、たまたま居合わせた宮官はわれ関せずと、日中の遊圭は孤立無援だった。

明々が非番の日は溜《た》まった洗濯物を洗う。裸足《はだし》になって盥《たらい》の洗濯物を踏み洗うのだが、冬場の水はつま先が痺《しび》れるくらい冷たい。

「なんでお湯で洗わないいんだろう」

あまり脛《すね》を出さないように裙《くん》の裾《すそ》を持ち上げ、遊圭は顔をしかめて不平を漏らす。

「だからみんな風邪を引いたり熱を出したりするんだ」

近くにいた女童の苗々《みゃおみゃお》が、「遊々の言う通りよ。お姐《ねえ》さま方。水だと垢《あか》汚れが落ちませんもの」と赤くなった両手に息を吹きかけ、咳《せ》き込んで同意した。苗々は美形ぞろいの後宮では、凡庸な顔立ちをしているせいか、存在感が薄い。

咳《せき》が出たり、鼻水をしきりに拭いているのはその苗々だけではない。遊圭は風邪をうつされては喘息《ぜんそく》がひどくなるので、顔色の悪い女たちから少し距離をとった。

「何百人分もの衣裳《いしょう》を洗うのに、いちいちお湯を沸かしていたら、毎日どんだけの薪《まき》がいると思うのよ。禁城どころか、都中の木がなくなってしまうでしょ」

明々が辛抱強く説明し、脇から年嵩《としかさ》の尚殿が口を挟む。

「あたしたちは自分の汚れ物だけ洗えばいいけどねぇ。尚服《しょうふく》の染色舎の連中なんか、冬でも川の中や雪の上に織物を晒《さら》して、手も足もあかぎれだらけにしているんだ。文句なんか言っちゃいけない」

「尚功《しょうこう》の紙工房じゃ、冬の間は朝から晩まで毎日紙を漉《す》くんだって。寒水の中で楮《こうぞ》を踏んだり揉《も》んだりするから、しもやけで痒《かゆ》いの痛いのって、夜も眠れなくなるってこぼしてるしねぇ。わたしたちは尚殿に振り当てられて運が良かった」

遊圭は後宮の中で紙が作られていることを知って驚いた。

「どうしてわざわざ冬に染めたり紙作りをするんだろう。暖かい時にすればいいのに」

十を数える間も水に足を浸《つ》けていられなくて、遊圭は盥から飛び出した。

「さあ。その方が良いものができるからじゃないのかしら」

高品質紙の製造法は、門外不出だ。ようやく実用化と量産の目途がついた紙の製法を、一般の宮官が知っているはずがない。

遊圭は真っ赤に染まり、ジンジンする足を見下ろした。それから、洗濯を続ける明々のそばに座り込み、その手を取った。硬くなった皮膚がところどころ赤くなり、指先や関節のしわがぱっくりと赤く割れていた。

「これ、しもやけとは違うね。これがあかぎれ？　痛そう」

「痛いよ。遊々は、見るの初めて？」

自分が痛そうに顔をしかめる遊圭をみて、明々が笑った。

「こんなの、毎年のことよ。ヘクソカズラの実を搾って塗っておけばすぐ治るから」

「屁糞《へくそ》？」

「蔦《つた》の仲間。真ん中が赤くて白い花を咲かせて、秋に小さな黄色い実が成るんだけど、臭いからそう呼ばれているの。今年は探している暇がなくて、こんなになっちゃったけど」

遊圭の脳裏に、秋になると胡娘が集めてくる臭い木の実の記憶が閃《ひらめ》いた。

「それなら知ってる」

ぱっと立ち上がった遊圭は布沓《ぐつ》を履き、身を翻してどこかへ駆け出した。

遊圭の唐突な行動に、明々と周りの女たちはあっけにとられ、それから苦笑した。

「宮殿の庭園にヘクソカズラが生えているわけないのに」

「李さん、妹を甘やかし過ぎだと思ってたけど、遊々は姉さん想いのいい子だねぇ」

同期の尚殿がうらやましそうに言った。明々はちょっと照れ臭くなって笑い、本来は遊圭が洗っているはずの二人分の衣裳を絞り上げた。

遊圭は安寿殿の庭園や小川、池の岸を見て歩いた。雑木林や藪《やぶ》の外縁に繁茂するはずのヘクソカズラであったが、そもそも宮殿の中に雑木林などあるはずがない。もし生えていたとしても、冬も半ばに近いのだから、実も落ちて枯れているのかもしれなかった。

築山《つきやま》に登った遊圭は、枯れた蔓《つる》の真っ黒な莢《さや》を冬陽に透かし見ながら、途方に暮れた。

「なにか探し物ですか」

背後から澄んだ声で話しかけられ、驚いて飛び上がる。

ふり返ると、下の小径《こみち》に薄墨の丸帽と直裾《ちょっきょ》の袍《ほう》を身に着けた若者が立って、遊圭を見上げていた。涼しげな切れ長の目、端整な細面につるりとした頬をしているが背は高い。

後宮に男子がいるとすれば、それは未成年の皇子か宦官《かんがん》だ。若者の背筋は伸び表情も凜《りん》としていて、前者と間違えそうであったが、見た目の年齢に比していささか高い声と服装で、宦官と判断できる。

「あの……」遊圭は声を出すことすら躊躇《ちゅうちょ》した。「なんでもないです」

袖《そで》で口を押さえ小声でささやくと、小走りにその場を立ち去った。

皇帝以外の男が立ち入ることを許されない後宮において、重労働や不浄の仕事を担う宦官は、刑罰によって去勢されたか、貧窮のために後宮に職を求め自宮し、男でなくなった男たちだ。

官僚の家に育った遊圭は、周囲のおとなたちから宦官の悪口をさんざん耳にしていた。試験を勝ち残る努力もせず後宮に入り込み、皇帝や皇后に取り入ってその威を借り、後宮の富を着服し、国政に口を挟む宦官は、官僚にとっては天敵以上の存在だ。

それゆえ遊圭は、宦官とはなにやら異様な妖怪《ようかい》じみたモノのように思い込んでいた。後宮のあちこちでかれらに行き合っても、なるべくその服の色すら視界に入れないようにしてきたのだ。

——でも、なんだか普通の少年みたいだった。

遊圭の見てきた限り、宦官はみな肩を丸め背を屈《かが》めて、女官らと目を合わせぬよう下を向いて小幅で歩く。

しかし先ほどの若者は品があり、知性を感じさせる眼差《まなざ》しが印象深い。とはいえ、宦官は宦官だ。正常な男子に対する嫉妬《しっと》や憎しみは尋常でないと聞く。かかわらずにすむならそれが最善である。

女装して女に紛れている遊圭が正常な男子かどうかは、議論の余地があるかもしれないが。

宦官の姿が見えなくなるところまで速足で逃げた遊圭は、髪や裾が乱れてないか確認して、ふたたび歩き出した。

そろそろ昼食時のはずだが、時刻がわからない。思ったより歩き回ったようで、すでに腹時計は空腹を訴えている。

――阿祥のキンキン声が聞こえない、空気の良いところを歩くと、ちゃんとお腹も空《す》くのかもしれない。

などと呑気《のんき》なことを考えながら、遊圭は炊事場へ向かった。

さすがに配膳《はいぜん》の時間には早かったらしく、食堂は閑散とし、厨房《ちゅうぼう》では尚食《しょうしょく》の女たちが忙しく働いていた。

調理のようすを眺めるのが好きな遊圭は、これ幸いと厨房をのぞき込む。

盛り付けられ運び出されてゆくのは、安寿殿の妃嬪《ひひん》たちの膳だろう。

汁物から始まり、膾《なます》や蒸し物、魚や肉料理が次々と運び出されている、どの皿にも山海の珍味が揃えられ、仕上げの菓子や果物の盆など、これから宴会でも始まりそうな豪華さだ。

「誰もが忙しいこの時間に、ずいぶんと早いお越しだね。どこの宮舎の小鳥さんかね」

遊圭の肩を叩《たた》いたのは、四十代と思われる恰幅《かっぷく》の良い女官だった。遊圭はびくりとふり返ったが、叱りつけるような言葉に反して、女官の顔はにこやかだった。

安寿殿の厨房を取り仕切る趙尚食掌《ちょうしょうしょくしょう》だ。女官たちの中では高齢にあたるため、皆には趙婆《ちょうば》と呼ばれていた。二十年前は大変な美人だったと思われる趙婆《ちょうば》は、いまはふくよかな面差しに菩薩《ぼさつ》のような笑みがよく似合う。

「すみません、趙尚食掌。邪魔をしないようにはしていたんですが」

遊圭は姿勢を正して袖を伸ばし、両手を重ねて丁寧な揖礼《ゆうれい》を捧《ささ》げた。

「邪魔にはならないが、ちょっと目障りだね」

ちくっと刺すような語調に、遊圭は小さな体をすくませた。そのさまが面白かったのか、趙婆は体を揺するようにして笑った。

「あんた、尚殿の新入りだね。食堂で食べていくわりには小鳥みたいにちょっとだけ啄《つい》ばんで帰っちまう。いつまでもガリガリで、安寿殿を預かる尚食掌としては捨てておけないね」

厨房からあまり出てこない趙婆に、顔を覚えられていたとは驚きだ。

「李尚殿の女童で、遊々といいます」

遊圭は遠慮がちに名乗った。

「やることがないのなら、ちょっとこっちを手伝うんだね。たちの悪い風邪が流行《はや》っていて新入りがバタバタ寝込んじまっているのに、春節の準備で永寿宮に熟練の宮官を取られて、人手が足りないんだよ」

断る理由もない遊圭は、趙婆について厨房に入った。

「でも、わたし、包丁は持ったことがないんです」

遊圭が告白すると、趙婆はさらに笑った。

「尚食が包丁を持たされるのに何年もかかるんだよ。まして、あんたみたいな女童は洗い物からだ。それとも、あんたのご主人は他尚の仕事を手伝うのを禁じているのかい？」

遊圭は明々の顔を思い浮かべた。

「たぶん、気にしないと思います」

「じゃあ、決まりだ。あとでご褒美もやるから、しっかり手伝っていってくれ」

遊圭は調理場に近づけるのかと期待したが、離れた洗い場に連れていかれてがっかりした。しかも洗い物もしたことがないとは言いにくい。その場にいた尚食に洗ったものを拭《ふ》くようにと布巾《ふきん》を渡される。

それも水が拭きとれていない、二度手間だと苦情を言われ、最終的に調理場と洗い場の間を往復し、調理具や食器を運ぶ役に落ち着いた。


「ヘクソカズラ？　蔓草は樹木を絞め殺してしまうから、どんどん刈り取ってしまうからねぇ。どうしてそんなもの探しているの」

一段落して休憩に入った趙婆は、褒美といって梨の甘煮を出してきた。遊圭は梨を半分に切って口に運んだ。

「明々の手が荒れているので、軟膏《なんこう》が採れないかと思って」

ああそうか、と趙婆は軽くうなずいた。

「そういえば、子どものころ、親に塗ってもらったよ。臭かったけど、よく効いた。見つけたら私にも分けてくれるかい？　最近はとみに手足が痒《かゆ》くてねぇ。年のせいかな。夏冬関係なく指先が乾いて、始末におえない」

遊圭は、手持ちの生薬が春まで持ちそうにないことも気になり、薬はどこで買えばいいのか趙婆に訊《たず》ねた。

「薬草は禁城の北西にある長春園《ちょうしゅんえん》で栽培しているけど、後宮の外だからね。あ、ちょうどいいところに。玄月《げんげつ》、こっちにおいで」

趙婆は腰を浮かして誰かに手を振った。そちらにふり返った遊圭はぎょっとした。趙婆に手招きされてこちらへ寄ってきたのは、先ほどの若い宦官だったからだ。庭で会った時には気づかなかったが、宦官の帯には筆筒と墨壺《つぼ》が結わえてあり、腕には竹簡の綴《つづ》りを抱えていた。

この少年は、読み書きができるのか、と遊圭は驚いた。宦官は教育の受けられない貧民層出身、という思い込みを覆される。

「玄月は後宮の外でないと買えないものを、手配してくれるんだよ。安寿殿の巡回日に会えるなんて、遊々は運がいい」

玄月は怜悧《れいり》な面に、思いがけなく親しみやすい微笑みを浮かべて名を名乗った。

「掖庭《えきてい》局の局丞《きょくじょう》、陶紹《とうしょう》だ。字《あざな》は玄月。よろしく」

遊圭は玄月の役職を聞いて、慌てて椅子から立ち上がった。『丞』は、長官職である『令』の次席である。

この若さで、と玄月を見上げた遊圭は、はっと我に返った。局丞に対して無品の女童はどの拝礼をすべきか。拱手《きょうしゅ》の組み方、位置は胸か目の高さか、揖の深さは、それよりとりあえず膝《ひざ》を折るべきなのかと、とっさに判断がつかず、遊圭はあたふたと両手を揉《も》み絞る。

そうした反応には慣れているのか、弦月は鷹揚《おうよう》な仕草で遊圭に座るように促した。

間近で言葉を交わせば、玄月は老成した雰囲気の青年であった。初め少年だと思い込んだのは、澄んだ声と中性的容姿から受けた勘違いか。

「この子、尚殿舎の新入りなんだけど、軟膏と生薬を頼みたいそうよ」

玄月は食卓の上に墨壺を置き、筆を取り出した。じゃらり、と広げられた竹簡の内側には、びっしりと文字が書き込まれ、遊圭の注文を入れる余白があるのだろうかと不安にさせる。

「何が必要？」

遊圭は皮膚疾患用の軟膏名と、自分に必要な薬の名を思い出しつつ、指を折って数え上げた。

「し、紫雲膏《しうんこう》と、温経湯《うんけいとう》。それから、補中益気湯《ほちゅうえっきとう》、麻杏甘石湯《まきょうかんせきとう》。ええと、小青龍湯《しょうせいりゅうとう》と葛根湯《かっこんとう》。あと菊花茶と人蔘《にんじん》茶があれば――」

玄月は墨壺に浸した筆を止めて、眉《まゆ》を上げた。遊圭をひたと見つめる。

「医師の処方を必要とする薬ばかりじゃないか。だれか重い病気なら、養生院の医女を寄越《よこ》すが？」

遊圭は心臓が喉《のど》から飛び出しそうになった。

薬師や医師に体を見られたら破滅だ。自分が処刑されるだけでなく、明々まで処罰されてしまう。

「保寿殿《ほうじゅ》で悪い風邪が流行っているそうだけど、こっちもそうなら問題だな」

玄月は真剣な表情で趙婆と遊圭の顔を見比べた。趙婆は嘆息交じりに応じる。

「他もそうかい。安寿殿の尚食だけで半分やられたよ。七日前に熱を出した女官はもう癒《い》えて仕事に戻っているけどね」

「疫病ではなさそうだが、医師を後宮に入れるべきかどうか、調査させる必要があるな。尚殿にはどれだけの病人がいる？　症状は？」

話が大きな方向に転がりそうになり、遊圭は慌てて首を横に振った。

「風邪ひきはいますけど、重病の人はいません。処方薬はわたしのです。小さい時から喉と胃腸が弱くて、喘息《ぜんそく》の常備薬を切らさないようにしているのです」

緊張のあまり、声が上ずってしまう。

「それでよく、宮官の審査が通ったな」

玄月は目を細め、筆の頭で鬢《びん》のあたりを掻《か》きながら言った。

遊圭の背中に冷や汗が滝のように流れる。

「あ、あの、宮官に召し上げられたのは姉のほうです。姉はわたしを家に残すのが心配で、連れてきてくれたんです」

「ふうん」

納得のいかない表情を浮かべながらも、筆に墨を含ませて注文を書き始める。

「で、支払いは？　量にもよるが、かなりの金額になるぞ。これは」

遊圭は「あ」と言葉に詰まったきり、袖《そで》で口を押さえた。明々に相談もしないで、高価な薬を頼めるはずもない。

「あの、とりあえず紫雲膏だけで。姉の手荒れがひどいので。生薬は家から持ってきたのがまだありますので、値段を教えてもらえると助かります」

玄月はうなずきながら、竹簡に注文をさらさらと書き終えた。

「所属と名前は」

「李明蓉尚殿の女童、遊々です」

玄月は顔を上げて、遊圭の顔を見直した。単に注文客の顔を覚えようとしているだけなのかもしれないが、柔和な面差しに反して目つきは鋭い。女装が見破られるのではと、遊圭の脇にじわりと汗が滲《にじ》む。

玄月は急に腰を上げ、食卓の上に体を乗り出すようにして、訊ねた。

「どこかで、会ったことがないか？」

その肩を趙婆がばしっと叩《たた》いた。

「真昼間の、しかも後宮のど真ん中で、女をひっかけてるんじゃないよ。それでなくても玄月が巡回に来ると女官たちが浮足立って仕事にならないんだからね」

「いや、本当に見覚えが」

玄月は叩かれた肩を撫《な》でながら言い返した。

「遊々はここに来てまだひと月も経ってない。後宮から出たことのないあんたに、会ったことがあるわけないだろ」

遊圭はおそるおそる口を挟んだ。

「あの、さっき池の向こうでヘクソカズラを探していた時に、玄月さんに声をかけられました」

玄月は遊圭に視線を戻したが、まだ釈然としないようすだ。

「あ、そうか。いや、そうじゃなくてもっと前に、どこかで——」

「いい加減にしなさい。いくらあんたでも、後宮の女に手を出したらただじゃすまないよ」

趙婆が玄月の両肩をがっしりつかんで椅子に引き戻した。食卓が揺れ、危うくひっくり返りそうになった墨壺を、玄月は慌てて押さえる。

「だからそうじゃないって」

ぶつぶつ言いながら、玄月は席を立った。筆記用具を片づけると、ふり向きざまに遊圭に爽《さわ》やかな笑みを向けた。

「なんにしても。遊々。ヘクソカズラの花はそなたのように愛らしいことから、別名を早乙女花という。その可愛い顔でいきなり『屁糞葛《へくそかずら》』とか言わないほうがいい」

完全に女児と思われたようだ。深い安堵《あんど》を覚えた遊圭の首から頬に、じわじわ熱が這《は》い上がる。

「遊々ったら、何を赤くなっているの。まったく、玄月には困ったもんだ。あのきれいな顔で歯の浮くようなことを平然と言ってのけるんだよ。根は優しくていい子なんだけどね」

ちっとも困ってはいない口調で、趙婆が豪快に笑った。そういう意味で赤面しているわけではないのだが、そう思わせておくほかにどうしようもない。

「なんか、宦官《かんがん》らしくないですね。玄月さん」

「あの子は別格。従八品下だから、私ら中級の宮官と同格」

「でも、玄月さんておいくつなんですか。丞ってふつう、三十歳くらいで――」

遊圭の驚きに、趙婆はうなずきを返す。

「帝《みかど》とご同年の十八だよ。父親が内侍省の高官だから、親の七光りっていえばそうなんだろうけど、なかなかの働き者でね。本当ならいまごろは宦官帽じゃなくて、金鶏《きんけい》の羽冠を着けた国士太学の学生か進士さまだったろうに」

趙婆は玄月に同情を寄せるかのように、ため息をついた。遊圭はますます混乱する。

「父親？　内侍省の官吏はみんな宦官ですよね？」

宦官に子は作れない。宦官を養子にする宦官もいない。親の七光りはありえないのではと首をかしげる。趙婆は少し考えてから口を開いた。

「まあ、みんな知っていることだから、新入りのあんたにも教えておくよ。玄月の大伯《おお》父《じ》が、先帝の尚書令だったんだけど、政争のごたごたで弾劾されて失脚。玄月の家族はその巻き添えを食ったんだ。玄月の父親は当時の東宮さま──今上帝の側近だったから死罪を減じて宮刑、息子たちも道連れというわけだ」

遊圭は、自分と微妙に似た玄月の境遇に胸が詰まった。

「陶大官は東宮さまのお気に入りだったから、宮廷に残るように乞《こ》われて、太子《たいし》内坊《ないぼう》の内侍少監《ないじしょうかん》の任に就いた。東宮さまが帝になったいまでは、内侍省で一番偉い司礼太監《しれいたいかん》。その息子の玄月は、ゆくゆくは東宮の太子内坊を仕切ることになるんだろうね。だから、せいぜい不興を買わないようにご機嫌を取っておくといいよ」

先ほどの玄月に対する手荒で気安い態度を棚に上げて、趙婆は親切な警告をくれた。しかし東宮の内坊と聞いて、遊圭の心臓はぎゅっと縮み上がる。

「じゃあ、玄月さんは、皇帝陛下や皇后陛下とも面識があるんですか」

「そりゃ、あるさ。帝とはご学友でもあるし、東宮の教育役にはちょうどいい年頃だ」

それでは、遊圭の顔に見覚えがあるのも道理だ。叔母《おば》の玲玉と遊圭は、親子に間違われるほど顔立ちが似ていると、身内では評判だったのだから。

──なるべく顔を合わさないようにしなくては。どこでボロが出るかわからない。

宮舎に戻った遊圭は、ヘクソカズラを見つけられなかったことを思い出した。玄月の抱えていた受注簿を思い出せば、紫雲膏はいつ配達されるのかわからない。

寝台の下の行李《こうり》を開けて、本草集の束を引っ張り出した。

数刻後、炕《カン》の竈《かまど》室から小鍋《なべ》を持って出てきた遊圭は、明々を呼び止める。

「明々、これを傷にすり込んで」

小鍋に煎《せん》じ詰めた、甘い香りのする濃茶の液体を、明々はおっかなびっくりでのぞき込む。

「なにこれ」

「ヘクソカズラは見つからなかったから、手持ちの生薬で、あかぎれに効くかもしれないのを煎じてみたんだ」

「何を使ったの」

明々は薬湯に手を浸して、不安そうに訊《たず》ねる。

「当帰《とうき》と蜂蜜《はちみつ》」

遊圭の返答に、明々の表情が険しくなった。

「遊々の滋養薬じゃないの。こんなことに使わなくても」

遊圭は首を横に振った。

「本草集には、あかぎれ用の紫雲膏は当帰と紫根《しこん》を蜜蠟《みつろう》と胡麻油《ごまあぶら》で練るってあったけど、当帰と蜂蜜しかなくて。もし効かなかったら、ごめん」

いつもは青白い遊圭の頰に、赤みが差している。

「効くに決まってるじゃない。ありがとう、遊々」

明々は泣きそうな顔で礼を言った。遊圭は額まで赤くして、明々から目を逸《そ》らした。

温度の冷めた薬湯の水気を切って、明々は遊圭の頰に両手を当てた。かさついていた明々の手は、しっとりとした肌触りになっていた。

「とても助かる。ほんとうに、ありがとう」

礼を繰り返す明々の笑みに、ここのところ重いばかりだった遊圭の胃の腑《ふ》のあたりが、ぽっと火を灯《とも》したように温かくなった。

＊＊＊

「大家《ターチャ》」

宦官特有の甲高い声で、敬事房太監《けいじぼうたいかん》の呉俊信《ごしゅんしん》は陽元に呼びかけた。皇帝の家庭である内廷においては、宦官は一般家庭の召使いのように皇帝を『大家』、皇后を『娘娘《ニャンニャン》』と呼ぶ。

皇帝の閨事《ねやごと》を取り仕切る呉俊信は、漆塗りの方盆を捧《ささ》げ持って前に進み出た。方形の盆には、緑に染めた木札が何十枚と並んでいる。

陽元は木札を眺めたものの、手は伸ばさなかった。

「永寿宮の札がないな」

陽元は上げかけた手で薄い髭《ひげ》を撫でつけながら、平坦《へいたん》な口調で指摘した。

「ここのところ、永寿宮からのお召しが続いていますので」

「永寿宮にする」

「大家」

呉俊信のたしなめる口調に、陽元は眉《まゆ》を寄せた。

「皇太后さまから、お召し先があまり偏らぬようにとのお言葉です」

「御嫡母《ごちゃくぼ》様が、か」

陽元は嘆息交じりにつぶやいた。

先帝の皇后であった永娥娘《えいがじょう》は、陽元の皇帝即位に伴って皇太后に進んだ。

だが、永娥娘は陽元の実母ではない。先帝との息子が皇太子に立てられたのを受けて皇后となったが、その皇太子は長くは生きなかった。永娥娘の皇后の地位は維持されたが、数年が経過しても男子をあげられず、やがて陽元が皇太子に立てられ、かれの実母も皇后に進んだ。

皇后がふたりという変則的な状況は、陽元の母の自殺によって幕を引いた。以来、永娥娘は陽元を手元に引き取り、嫡母として育ててきた。金椛《ジンファ》帝国で陽元が唯一、立場上でも精神的にも、頭が上がらない人物だ。

呉俊信が顔を下に向けたまま付け加えた。

「皇太后さまにおかれましては、大家には皇子の数が少ないと案じておいでです」

乳幼児の死亡率は高い。それは飢えを知らぬ支配階級でも同じだった。幼子は病気や事故で簡単に命を落とす。子どもが十人以上いたとしても、一度の流行《はや》り病でバタバタと死んでいくことはあるのだ。

永娥娘にしてみれば、皇太子であった我が子が即位する日も見ずに夭折《ようせつ》したのだから、その心配は当然かもしれない。

「では、永寿宮でもよいではないか」

「ですから、お召し先が偏りますのも、後宮の運営に差し障りがございます。新しい内官も数多くお仕えに上がっていることですし」

どういう差し障りだと陽元は思ったが、口に出しては問わなかった。差し障りがあるのは自分ではない。あちらこちらの女たちから小言や袖《そで》の下、催促を受ける宦官たちなのだ。

陽元はさっと手を伸ばして一番先に指に触れた木札を持ち上げ、そこに書かれた文字も見ずに呉俊信に渡した。それからふり返り、背後に控えていた陶名聞《とうめいぶん》に命じる。

「輿《こし》を用意させろ。今夜は行けないため、これから永寿宮に行く。茶を沸かしておけと先触れを出せ」

呉俊信は頬を強張《こわば》らせて陶名聞を睨《にら》みつけた。陽元は呉俊信の言を容《い》れて、今夜の札は引いたのだ。そして永寿宮に午後の茶を用意させよというのは皇帝の命令なのだから、陶名聞を責めても仕方がないのだが。

皇后の住まいである永寿宮に頻繁に出入りすることは、皇太后の不興を買う。

だが永寿宮の門をくぐったところで、陽元は嫡母の四十代に入ってなお美しく、謹厳な顔を忘れた。大急ぎで駕輿《がよ》をおろすように命じる。

永寿宮の前庭に、星皇后と乳母に抱かれた皇太子翔が待っていたからだ。

陽元はそもそも輿は遅くて好きではない。後宮のだだっ広さを思えば、隣の宮でも騎馬で移動したいくらいなのだ。

駕輿を降りて、皇帝にあるまじき大股《おおまた》で駆けてくる陽元を認めた翔は、歓声を上げて両手を振り回した。乳母はたまらずに翔を地面に下した。翔はよちよちと陽元のもとへ進んでくる。

追いついた星玲玉が翔を抱き上げ、手を差し伸べる陽元に渡した。きゃっきゃとはしゃぐ息子を受け取って、陽元はそのぽちゃぽちゃした頰を指で摘《つ》まんだ。

「翔、元気にしていたか」

「本日は御竜顔もうるわしく――」

「寒いのに外まで迎えに出る必要はない」

玲玉の口上を遮り、陽元は左腕に翔を抱いて宮殿の階段を昇った。

暖房のきいた室内に落ち着き、翔が差し出した毬《まり》を身を屈《かが》めて受け取った陽元は、ぽんと放り投げた。翔は大はしゃぎで毬を取りに行く。

犬を遊ばせているようだと玲玉は思ったが、何も言わない。

「体調はどうだ」

「健やかでございます。陽元さまはいかがでいらっしゃいますか」

「運動不足だ。大葬だ即位だと忙しかったせいだろう。年が明けたら、大掛かりな巻き狩りでも催そうかと思っている」

陽元は落ち着かないようすで玲玉の顔や膝《ひざ》に視線を泳がせ、翔が持ってきた毬を受け取っては放り投げた。翔の笑い声が屋内に響く。

陽元は口ごもりながらつぶやいた。

「翔は、二度で身籠《みごも》ったのにな」

玲玉の頰がぱっと紅《あか》く染まった。

──翔に兄弟か姉妹がいれば、この宮も賑《にぎ》やかになるだろう。

陽元はそう言って、頻繁に永寿宮を訪れ、あるいは玲玉を寝宮に召し出すのだが、まだ懐妊の兆しはない。

「皇帝になったら、もっと思い通りになると思っていたのだが。そうでもない。日中は座りっぱなしで狩りにも行けず、夜の相手も御嫡母様のご意向を伺わねばならぬ。皇帝とは案外と不自由なものだな」

陽元は若者らしく表情豊かに不満を口にした。

玲玉は、陽元が外廷における政治の場で、どのように振る舞っているのかは知らない。だが玲玉の宮では年相応の口を利き、豊かな表情を見せてくつろいでいるのは、微笑ましく思われる。

「わたくしも、皇后のお仕事とは忙しいものだと知りました。御華園《ぎょかえん》で、後宮を挙げて春節の祝賀会を主催するのだそうです。陽元さまがご即位されて初めての春節ですから、特に華やかにするよう、皇太后さまよりお言葉をいただいております」

延々と毬《まり》を投げるのに飽きたのか、陽元は息子を毬ごと膝に抱き上げた。

「賀会では、陽元さまのお好きな、体を動かす遊びも取り入れましょうか。女も投壺《とうこ》や羽根突き、打ち毬は楽しく遊びますのよ」

玲玉の提案に、陽元は乗り気になった。

「うむ。打毬《だきゅう》は面白いぞ。雪が降らねばいいな。いや、降ったら降ったで、西宮と東宮に分けて、雪投げ合戦でもさせるか。皇子らには橇《そり》遊びもさせてみよう」

それは楽しそうですわね、と玲玉は目を細め、微笑を返した。

陽元は急に思い出したように、手を叩《たた》いて陶名聞を招き寄せる。

「今日は土産があるのだ。名聞の遠縁にあたる者が、皇太子にと献上してきた」

陶名聞は、ふたりの宦官《かんがん》にひと抱えもある籠《かご》を運ばせて、空いた榻《とう》椅子に置かせた。中には灰褐色の毛並みに、首の周りだけ白い、一見狸のような獣が丸まっていた。尖《とが》った鼻の両側についた小さな丸い瞳《ひとみ》は、黒曜石を嵌《は》め込んだようだ。

翔も、毬を放り出し籠に手を当て、中をのぞき込む。

「これは、狸……ではありませんね」

ましてや犬でもない。首をかしげる玲玉に、陽元は笑みを湛《たた》えて言った。

「これは西海のほとりに住むという稀獣《きじゅう》、天狗《てんこう》という。私が即位した年にこの獣が捕らえられたのは瑞兆《ずいちょう》ということで献上された。賢く温厚な性質だから、翔の良い遊び相手になるだろう」

六、口より出《いず》る禍《わざわい》

作業部屋に集まる女童たちの手は、裁縫や刺繍《ししゅう》の運針に忙しく動いている。主人たちが春節の賀会で装う帯や髪飾りを、大急ぎで作らねばならなかった。

「遊々って、本当に裁縫が苦手なのね」

炕《カン》の暖かいところに陣取って、針仕事に精を出す少女たちはくすくすと笑う。

「それでは、李尚殿は御華園賀会のお供に加えてもらえないわよ」

右隣の阿映《あえい》が笑いながらからかった。遊圭は、ことさらゆっくりと丁寧に応《こた》える。

「いくら御華園が広くても、宮官全員が参列するのは無理でしょう？　新人は特に」

「なに言っているの。こういうときに美々しく装って、妃嬪《ひひん》の皆さまに添える華に選ばれるのが、お姐《ねえ》さま方の出世につながるのよ」

左隣の女童も同意する。

「賀会には、帝《みかど》もご臨席なさるのを忘れちゃいけないわ。お姐さまの美しさが帝の目に留まったら、私たち、一足飛びに内官のお側付きよ。そしたら、私たちが帝にお目見えできる機会だって、あるかもしれないんだから」

「お姐さまや私たちのだれが内官に取り立てられても、仲良しでいましょうね」

針を持った指を立たせて、阿映が微笑んだ。

女童からしてこの上昇志向と抜け目のない同調圧力。天気や簪《かんざし》、衣裳《いしょう》の色柄にしか興味がないのかと思っていた彼女たちの、あからさまな出世欲。

遊圭は啞然《あぜん》とした気持ちを皮膚の下に隠して、不器用に針を進めた。

宮官の血縁にあたる女童は遊圭に親切だ。明々の甘やかしぶりと遊圭のおっとりとした雰囲気に、自分たちと同類と考えたのだろう。

明々は、むしろ女らしさを学ぶ機会であり、『彼女たちを味方につけておけば、阿祥もそのうちあんたの鼻面を引きずり回すのを遠慮するようになるわ』と、そうした輪には積極的に加わるように勧めた。

作業部屋の反対側、温かな炕《カン》から離れた榻に陣取って、黙々と手作業に励んでいるのは、苗々たち家婢の女童だ。年齢層も十歳前後と低く、衣裳も地味で化粧気もない。髷《まげ》には飾りも模様もない木の笄《こうがい》のみ。

もっとも、一番大変なのは、家婢の女童ではなく、女童のいない宮官であった。一日の労働のあと、自分で身の回りのことをすべてやらねばならず、溜《た》まった洗濯物や縫物を片づけるのに、休みの日も忙しく働かねばならなかった。

当然、女官同士の余暇に付き合う余裕もなく、情報交換や遊びの誘いから取り残され徐々に溜まってゆく疲れに、肌や表情から華やかさを失い、着こなしも身だしなみも冴《さ》えなくなっていく。実のところ、真っ先に風邪で寝込むのは、彼女たちである。そして看病してくれる者もいない。

「ああなったら、万に一つも内官に昇格する望みはないわね」

窓越しに目をやった女童が、非番の朝を洗濯に励む宮官を眺め、含み笑いとともに口を押さえた。

「お姐さま方の栄達は、私たちの働きにかかっているのよ」

阿英がもったいぶって宣言し、針を抜いて糸を嚙《か》み切った。

遊圭は、自分が後宮を去って明々がひとりになったら、こんな風に女童にすら侮られてしまうのだろうかと心配になった。

「今日はこのくらいにして、お茶を淹《い》れて双六《すごろく》でもしましょう」

阿映の誘いに、皆は手を置いた。遊圭は裁縫籠に道具を戻して立ち上がった。

「わたしは、用があるのでここで失礼します」

「どこへ行くの？」「なんの用？」

浴びせられる質問に、遊圭が厨房《ちゅうぼう》を手伝うことになった経緯を話そうとしたとき、入り口から「李尚殿の女童はいるか」と声をかけられた。

総務を司《つかさど》る、尚宮の佩玉《はいぎょく》を下げている。

遊々が応えて進み出ると、女官は小さな包みを手渡した。

「薬司所《やくし》から品物が届いている。代金は掖庭局《えきてい》の陶局丞《きょくじょう》が後日回収に来るそうだ。中身は合っているか」

遊々は礼を言って包みを受け取った。小瓶の蓋《ふた》を開けると、ゴマの香りが鼻を突く、濃い赤紫色の軟膏《なんこう》が入っていた。

「早い」

昨日の今日で紫雲膏が配達されるとは、遊圭は思ってもみなかった。竹簡に書き込まれていた膨大な注文数を、こんなに早く捌《さば》いてしまう玄月は、かなり有能な官吏なのだろう。

──自分の罪でもないのに宦官にさせられて、悔しかったろうな。

親戚《しんせき》の罪に連座させられて、未来を閉ざされ、生涯日陰者の烙印《らくいん》を押される。遊圭にとっては他人事《ひとごと》ではない。

だが、いまは命の危険もなく、後宮にいる限りは出世も保証されている玄月が、見つかれば即死罪、逃げおおせても明日を生き延びるあてもない遊圭に同情されているのも、おかしな話ではあった。

しかし自分にはまだ可能性があるはずだと、遊圭は思った。生き延びさえすれば、きっと。

──やっぱり、生きるために女装するのと、本当に男じゃなくなっちゃうのとでは、天と地の差があると思うんだ。

「なになに？　遊々に贈り物？」

女童たちが群がって、好奇心いっぱいでのぞき込む。遊圭は昨日のいきさつを女童たちに話した。

「玄月さまとお話ししたの？」「陶公子と？」

女童たちは色めき立った。

かの白皙《はくせき》の宦官はかなりの有名人であったらしい。他の下っ端宦官には嫌悪や侮蔑《ぶべつ》を隠さない女童たちは、玄月を『公子〈若様〉』の綽名《あだな》で囁《ささや》き交わし、その名を聞くと国士太学の学生とすれ違った町娘のように、そわそわとしだす。

その玄月を通して外に買い物が頼めると知って、作業室は蜂の巣を突っついたような騒ぎになった。

――いくら美男でも、所詮《しょせん》は宦官じゃないか。

釈然としない思いを抱いて、遊圭はかまびすしい宮舎を後にした。

厨房の手伝いは、遊圭の後宮生活に張りを与えた。

朝から阿祥の嫌味を浴び続け、尚殿の女童たちとおしゃべりばかりでは、心身ともあっという間にすり減ってしまったことだろう。

一方、声が大きく、きびきびと仕事をする趙婆の姿は、胡娘を思い出させて、懐かしい気持ちになる。

　もちろん、厨房の責任者である趙婆と、食器を抱えて洗い場と厨房を往復するだけの遊圭には、ゆっくり話をする時間はない。ただ、尚食の宮官たちは、自分たちの女童を駆り出しても間に合わない年末の忙しさに、遊圭のごとき猫の手すら、ありがたいようだった。

「遊々！」

　呼ばれてふり返るなり、干し葡萄《ぶどう》や粟粔籹《あわおこし》を口に入れてくれる女官もいる。頬をふくらませてありがとうと言う表情が可愛いと、絶え間なく攻撃されおやつには事欠かない。また「遊々は蒲柳《ほりゅう》の質《たち》、あまりこき使わないように」と趙婆が言明すれば、枸杞《くこ》や松の実を多めに鶏湯に盛ってくれたり、喉《のど》が弱いと聞けばユリ根や梨の甘酒煮をわざわざ取り分けてくれた。

「あんた、尚食の方が性に合ってるみたいね。なんか生き生きしているわ」

　昼食の配膳《はいぜん》に賑《にぎ》わう食堂で、明々が苦笑した。明々は遊圭が配膳を宮舎に持って帰る暇がなくなったので、自分から食堂に食べにくる。

「うん。このごろは、疲れにくくなった。小刻みに何か食べさせてもらっているせいかな」

「あと、体も動かしているしね。掃除と違って埃《ほこり》で喉をやられないのがいいのよ」

　掃除のあとは喉が痛くなることを体験で知っている明々は、殿舎の方で手が足りないと言われても、自分の仕事を遊圭に手伝わせようとはしなかった。遊圭は知らないことであったが。

「厨房はいつも湯気が立っているのもいいんだよ。宮舎はあったかいけど、空気が乾いているだろ。胡娘は冬になると、部屋の中でいつもお湯を沸かしていたんだ。喘息《ぜんそく》は乾邪《かんじゃ》を防ぐだけで、ある程度は予防ができるって」

ネギを散らした、糯米《もちごめ》と鶏の白湯に花椒《かしょう》をふりかけ、レンゲにすくった汁を飲んだ。生姜《しょうが》の風味に体が温まる。遊圭はここでも薄味低脂肪の薬食を続けていた。

「紫雲膏、効いてる？」

訊《たず》ねられた明々は、両手を開いて遊圭の前に突き出した。赤みは残っていたが、割れた傷は塞《ふさ》がっていた。

「もう、つるっつる。毎日冷たい水で掃除しているのに。ありがとう。でも高かったんじゃない？」

「安くはなかったけど、ないと困るじゃないか。わたしの喘息薬と同じで」

「あかぎれくらいじゃ死なないけどね」

明々の返答に、遊圭はにっこり微笑んだ。天涯孤独と思っていた自分に、心に隔てのない誰かと、こんな他愛のない会話ができることが信じられない。

明々の視線がふっと上がった。遊圭がその視線を追ってふり返るより早く、ほど良い高さの落ち着いた声が頭の上に降ってきた。

「李遊々、ここにいたか」

遊圭は慌てて立ち上がり、上役や古参の宮官に対するのと同じ、深い揖礼《ゆうれい》を捧《ささ》げた。

「陶局丞さま」

続いて、明々に玄月を紹介する。

「玄月でいい。みなそう呼ぶ。ところで紫雲膏の効き目はどうだったかな」

秀麗な面に優しげな笑みを湛《たた》えた玄月に問われて、明々は反射的に手を胸に引き寄せた。玄月は一歩前に出て明々の手を取り、指を揃えさせて顔を近づける。

「もとがどうだったか知らないが、効いたようだな。きれいな手をしている」

「あ、どうも」

明々はぽっと頬を染め、困惑に言葉を詰まらせた。手を引き戻すこともためらう明々に、かっとなった遊圭は明々の腕をつかんでおろさせた。考えるより先に口走る。

「もうだいぶ治ったんで、大丈夫です」

「玄月っ。また女をたらしこもうとしてっ」

遊圭の言葉にかぶせるように趙婆の声が響き、後から肩を引かれた玄月が数歩下がった。

「たらしこんでないよ、趙婆。紫雲膏の効き目を見たかっただけだ。寿薬堂の紫雲膏は、効き目にばらつきがある。品質が一定してないから、効果が気になっていた」

それが癖なのか、玄月は鬢《びん》のあたりをポリポリと掻《か》きながら言った。遊圭は先ほど急に湧き起こった苛立《いらだ》ちがまだ収まりきらず、思わず口を出した。

「紫根の質はその年の気候や土壌にも左右されますし、管理状態によっても品質に差は出ますから、調合のたびに効き目に差があるのは仕方がないです」

玄月は驚いた目つきで遊圭を見下ろした。趙婆は感心の声を上げる。

「遊々は賢いねぇ」

「遊々は、薬に詳しいのだな。ところで、頼まれていた値段表」

玄月は肩に下げていた書類入れから、ごわごわした一枚の楮《こうぞ》紙を出した。失敗作の廃棄前利用としか思えないその紙には、遊圭が必要とする調合済みの散薬や丸薬、それぞれの個別の生薬の値段まで丁寧に並べてあった。

「どうして、あの日に言わなかった薬の種類まで、わかったんですか」

「薬房の司《つかさ》に、そなたの顔色や背丈など、いろいろ訊《き》かれたので、思い出すままに答えたら、たぶんこれこれの薬も必要だろうと」

「そりゃ、帝国一の薬師が集まっているんだからね。患者を診なくても治せてしまえるんだよ」

趙婆が誇らしげに自慢する。しかし、遊圭は体調や体質まで未知の人間に当てられるほど、玄月に自分の容子を観察されていたのかと、ますます胆が冷えた。

紫雲膏《こう》の値段も書きつけてあったので、遊圭は代金を支払った。過不足のない金額を掌《てのひら》の上で確認した玄月は、目を細めて遊圭を見下ろす。探るような目つきに、遊圭は脇がきゅっと締まる思いだ。

「薬の名前も値段も、問題なく読めるのか。なかなかの才女だな」

宮官や女童の多くは、読み書きができない。怪しまれただろうかと、遊圭は息を吸い込んだ。明々が察して助け舟を出す。

「遊々は去年までは寝込んでいることが多かったので、近所の老童生さんが気の毒だと言って、書を読むことを教えてくださったんです。お陰であた、あの、私とても助かってます」

「ふうん」

玄月は顎《あご》に手をやって、なおも遊圭を見下ろしたままだ。

「遊々、歳はいくつだ？」

「えっ」

遊圭は返事に詰まった。遊圭は自分の年齢を正確には知らない。

他人からの呪詛《じゅそ》を避けるために、生年月日を明らかにしない風習が金椛《ジンファ》にはある。さらに病弱な子の生年もまた、ある迷信から本人にさえ知らされていないことが往々にしてあった。家族が他界したいま、遊圭の生年を正しく知っているのは玲玉だけだ。

「玄月、女に年を訊ねるもんじゃないよ」

趙婆が呆《あき》れた声を出した。玄月はいたってにこやかに応じる。

「れっきとした職務質問だよ、趙婆。私は名簿や帳簿の空欄を埋めるのが趣味なんだ」

趙婆は玄月の冗談に笑いながら、今日は食事をしていくかと訊ねた。

「もちろんだ。趙婆の賄《まかない》は六宮で一番だからね。なかなか配膳の時間に来られなくて残念だが」

玄月は自然な仕草で遊圭と同じ卓に腰かけ、趙婆と気安い口調で世間話を始めた。

遊圭の緊張を読んだ明々は、玄月と趙婆の両方に頭を下げた。

「じゃあ、私たち午後の用があるので、これで失礼します。ごちそうさまでした」

厨房《ちゅうぼう》からずいぶん離れてから、遊圭は不機嫌に鼻を鳴らした。あまり粗野な振る舞いをしない遊圭にしては珍しいと、明々は苦笑する。

「なにを怒ってるの」

聞こえる範囲にひとがいないかどうか確かめてから、遊圭は声を低めて言った。

「怒ってない。あの玄月には目をつけられないようにしないと危険だ」

「もう目をつけられたかもね。というか、気に入られたって感じ？　親しくなっていざってときに薬を都合してもらえたら便利じゃない？」

「そんなんじゃない」

遊圭は、玄月が皇后の前にも侍《はべ》ることがあると話した。自分と叔母《おば》は顔立ちが似ているので、そのことを玄月に気づかれたくないのだとも。

「じゃあ、薬がいるときは、私が玄月さんに頼めばいいのね」

「それもだめだ」

遊圭は頬をふくらませて吐き捨てた。明々が玄月に手を取られて頬を紅《あか》くしたとき、いや、それ以前に遊圭に対しては遠慮なく突き出した手を、玄月の前では恥じらって隠そうとしたことも気に入らなかった。

急に立ち止まって、明々を睨《にら》みつける。

「明々もっ。なんでたやすく宦官《かんがん》なんかに手を触らせるんだよっ」

明々は目を丸くして、そしてぷっと噴き出した。

「何を妬《や》いているのよ。親切なひとじゃない。紫雲膏はすぐに届けてくれたし、値段表もとても詳しいのを作ってくれたんでしょう？」

「あいつは信じちゃだめだ。見た目はどうだって、宦官なんだからな。目的もなしに格下の女官に親切にするものか」

それは代々官僚を輩出してきた家に生まれた遊圭の、骨の髄まで染み込んだ根深い偏見であった。

明々は呆気《あっけ》にとられた。

「あんたでも、毒を吐くことがあるのね。でも、ちゃんと知り合う前からそんな風に決めつけるなんて、遊々らしくないよ。第一、自分からなりたくて宦官になる人間が、いると思うの？」

先に立ってすたすたと歩きだした明々の背中を、遊圭は拳《こぶし》を握り下唇を噛《か》んで睨みつけた。

どうしてそんなに腹が立つのか、悔しいのか、思春期の入り口で足踏みをしている遊圭にわかるはずもない。せめて背丈が明々に追いつけば、玄月よりも低い声が出せれば、あんな風に頭ごなしにいなされることはなかったかもしれないのにと、ただただ腹の底がぐつぐつと熱い。

理不尽な偏見や無自覚な嫉妬《しっと》から、不当に他者を中傷したのだとは、思いもよらない。だが、そんな自分がいかに未熟な子どもとして明々に受け取られたか、ということは漠然と感じ取っていた。

立ち尽くす遊圭の背後で砂利を踏む音がした。はっとふり返ってびくりとする。会いたくない顔が含み笑いをして遊圭を見つめていた。

「阿祥」

会話を聞かれただろうか。それでなくても阿祥の顔を見ると胃が痛むというのに。

阿祥は楽しそうに唇を歪《ゆが》めた。

「遊々って、宦官が嫌いなんだ」

どこから聞かれていたのだろう。絶えず辺りの気配は窺《うかが》っていたはずだが、明々に『妬いているのか』と言われたときに、かっとして声を荒げてしまったかもしれない。

「嫌いとかじゃなくて――」

遊圭は言葉に詰まった。

「玄月さまの悪口は、聞き捨てならないねぇ」

阿祥の口調は意地悪い。

「玄月さまの話なんて、してません」

玄月の名を口にしたのはどのあたりだったろうかと、遊圭は忙しく頭を回転させた。

玲玉の話を立ち聞きされたとしたら、破滅確定だ。

「うそ。さっき厨房に食器を返しに行ったら、玄月さまにあんたたちのこと訊かれたもの。信用できない親切な宦官って、玄月さまのことでしょ」

阿祥の耳に入ったのは、遊圭が激高したのちの失言だけのようだ。内心で胸を撫《な》で下ろしたものの、聞かれてまずい内容であったことに変わりはない。

阿祥は両手を背中に回し、肩を突き出すようにして遊圭の顔をのぞき込んだ。

「あんたって、身内には案外と乱暴なものの言い方をするのね」

にっと笑う。

明々にはつい男言葉に戻ってしまう癖が仇《あだ》になってしまった。男児だとばれてしまったのだろうか。

「あんたの毒舌が玄月さまの耳に入ったら、どうなるかしらねぇ。新参の女童が内侍省の出世頭の悪口を言ってたって」

遊圭は黙って阿祥の目を見つめ返した。下手なことは言えない。これ以上の失態は自分の命だけでなく明々にまで災いをもたらしてしまう。

「玄月さまは、明々の手を握ったんです。皇帝陛下に奉仕する女性に、あるまじき無礼ではありませんか」

それから髪をつくろうふりをして、次の言葉を考えた。

「玄月さまって、そんなに偉い方なんですか」

「まあ、新参のあんたが知らないのは仕方ないけどね」

阿祥は顎を上げた。遊圭が後宮の実力者の悪口を言ったという秘密が、どう自分の利益になるか算段している目つきだ。

「玄月さまの悪口を言う女童なんて、後宮中の女官に睨まれて捻《ひね》り潰《つぶ》されてしまうわよ」

秀麗で理知的な容貌《ようぼう》と、若さに似合わぬ地位と約束された将来。局丞としては末席ながら、後宮内の流通を任されている。女官たちに人気があるのは当然だ。

あの明々が手を握られただけで頬を赤らめるくらいなのだから。

ぎゅっと熱くなる胃袋を抑えつけて、遊圭は気持ちを静めた。

「身の程知らずの暴言を吐いてしまいました。どうぞ、内密にお願いします」

遊圭の腰の低さに、阿祥の自尊心は満足したらしい。

「ま、黙っておいてあげても、いいけど」

阿祥はこの先、自分が握った遊圭の弱みを利用する機会を逃すことはないだろう。

舌は禍《わざわい》の根。

警句を舌の上で転がし呑《の》み込む。遊圭は性別と出自を隠して後宮に隠れ住むことの困難さを、改めて思い知った。

＊＊＊

掖庭《えきてい》局　局丞《きょくじょう》、陶紹《とうしょう》。字《あざな》は玄月が永寿宮に上がり、部屋付きの女官に参上の旨を告げようとしたとき。翔のあげる笑い声とともに、灰銀色の塊が床を走り、玄月の直裾袍《ちょっきょほう》に爪をかけて肩まで駆け上った。

「天々。私の肩は避難所ではない。子どもの相手は確かに疲れるけどな。お前はよくやってくれる」

肩から顔をのぞき込む稀獣《きじゅう》の鼻先を指で撫でて、玄月は優しく微笑みかけた。

冬毛に生え変わった西方の稀獣、天狗《てんこう》は、すっかり永寿宮の人気者になっていた。

「てーん」

天狗のあとを追って出てきた翔が、玄月を見ていっそう笑みを広げた。左の肩に天狗、右の腕に翔を抱き上げた玄月は、女官に導かれて永寿宮に足を踏み入れた。

玲玉の姿を目にするなり、玄月は膝《ひざ》をついて翔を床におろした。そのまま拝跪叩頭《はいきこうとう》を捧《ささ》げる玄月に、玲玉はたたみかけるように話しかけた。

「紹、よく来てくれました。忙しいところを呼びつけて、申し訳ないですね。もう皆さまお集まりです。中に入ってください」

星皇后は世婦の位から一足飛びに皇后に上がったせいか、ほかの妃嬪《ひひん》に対して腰が低く、宦官にも丁寧に接する。玄月に対しては、目上の特権として諱《いみな》の『紹』で呼ぶほかは、年齢も近い気安さがあるのか、跪拝や口上などもたびたび省略させられてしまう。

奥に通されると、脂粉と薫香の濃厚な香りでむせ返りそうになる。そこには四妃と九嬪が大きな卓を囲んでいた。

「大まかなところは、決まったのですよ。では、まとめてしまいましょう」

玲玉の斜め後に置かれた小卓についた玄月は、すでに用意されていた筆に墨を含ませ、玲玉と妃嬪たちとのやりとりを筆記していった。

春節の御華園賀会も迫り、それぞれの妃嬪宮における責任やら担当の検討も大詰めだ。それぞれが勝手に発言し、それに対して複数が一度に意見したり反論したり、必要な議論が聞こえないほどの私語に耐えた数時間ののち、後宮会議は終わった。

「お疲れさま」

妃嬪が退出したのち、星皇后は手ずから玄月にお茶を淹《い》れた。妃嬪らに出されていた菓子も取り分けて差し出される。

玲玉の気安さに玄月は戸惑うのだが、型通りのへりくだった謝辞を述べ、ありがたく拝受した。実際、喉《のど》が渇いていた。

「娘娘こそ、あの数の妃嬪のみなさまを取りまとめていくご心労は、並みたいていではございませんでしょう」

玲玉はいたずらっぽく笑った。

「決定権はわたくしにあるのですから。皆さまはただ、ご意見を聞いてほしいだけなのですよ」

陽元が三日と空けず永寿宮に足を運んでいるということが、後宮のあるじとしての箔《はく》をつけているようだ。

「あとは、この議事録から予算を出して、東西の尚宮の掌長と各太監の承認を得ればよいだけですね」

「陽元さまにも」

星皇后は含みのない笑みを浮かべて、自らの茶を口に運んだ。

「大家にも。もちろんです」

玄月は頭を下げた。その視界の隅に、翔と天狗の姿が映った。玄月は翔に微笑みかける。翔の顔がぱっと輝いて、パタパタと部屋の中に入ってきた。

「あらあら。翔は本当に玄月が好きなんですねぇ」

おそれながら、と言いつつ翔を膝の上に抱き上げる玄月から視線を逸《そ》らして、玲玉は袖《そで》でまぶたを押さえた。

玄月は狼狽《ろうばい》して「なにか、お気に障るようなことをしたでしょうか」と訊《たず》ねる。

「いえ。そなたは何も――」

玲玉は言葉に詰まり、突然はらはらと涙をこぼした。皇后を泣かせたとあっては、どんな咎《とが》めを蒙《こうむ》るか想像もつかない。そこへ、女官たちが驚き慌てながら部屋になだれ込んできたので、玄月はいっそううろたえた。

先触れもなしに、陽元が乗馬用の胡服《こふく》姿で部屋に入り込んできたのだ。

「大家！」

玄月は、見えない足に蹴《け》飛ばされたように、急いで翔を床におろし、這《は》いつくばって拝跪叩頭した。

「玲玉、どうしたのだ。何事かあったのか」

袖に顔を埋《うず》めて肩を震わせる正妻を見て、陽元は驚いてあたりを見回した。玄月を見つけて、「紹っ。何があったのだっ」と詰問する。

玄月にも、玲玉がいきなり泣き出した理由などわからない。先ほどまでの展開を口にするが、陽元は玲玉の肩を抱いて宥《なだ》めるのに忙しく、玄月の話など聞いていない。

そしてふり向きざまに、手にしていた乗馬鞭《むち》で手近の卓を叩《たた》いて、玄月に再度の釈明を要求した。怯《おび》えて絶句する玄月を庇《かば》って、玲玉は顔を上げ、涙を拭《ふ》いた。

「紹のせいではありません。紹が翔を抱き上げている姿が、在りし日の甥《おい》たちの姿と重なったのです。わたくしがまだ、実家におりましたときの日々が蘇《よみがえ》って――」

陽元は、玲玉の心の傷の深さを改めて思い知ったようであった。

法は法である。それを執行させた陽元を責めることはできない。だが、取り返しのつかない損失を、どのように埋めたらいいのだろう。

陽元は言葉もなく玲玉を抱きしめた。幼い翔は不穏な空気に怯えて玄月にしがみつく。

「どうか、紹を責めないでくださいませ」

目尻《めじり》を赤くしてすがりつく玲玉に、陽元はただうなずき返すことしかできなかった。ふり向きもせずに「もう下がってよい」と命じた陽元は、玄月の顔から驚きと怯えが消え、困惑の表情に置き換わったことに気がつかなかった。

玄月はそのとき、玲玉と翔の顔をかわるがわる見ていた。そして翔の頬に手を当て、そっと横に向けてはその横顔をじっと見つめていたのだ。眉間《みけん》にしわを寄せて。

ようやく陽元に追いつき、室内に入ってきた陶名聞は、息子に目配《めくば》せで状況の説明を求めた。玄月は翔を手近の女官に任せ、父親を伴って部屋の外に出た。

誰にも聞かれない場所まで来て事の次第を説明したあと、心にかかっていたことを父親に訊ねる。

「星皇后の御一門は、すべて先帝の陵《みささぎ》に殉じられたのですよね」

「うむ」

陶名聞は重々しくうなずいたが、少し考えてから首を横に振った。

「ひとりほど、逃亡を図ったのち、行方がわかっていない。が、たぶん生きてはいない」

「誰ですか」

「星大官の次男、遊圭だ。錦衣《きんい》兵に追われて運河に飛び込んだ。死体は揚がっておらぬが、病弱であったというから泳ぎは知らぬはずだ。運河に入っては、まず生き延びられまい」

「年齢は？」

「それがよくわからぬ。十三、四と云うものもいれば、まだ十かそこらと云う者もいる。病弱な子を閻魔《えんま》庁の使命《しめい》君の目から逸らすために、生年を明らかにしない例だろうな」

「星大官に女児の隠し子がいて、生き残ったという可能性はありませんか」

「第二夫人とその胎児にいたるまで、星家の一族は皇后以外みな、陵に葬られた。隠し子については、それは誰にもわからぬな。あれだけの地位にあって、夫人をふたりしか持たなかった御仁だけに」

「星遊圭の顔を知る者は？」

「それがほとんどいない。星家の元使用人が数人と、星皇后そのひとくらいなものだ。生まれつき病がちで、邸内でも自室から出ることは滅多になかったという」

顎《あご》に手を当て、考え込む息子に、陶名聞はいぶかしげな視線を向けた。

「それがどうした、紹」

「いえ、別に」

玄月は首を小さく左右に振った。口の中で「まさか、な」と小さくつぶやく。

親子がふと見上げた西の空に、青黒い雲が広がりつつあった。

「父上、新帝初の春節祝賀会は、青女の祝福を受けそうな気配ですね」

青女は、雪霜で大地を覆う、冬の女神である。

七、嚢中《のうちゅう》の錐《きり》

遊圭の日常は、目が回るほど忙しくなっていた。朝、明々を送り出してから、阿祥と秦《しん》尚殿の身の回りの掃除洗濯までこなさなければならない。

遊圭の弱みを握った阿祥は、容赦なく用事を言いつける。自分専用の小間使いのように、遊圭を扱い始めたのだ。

「阿祥はなんでわたしを目の敵にするんだろう」

非番の朝。炕《カン》の竈《かまど》室に水を運ぶ明々を手伝いながら、遊圭は愚痴をこぼした。

「もしかしたら、あたしのせいかなぁ」

阿祥は明々よりひとつ年上なのだという。しかも、秦尚殿とともに後宮に勤めて五年目だ。つまり今上帝の陽元の後宮では最古参といっても過言ではない。それが、阿祥は一宮官の小間使いに置かれたまま、新規に大勢の宮官が入ってきたのだ。

年下の新人が九品という正規の官位をもって、無品の阿祥の上に立つ。

「それは、確かに面白くないかもしれないけど、阿祥より年下の新人宮官は明々のほかにもたくさんいるじゃないか」

それに、阿祥が正規の宮官になれないのは、明々の、ましてや遊圭のせいでもない。

「募集の時に、自分から宮官に志願できなかったのかな」

「秦尚殿の推薦があれば、すぐになれると思うけど。阿祥が秦家の家婢《かひ》なら、秦尚殿は阿祥を手放しはしないでしょうね――」

明々は言葉を濁した。

家婢とは、胡娘《こじょう》のように買われてきた召使いのことだ。阿祥はおそらく、自分自身の親によって、秦家に売られたのだろう。年季が明けるまで、実家に帰ることも別の仕事を選ぶことも許されない。

「宮官のあたしに八つ当たりできないから、あんたにいっちゃってるのが申し訳ないけど、どうしたらいいのかしらね」

明々は、深鍋《なべ》に沸かした湯を浴槽に移しながら、ため息を漏らす。湯気を上げる温水に手を浸して、遊圭も嘆息した。

「わたしが仕事ができないから、怒っているのかと思っていた」

「一番仕事のできない人間なら、いくら叱っても八つ当たりとは思われないしね」

明々の言い方には容赦がないのだが、本人は自覚していないようだ。

それが八つ当たりだとすら、阿祥は気づいていないのかもしれない。仕事ができない、覚えない遊圭に本当に苛立《いらだ》つのかもしれないし、その遊圭を明々が甘やかすのも腹立たしいのだろう。

遊圭が仕事を覚えて、どれだけきちんと言われたことをこなしても、阿祥はきっと満足しない。認めない。粗を探して遊圭を無能だと嘲笑《あざわら》い続けるだろう。

明々は黙り込んだ遊圭の童女髷《まげ》を解いて、桶《おけ》にとった湯で髪を梳《す》き始めた。遊圭の黒髪を十分に湿らせると、掌《てのひら》に載せた無患子《むくろじ》の果皮を揉《も》んで泡立て、遊圭の髪に伸ばし、頭を洗う。

頭皮の脂や垢《あか》が落とされていくのは、とても気持ちがいい。胡娘にも、こうして髪を洗ってもらったのを思い出す。

「みんな風邪を引いているけど、明々は大丈夫？　頭とか喉《のど》とか痛くない？」

「私は元気。遊圭こそ、うつされずにがんばってるじゃない。病弱なはずなのにね」

「掃除のあとは必ずうがいしているし。毎晩、蜂蜜《はちみつ》生姜《しょうが》入りの人蔘《にんじん》茶を飲んでいるからかな」

そのお裾《すそ》分けに与《あずか》っている明々が、遊圭よりもいっそう元気で、ほかの女たちよりも血色もいいのは当然かもしれない。

とにかく、遊圭は喉をやられたり、熱を出したりしたら万事休すだ。胡娘が常々言っていた通り、普段からの予防が第一なのだ。

髪を拭いて湿気を取り、再び結い上げている間に、ひとり分の体を洗う湯が沸いた。

「さ、早く洗っちゃいなさい」

湯桶から浴槽にお湯を移した明々は、衝立《ついたて》の反対側へ回った。

宮舎の床暖房のために、炕《カン》の火を一日中焚《た》き続ける竈室は、宮舎全体の給湯室と沐浴《もくよく》室も兼ねている。お湯を取りにいつだれが入ってくるかわからないので、遊圭は明々の見張りなしに体を洗えない。遊圭は急いで浴槽に飛び込み、沐浴を済ませた。

明々は、外見から遊圭の性別がばれる心配はほとんどしていなかった。

もともと、金椛《ジンファ》の衣服はゆったりとして体形が露《あら》わにならず、仕立ても男女差がない。男女双方とも、肌着の上に袴褶《ズボン》を穿《は》き、裙子《スカート》を重ねる。中着である膝丈《ひざたけ》の禅衣《ぜんい》や腰丈の襦衣《じゅい》も、男物は無地が多く女物は色柄が華やかであるくらいだが、厳格に分かれているわけでもない。いつも着飾っているような有産階級では、男女とも裙の上にさらに裳《も》を巻いて帯を締め、上着には袖《そで》の広やかな深衣や袍《ほう》を羽織る。

そのため、着付けや立ち居振る舞いで、遊圭が戸惑ったり混乱することはなかった。むしろ正月か葬祭の折にしか深衣など着ることのない明々よりも、流れるような袖や裾さばきをしてみせる。

そしてかつて胡娘が指摘したように、金椛の民は男女共に肌の露出を善しとしない。着替えや入浴さえ慎重にしていれば、性別がばれるはずはなかった。

遊圭は宮舎の仕事が終わると、厨房《ちゅうぼう》を手伝いに行く。同じ洗い物や掃除でも、厨房の仕事は楽しかった。

繁忙な時間が過ぎると、趙婆は休憩室で休ませてくれた。

厨房の大きな竈《かまど》から熱を取り込む休憩室の炕《カン》は、一度座ったら二度と動けなくなるほど暖かく、居心地がいい。絶え間なく雪のちらつくこのころは、屋内の暖かさが涙が出るほどありがたかった。

「先に行って、みんなのお茶を沸かしておいてくれよ。いつも手伝ってくれて悪いね。ほら、杏仁糖《あんにんとう》を持って行って食べな」

遊圭は休憩室の炉に水を満たした薬缶《やかん》をかけた。杏仁の粉末を砂糖で固めたお菓子を頬張って、湯が沸くのを待つ。

趙婆の休憩室は、事務室も兼ねていた。食材の発注票や納品書が乱雑に積み上げられ、それをただ読んでいくだけでも憂さを忘れる。

使用済みの木簡を、遊圭はひとつひとつ分類していった。

「これは米一石、粟《あわ》一斛《さか》、稗《ひえ》三斗。こっちは鮎《あゆ》五十尾、鱒《ます》、鰻《うなぎ》、鱈《たら》。牛肉五十斤、羊五頭、雉《きじ》十羽。卵百個。酒一升」

もう何か月、書物なしで来たことか。

「へえ、遊々は文字が読めるだけじゃなくて、秤《はかり》や升も使えるのかい？」

休憩室兼事務室の作業道具に興味を示す遊圭に、趙婆は驚きながらも、それぞれの使い方を教えていった。

「家にはヤギがいて、ヤギ乳で乾酪を作ったこともあるんです」

皿運び以外のこともできることを趙婆に知ってほしくて、遊圭は誇らしげに言った。

趙婆は目を細めてうなずいた。

「そうかい。乾酪はいいねぇ。それじゃ春になったら、家畜園からヤギの母子《おやこ》をもらってようかねぇ」

とはいえ、楽しい時間はあっという間にすぎてゆく。厨房は居心地がいいが、遊圭は昼食の配膳《はいぜん》が終わればすぐ、明々の食膳を持って宮舎に戻ることにしていた。

「もう帰るのかい。ゆっくりしていけばいいのに。今日あたり玄月が来るだろうし。遊々がいないと、あの子にしては珍しくがっかりした顔をするんだ。玄月は誰にでも愛想がいいようで、けっこう身持ちは固いんだよ」

それが帰りたい理由だとは、遊圭は口が裂けても言えない。そもそも宦官《かんがん》に崩す身持ちもあるはずがないし、第一なぜ趙婆がここでいきなり仲人婆《なこうどばば》みたいなことを言い出すのか。

「後宮の女に手を出すな、って玄月さんに釘《くぎ》を刺していたのは、趙婆じゃないですか」

趙婆はハハッと笑い声を上げた。

「いまは出世の早いあの子を潰《つぶ》したい連中が多いから、醜聞はご法度だけどね。でも、それなりの位に上がって、ちゃんと手順を踏めば、女官は宦官に下賜される形で夫婦になれる。あんたが妙齢になるころには、玄月は並みの官吏や商人よりは、よっぽど裕福な御大尽になってるよ。まあ、子どもはつくれないけど、そこは親戚《しんせき》から養子をもらえばいいことだし」

――お断りします、と即行で言いそうになり、遊圭は立ち上がった。慌てて暇《いとま》を告げる。

やめてくれ、冗談じゃないと胸の内で繰り返しながら、遊圭はうっかりして明々の昼膳を持ち帰るのを忘れてしまった。

「遊々、明日《あした》と明後日《あさって》は、午後も遅くまで手伝えるか、明々に訊《き》いてくれないかい？」

大晦日《おおみそか》の直前、切羽詰まった口調で、趙婆が頼み込んできた。遊圭は玄月の巡回日にあたらないことを頭の中で確認してから応《こた》えた。

「たぶん、だいじょうぶ」

そもそも、内侍省は内侍省で、年末年始は大忙しなのではないだろうか。

明々も快く承諾したので、遊圭は大手を振って趙婆の手伝いに乗り込む。

ところが、趙婆の手伝いは午後だけでなく夜にまでもつれこんだ。

ここのところ、永寿殿に人手を取られている安寿殿の厨房は、日々の調理と配膳で手一杯だった。そのため事務作業は、どうしても後回しとなっていた。

「遊々は王尚食と組んで棚卸と伝票の突合せを頼むわ」

灯火の明かりを頼りに、趙婆と四人の熟練尚食に交ざって、在庫表を整理してゆく。

無数の竹簡の綴《つづ》りを繰る音が、絶え間なく続いた。

年の若い尚食がため息交じりにこぼす。

「いったい、いつから溜《た》め込んでいたんですか、趙婆。もっと早く言ってくだされば手伝っていたのに」

「東鶱宮からこっちに引っ越したあたりからだね。厨房なんてどこも同じ造りかと思えばそうでもなかったろ？　みんなも慣れるのに大変で、在庫管理どころじゃなかったじゃないか。毎日の疲れはぬけないで溜まる一方。日が暮れればもう目が霞《かす》んで字なんか読めない。宮官たちは次々に交代で風邪ひいて寝込むわ、あっという間に年末で永寿殿から手を貸せと言われるわで――」

よほど精神的に参っているのか、いつもは豪快な趙婆が、愚図愚図と繰り言をこぼす。そして時間切れ間近の緊張で喉が渇くのか、しきりに水を飲み、厠《かわや》に立っては戻ってきて、作業の停滞具合にため息を漏らす。

そうしてようやくまとまった管理表を清書する段階になって、運筆に自信のない女たちは、仕事の押し付け合いを始めた。

そもそも、尚食は尚殿と並んで六尚の中でも格下に見られていた。皇族妃嬪《ひひん》のための糸や織物、染色と衣裳《いしょう》の製作にあたる尚服《しょうふく》は、扱う素材は貴重で高価、産する品も高級品で、その出納在庫管理は厳格であった。工芸品を産する尚巧《しょうこう》もまた、同様だ。属国や貴族への下賜品や外国の王侯への贈答品の製造など、身分の高いひとびとの鑑賞眼に堪え、形に残るものは、より価値ある仕事とされ、裏方の管理能力も問われる。

女官の総務を預かる尚宮は、知識階級出身の女性が集まり、選民意識が高い。祭祀《さいし》や礼楽という特殊技能を司《つかさど》る尚儀《しょうぎ》にいたっては別格の扱いだ。

大量の食材や高価な食器を扱うにもかかわらず、尚食には事務を受け持つ人材が常に不足していた。

さらに、趙婆は早くも目が遠くなっており、効率は下がる一方であったようだ。

「厨房じゃ、材料がなくなったら注文して、みんなが腹いっぱいになるまで料理を作り続けて、材料が底をついたらまた注文すりゃいいだけなんだからねぇ。なんでいちいち在庫や消費記録をつけなきゃならないんだろう」

趙婆がしきりに手指を擦《こす》りながらこぼした。

食材の値段など気にしたこともなく、無駄な料理や残飯を作らぬよう気を遣う必要のない、幸運な料理人であり、主婦であった。

あとひと月分の管理表、年間総消費量のまとめというところで、女たちは音を上げた。

腕が痛い、上がらない、肩が凝った、目が霞む、と筆を落とす。

「明日には尚宮が取りに来るんだよ。どうしようか」

趙婆の充血し潤んだ目が泳ぎ、遊圭の上で止まる。

「あんた、書き写せないかい？　ほら、書式は同じだし、食材や調味料の名前もほぼ変わらない。数字だけ気をつけて、知らない文字も、よく見て写せばいいんだから」

趙婆の縋《すが》るような目に、遊圭はとても断り切れなかった。

もう長いこと、まとまった文章はおろか、文字も書いてない。筆記用具は、遊圭にとっては何よりも親しんだ玩具《がんぐ》でもあったのに。

「写すだけなら」

遊圭は揺れる灯火の下で、書くという作業に没頭した。趙婆と、灯火に油を注《さ》してくれたり、墨が涸《か》れないよう磨《す》ってくれる女官がふたりだけ残って、遊圭の作業を見守る。

遊圭が疲れて重くなってきたまぶたをこすると、趙婆が茉莉花茶《ジャスミン》とハッカ飴《あめ》を差し出した。女官たちはすでに炕《カン》の上に横になって、うとうとしている。

「本当に、悪いね」

趙婆はすまなそうにこうべを垂れた。遊圭は慌てて首を横に振る。

「いえ、いつもおいしいものを食べさせてもらっていますし」

「事務のできる尚食をもっと入れなくちゃだめだね。もう昔みたいに玄月も手伝いに来られなくなったしね」

「玄月さんが？」

「あんたがそうやって、灯《あか》りの下で書き物をしている姿は、昔の玄月にそっくりだ。こう、ピンと背が伸びて、誰の声も物音も耳にはいらないって真剣な顔つきで」

あまり嬉《うれ》しくない話だが、遊圭は黙って茉莉花茶をすすった。

「もう出世しちまったんだから、そんな時間もないのはわかってたんだけど。年末のようすくらい、ふらっと見に来てくれるんじゃないかと、心の底で思ってたんだろうねぇ」

遊圭はぎくりとして入り口に目をやった。いまにも玄月が顔を出すのではと恐ろしくなり、大急ぎで残りを片づけた。

書いた物を見直せば、深いため息が漏れる。

形と大きさの揃った文字が、それぞれ均等に間を空けて並んでいる。書き損じた箇所がないか確認し、あれば表面を削って修正した。

遊圭が終わるまで待つつもりだったのか、趙婆は座ったまま眠っていた。


翌、大晦日の朝。

遊圭が目を覚ました時は、すでに陽は高く昇っていた。休憩室の炕《カン》の上で眠り込んでいたのは遊圭ひとりだ。慌てて寝崩れた衣裳を整え、顔を洗いに出た遊圭に、尚食や女童たちが朗らかに声をかける。

趙婆が遊圭の朝食を休憩室まで持ってきた。手伝いのお礼にと、春節料理と菓子、果物の詰め合わせを重ねた箱も添えられる。

「遊々のお陰で助かったよ。すごいんだねぇ。尚殿掌長に、あんたをうちにもらえないか、頼んでいいかい？」

「あ、それは困ります。わたしが読み書きできるのがひとに知られると、明々に迷惑をかけてしまいます。わたしが清書を手伝ったことは、どうか内密にお願いします」

──特に、玄月には。

遊圭はひと息にそう言って、薄味の湯圓《とうえん》を泳ぐ、プルプルとした胡桃《くるみ》入りの団子餅《もち》を口に運んだ。

大急ぎで宮舎に戻り、阿祥の勘気に触れないよう、掃除洗濯に取りかかる。

仕事をやり終えたとたんに、遊圭は糸の切れた操り人形のように寝床に倒れこみ、そのまま新年の朝まで眠り続けた。

安寿殿は静かだった。内官たちは年賀の挨拶《あいさつ》のため、永寿宮へ上がっていたからだ。

「やっぱちょっと熱があるよ。薬湯を作ろうか。咳《せき》はまだよね。葛根湯《かっこんとう》でいいの？」

明々は遊圭の額に手を当てて心配そうに訊《たず》ねた。

「調合済みの葛根湯は、もうあまりないだろ。風邪っていうより疲れているだけだから、桂枝湯《けいしとう》でいいと思う」

曹貴妃《そうきひ》以下、内官たちが留守となった安寿殿の掃除をする必要もなく、明々たちは暖かな宮舎のそこここで、のんびりと春節を楽しんでいる。厨房《ちゅうぼう》から振る舞われる薬酒や料理が行き渡り、晴れ着に着飾った女官や女童らの、室内では盤上遊戯や札遊び、戸外では羽子板をつく音や鞦韆《ぶらんこ》の順番を争う嬌声《きょうせい》が、あちこちから聞こえる。

遊圭は寝床に陣取り、布団に隠れて本草集をめくった。

久しぶりに心の落ち着く時間だった。


春節の三日から催される御華園の賀会は、数日に渡って繰り広げられる。演劇や曲芸など、皇帝と后妃が臨席した演目は翌日も繰り返され、宮官たちも観に行っていいという。

滅多に安寿殿の内壁から外に出られないこの機会に、尚殿の女たちは競って着飾り、御華園へと繰り出した。明々も同僚たちに誘われたが、遊圭は体調不良を理由に留守番を主張し、明々を送り出した。

夕方帰ってきた明々はひどく興奮して、誰にも拾い聞きされない場所へと遊圭を引っ張り出した。

「胡娘さんを見たのよ！」

遊圭は、眉《まゆ》を寄せて明々の顔を見つめた。

「あたしの頭がおかしいのでも、幻覚を見たのでもないわよ。胡娘さんだった。でも、たぶん、だけど。近くまで確かめにいけなかったから」

尚儀には、胡人《こじん》による胡楽団がある。初めは、胡娘のように目鼻立ちの彫りの深い、淡い色の髪や瞳《ひとみ》の女たちに目を惹《ひ》かれたのだが、そのうちのひとりがどうも胡娘に似ている気がした。

思わず「胡娘さん！」と呼びかけたのだが。そこまで話を聞いた遊圭の鼓動が高鳴る。

「胡娘だったの？」

「それが、みんな一斉にふり返ってこっちを見たから、その、怖くなって――」

明々はいたたまれずに逃げてしまったのだそうだ。

そのあとすぐに演奏が始まり、舞台は移り変わり、胡楽の一団を見失ったという。

胡娘には『西域人の女』というくらいの意味しかない。そのとき初めて、遊圭は胡娘の生来の名前を知らなかったことに気がつき、愕然《がくぜん》とした。

「そのひと、二弦の胡弓を弾《ひ》いていた？」

遊圭は唇を震わせて訊ねる。明々は左手を肩まで上げ、右手で弓を弾く仕草を真似た。

「こう、棹が長くて、胴の細くて小さい、二弦の楽器だった」

胡娘かもしれない。他人の空似かもしれなかった。もしも、運河で消息を絶った遊圭を捜し続けた胡娘が、明々の長屋に辿《たど》り着き、明々とその妹（胡娘は明々に妹がいないことを知っている）が後宮へ上がったのを知ったとしたら。

「でも、胡娘にはそこまでする義理はない。胡娘はもう自由になっていいんだ」

「見間違いかもしれないし」

確かめようにも、六尚でも別格の尚儀の女官たちは、下っ端の宮官やその女童が、気軽に会いに行けるような人々ではなかった。


「宮舎で流行《はや》っているのは、腸感冒だと思いますけど、趙婆のは違う気がします。下痢も熱もありませんし。医者に診せたほうがいいです」

遊圭は趙婆の腰を揉《も》みながら言った。

厨房の脇、趙婆の事務室兼休憩室は昼食の配膳《はいぜん》が終わって少し落ち着いていた。

年が明けてから、趙婆は寝込むことが増えた。前日の疲れが取れず、朝から厨房に立ちっぱなしでいるのもつらいと、昼の仕込みが終わると休憩室に座り込み、次席の尚食にあとを任せることが多くなっていた。

頭痛や目眩、腰痛や関節の痛みは訴えるものの、咳や鼻水など、一般的な流感の症状のない趙婆の体調不良に、遊圭は首をかしげる。

「医者なんか要らないね。女は四十を過ぎるとだいたいこんなもんだ」

趙婆は遊圭の勧めを即座に却下した。

「遊々は生薬に詳しいそうだが、血の道に効く薬は知らないかい？」

「ちのみち？」

遊圭がきょとんとした顔で訊《き》き返すと、横にいた女官がくすりと笑った。

「婦人病のことよ」

「ふじんびょう……」

やはり要領を得ない顔で鸚鵡《おうむ》返しにつぶやく遊圭に、趙婆と女官は顔を見合わせて笑った。

「おやおや、遊々にはまだ月のものがないのかい？　あれが来ると、腹が痛いわ頭が重いわ。どうかすると苛々《いらいら》して一日中だれかに当たり散らしたりしてねぇ」

「はぁ」と相槌《あいづち》を打ちながら、もしかしたら阿祥は慢性の婦人病とやらを患っているのではと考え込む。

「月のものとは、どこから来るのですか？　風邪のように、薬を飲んで休んでいれば治るのでしょうか」

趙婆と女官は再び視線を交わした。このときは笑みはなく、困惑の眼差《まなざ》しであった。

「あまりひどいと、月のものが終わるまで、寝ているしかないひともいるわね」

女官は不思議そうに遊圭の顔をじっと見る。趙婆がどこか訳知り口調であとを続けた。

「遊々はまだ女になってないんだよ。どうりで、いくら食べさせても痩《や》せっぽちなわけだ。月のものが始まれば、頰もお尻《しり》も丸くふっくらして女らしくなってくる」

炕《カン》の端に控えていた女童が、唐突に声を上げた。

「だから遊々さんは胸がふくらんでこないんですかっ？」

遊圭はぎくりとした。衿《えり》はいつも首の下できっちりと合わせ、帯は固く結んでいた。着替えは誰にも見られないように神経を尖《とが》らせている。しかし、襦衣《じゅい》の上からでも胸の平たさはそれほど顕著だったのか。

みなの視線が一斉に遊圭の胸に集まった。遊圭は狼狽《ろうばい》して両手を上げ、胸を押さえた。

「まあちょっと小さいとは思うけど。そろそろ胸当てもいる年頃ね。明々は用意してくれないの？」

女は服の上から胸の大きさがわかるのかと、遊圭の背中に冷や汗が流れる。

「婦人病に効く生薬については、調べることはできると思います。でも、素人の診立てほど危ないものはないのです。医者にかかるべきですよ」

強引に話題を戻した遊圭は、早々にその場を辞した。落ち着かない気持ちで明々の帰りを待ち、趙婆とのやりとりを話す。

「わたしは、ちゃんと女に見えているのかな」

明々は、不安げに訊ねる遊圭を上から下までじっくり見つめた。

「そういえば、遊々、背が伸びたわね。裙《くん》の裾《すそ》をおろさなくちゃとは思っていたけど」

首も少し長くなったようだ。肩は広く薄くなり、そのためか胸も平板に見える。

季節がら、綿入りの褙子《はいし》や深衣を着ていることが多かったので、気づくのが遅れた。

金椛《ジンファ》では貞淑さを象徴するとして、小さい胸が好まれる。胸の大きい女性は品がないとされ、胸当てで押さえたり、あまりに大きな胸は布を巻いて平たくする傾向があった。

だからこそ、これまで遊圭の貧相な胸を誰も問題にしなかったのだが。

それもそろそろ限界のようであった。

「詰め物をした胸当てを作ってあげるわ。お腹や腰の周りも、裳《も》の下に綿を入れた方がいいかも。そうよね、あんたくらいだと、もう月経が来ていて当然だわ」

そして明々は、遊圭が後宮にこなければ一生知る必要のなかった女性の生理について、事務的に、しかし詳細に説明してゆく。

男女の体がそこまで違うことを初めて知った遊圭の衝撃は大きかった。その衝撃から立ち直るため、遊圭は本草集を開いて該当する項目を探す作業に没頭した。胡娘は遊圭の病状と処方の他にも、家族の病気と治療法について細かく記録していたはずだ。

しかし、不妊、悪阻《つわり》の処方や、月経痛に効く生薬については書かれていたものの、趙婆の症状に該当する病名は見つからなかった。

文字は読めないまでも、明々も本をのぞき込んで知恵を貸す。

「趙婆のは、閉経前後の奥さんたちが目眩《めまい》や頭痛になる病だと思う。私のお祖母《ばあ》さんがそうだったから。月経がなくなって何年かしたら、また落ち着いてくるはずよ」

星家には、閉経前後の年代の女性は少なかった。個人差もあり、ほとんど症状のない女性もいると、老婦人の多くが労働を担う農村から来た明々は言う。

遊圭は本草集を注意深く読んだ。

「婦人病は、血の巡りが滞るために起こる愁訴らしい。失われた血を補い、体を温めて血行を促し、血の滞りを取り除くことが肝要だ」

遊圭は婦人病関連の薬食に使われる食材と調理法について、暗記するまで何度も読み返した。


カミツレと丁子、番紅花《サフラン》を熱湯で蒸らし、黄金《こがね》色に染まった茶を湯呑《ゆのみ》に注ぐ。

遊圭に差し出された香辛茶を、趙婆はまずそうに飲んだ。

「砂糖とか、蜂蜜《はちみつ》を入れたらどうだろうね」

「瘀血《おけつ》によって引き起こされる婦人病一般には、甘いものはよくないです。完全に閉経したわけじゃないんですよね」

昨日とは打って変わって、遊圭は物識《ものし》り顔で趙婆を質問攻めにする。

さらに、若手の女官と一緒に厨房《ちゅうぼう》にも立つ。

「羊の赤身と百合根を崩れるまで煮込んで、体をあったためる花椒《かしょう》や生姜《しょうが》を利かせたのをしばらく食べたら、効果が出るかもしれません。脂はしっかり取り除いて。汁物は、黒キクラゲとニラを薄味で。金針菜や蓮子《れんし》はありますか」

遊圭は香辛料や、生薬にもなる乾物から、役に立ちそうなものを抜き出して、女官に料理法を訊《たず》ねる。

「なんだかすっかり尚食の女官みたいね」

遊圭を心配して食堂までやってきた明々が、厨房をのぞき込んで言った。

「遊々のお陰で助かってますよ」

新参女官のひとりが愛想良く応じた。古参まで上機嫌で同調する。

「東鶩宮から西凰宮に引っ越してから、趙婆は愚痴が多くなってねぇ。遊々が話を聞いてくれるから本当に助かってるの」

と、明々にお茶を淹《い》れてくれた上に、おかずも多めについた。遊圭は自分の昼膳《ぜん》をもらってきて、明々の横に腰かけた。

「立って働ける時間が減っているから、趙婆は尚食掌《しょう》を下ろされるんじゃないか不安なんだと思う。薬司から気持ちの落ち着く甘麦大棗湯《かんばくたいそうとう》を取り寄せるように言ったんだけど。医者に診せるのは嫌なんだって」

そこまで語った遊圭の膳に、ふっと影が差した。

「年末あたりから厨房の伝票が体系的に整理されてきたのは、李遊々の活躍によるものらしいが」

男にしては高い、しかし宦官《かんがん》にしては落ち着いた深みのある声は、遊々の会いたくない陶玄月のものだった。

　明々と遊圭は急いで立ち上がった。遊圭は不意を打たれて狼狽した顔を見られまいと、額まで拱手《きょうしゅ》を上げて、よそよそしいほどに深々と揖礼《ゆうれい》を捧《ささ》げた。遅すぎる新春の挨拶《あいさつ》に紛らせ、初めの問いかけは聞こえなかったふりをする。

「玄月さまの安寿殿の巡回は、明日《あした》ではなかったのですか」

　遊圭は玄月と行き合わないように、彼の巡回日には宮舎から出ないようにしていた。今日は食堂でゆっくりできると思っていたが、あてが外れた。

「妃嬪《ひひん》宮を回る順番は、必ずしも決まっているわけではない。特に、私を避けている人物に会うときは、日をずらすのは効果的だ」

　含みのある言い方に、明々は眉《まゆ》を上げて遊圭を横目に盗み見た。遊圭は目をぱっちりと開き、言われた意味が分からないとばかりに純真無垢《むく》を装う。

「背が伸びたな」

　詰め物をした胸よりも、露出している顎《あご》や首を注視されていることに、遊圭の脇に汗が滲《にじ》む。服の下の胸や腰はふくらませることができるが、手や首といった部分の、皮下脂肪の柔らかさに欠ける肌はごまかせない。

　遊圭はさりげなく袖《そで》をおろして手を隠した。

「趙婆は、稀代《きたい》の能書家を祐筆《ゆうひつ》に持ったと尚宮では評判だ。私も厨房費決算の折に、件《くだん》の手蹟《しゅせき》を見る機会があったが、非常に緻密《ちみつ》で美しく、一文字一文字丁寧、字間も行間も均一で、文頭から文末まで終始乱れというものがなかった。なぜか趙婆の祐筆は名前が知られていないが」

年末に尚宮に提出した、在庫管理表その他の覚書のことだ。

事情を知らない明々は、きょとんとした顔で玄月に訊ねた。

「その方を連れてくるよう、趙婆に頼んできましょうか」

「もう頼んできたが、趙婆は教えてくれない。よほど、他部署に引き抜かれたくないようで」

玄月は苦笑を浮かべた。その笑っていない目の隅から、遊圭の表情を窺《うかが》っている、ような気が遊圭にはした。遊圭は必死でなんのことかわからないという表情を保ち、ゆっくりとまばたきをする。

「よほど高い教育を受けた者だと推測される。通常そうした女性は、尚宮か宮正《きゅうせい》に配属されるものだが、身上書に記載漏れでもあったのか。あるいはもしかしたら、未《いま》だ宮官ではないのかもしれない」

遊圭の鼓動は胸郭を激しく叩《たた》く。ようやく事の成り行きに勘づいた明々は、小さく息を吸い込んだ。無意識にでも遊圭を流し見なかった自制心は、褒められるべきか。

玄月は、脇に抱えていた二本の絹帛《けんぱく》の巻物を、遊圭に差し出した。遊圭の首が思わず前に伸びる。表題は『木蘭《もくらん》伝』の上下とあった。「私の姉が、そなたくらいのときに夢中になって読んでいた恋愛物語だ。興味があるのではと思って探し出したのだが、なかなか渡す機会がなかった」

遊圭は怪訝《けげん》そうに、気がつけば手の中にあった巻物と、玄月の顔を見比べた。

「恋愛物語？　男装の女将軍、魏《ぎ》木蘭の伝記は従軍日記ですよね。むしろ軍記物ッ――」

明々がいきなり、卓子に隠れた遊圭の足を踏みつけた。

玄月が我が意を得たりとばかりに、満面の笑みを浮かべる。

「読めばわかる」

ぐいぐいと踏みつけられる足の痛みに、遊圭は声も出ない。

「もしそなたらが、趙婆の祐筆に会うことがあったら、珠玉を瓦礫《がれき》の中に隠したところで、遅かれ早かれ必ず見つかるものだと、伝えておくがいいよ」

玄月は上機嫌で言い残し、踵《きびす》を返した。

立ち去る玄月の背中が小さくなり、遊圭はへたへたと椅子に座り込む。

明々の低く押し殺した、しかし鋭い叱責《しっせき》が遊圭の耳に刺さる。

「あんた、墓穴掘るの得意すぎる」

「ごめん」

遊圭は囁《ささや》き声で謝った。

「二度と筆を持ってはダメよ。うちは女に学問をさせるような、高貴でも富裕の家でもないんだから。筆跡を照らし合わせられたら、万事休すだからね。あんたの身元、徹底的に調べられるわよ」

わかっている、と遊圭は口の中でつぶやいた。巻物はしっかりと胸に抱えながら。

八、養虎の憂

趙婆の症状は、一進一退だ。火照《ほて》りや頭痛、目眩は収まったと言うが、絶え間ない疲労感を隠しているのは、緩慢な動作や顔色に明らかであった。厨房に立つ時間はますます短く、日中も目が霞《かす》むようになり、納品書は女官に読み上げさせ、献立表や発注書も代筆させる。

陰では、そろそろ趙婆の引退を仄《ほの》めかす声と、早すぎる退宮を惜しむ声が交わされる。

「まだ引退なんて年じゃないのに。あと五年勤めれば、正六品に進んで養老の小邸と終身の扶持《ふち》を賜れるのに」

趙婆が医師を嫌がるのは、診断結果によっては安寿殿にいられなくなるからだ。だが、病を放置し、悪化させて引退を早めたのでは本末転倒だった。

婦人病の薬食がいまひとつ効果が上がらないとなれば、医者に診せるしかない。

「趙婆、婦人病に視力が下がるという症状はないのです。医者にかかってください」

「嫌だよ。もし治らない病だって医者に言われたら、養生院に放り込まれて死ぬまで飼い殺しだ」

趙婆は水差しから茶碗《ちゃわん》に水を注いで、ごくごくと飲んだ。そして、絶えず両手を合わせて指をこすり、足をさすった。

「痛むのですか」

心配そうに問いかける遊圭の視線を追って、趙婆は掌《てのひら》を目の前に広げた。

「なんだかね、痒《かゆ》くて、痺《しび》れるような、チクチク痛むような、そんな感じだ」

趙婆の手はひどく荒れていた。あかぎれや包丁傷だけでなく、掻《か》き毟《むし》ったあとが治りきらず血が滲んでいる。

「紫雲膏《こう》、塗ってますか。厨房のみんなでお金を出し合って買ったそうですけど」

趙婆はかぶりを振った。

「塗ってるが、治らないね。はずれ軟膏かと思ったけど、ほかの連中には効いているようだから、寄る年波かもしれないね」

「傷が治らない、指が痺れる？」

遊圭は身を乗り出して趙婆の手を取り、袖をまくり上げた。四十代にしては、ひどく乾燥してしわびた肌だ。あんなに水を飲んでいるのに、どうしてこんなに皮膚が乾燥しているのだろう。擦《こす》るとパラパラと粉のように散った。

「ちゃんと沐浴《もくよく》はしているよ」

趙婆は恥ずかしそうに言った。

「ここも、痒いのですか」

趙婆はうなずいた。

遊圭は首を捻《ひね》った。閉経にかかわる婦人病に、このような症状があっただろうか。

趙婆は手巾《しゅきん》を口にあて、ごほごほと咳《せ》き込み、洟《はな》をかんだ。一昨日あたりから寒気を

訴えていたが、風邪をひいたようだ。

「泣きっ面に蜂ってのはこのことだ。年は取りたくない」

趙婆は情けなく嘆いた。直下の宮官には言いにくいことを、他部署の女童には愚痴ることができるのか、あるいは遊圭の口の堅さを恃《たの》んでいるのか。

「でもあんたの薬食は効いてるよ。動悸《どうき》も安定しているしね。番紅茶はずっと飲んでる。ただ、この倦怠感《けんたい》はどうにもねぇ。たぶん、風邪さえ治してしまえば」

遊圭は、風邪の対処法的な薬食も採り入れさせてはいるが、病の原因がわからなければ、どうしようもない。風邪も治ったように見えて、数日後には違う感染症と思われる愁訴を訴える。

そのとき、入り口に背の高い人影がぬっと現れた。玄月の、よく通る声が響く。

「だから、いい加減に医者にかかれと勧めているのに」

他の宦官《かんがん》のように、癇《かん》に障る高さではないのが救いだが、それでも遊圭は心臓が喉《のど》に詰まるほど驚いた。

鴨居に手をかけて部屋をのぞき込む玄月に、遊圭は身を縮こませて趙婆の背に隠れた。

「難病を得た女官がどんな目に遭うか、知ってるあんたまでそんなことを言うのか。確かに私はあんたをぞんざいに扱ってきたけどねぇ。可愛がってもきたつもりなのに」

玄月は目の端で遊圭を認めたが、会釈はせずに趙婆に語りかけた。

「だから私が付き添ってやると言っているじゃないか。まだ難病と決まったわけじゃない。趙婆はまだ幸運だ。外の医師にかかれるのは、従六品下以上の特権なのだからね」

玄月の語調に、懇願の響きを聞きとった遊圭は、軽い驚きを覚えた。

安寿殿の尚宮や下位の尚食らに泣きつかれた玄月が、趙婆に医者にかかるよう説得に通っているという話は、遊圭も知ってはいた。後宮の女たちは、身内であろうと医者であろうと、外の男性と会見するにあたって、宦官が引率して立ち会わねばならないからだ。

しかし、玄月の声には、職務以上の親身ないたわりが感じられる。

「私は自分の職権を振りかざして、趙婆を安寿殿から引きずり出したいわけではない。しかし、業務に差し支える正体不明の病を患っている趙婆に、宮官たちが不安を覚えていることは事実だ。なにか、たちの悪い疫病ではないかと――」

「疫病ではありません」

遊圭は声を上げた。

「なぜ断言できる？」

「流行《はや》り病や疫病は、高熱、嘔吐《おうと》、下痢のいずれかが見られ、側にいるものにも容赦なく同じ症状が降りかかります。風邪と似た症状でも発疹《はっしん》を伴ったり、もっとはっきりした病変があるのに、趙婆のはそうじゃない」

微熱が上がったり下がったりはするが、休息と薬食で悪化は抑えられている。

「疫病は、ひとたび罹《かか》ればどんな薬や食事でも治せないまま、一気に悪化します。そしてその拡がりは、誰にも止められません。でも、趙婆は気分の良いときは普通に働けるのです」

胡娘がここにいてくれたらと、遊圭は悔しさに奥歯を嚙《か》み締めた。

玄月はみじろぎし、姿勢を正した。

「では、才媛《さいえん》の誉れ高い李遊々の言葉を信じて、十日待とう。十日で快癒の目途が立たなければ、趙婆は医者にかかる」

まったくの無理難題だ。しかし遊圭は両方の拳《こぶし》を握りしめて、玄月の目を睨《にら》み返した。

「十日いただければ」

玄月は眉《まゆ》を上げた。それから目を細めて無言で遊圭を見つめたのち、降参したように鬢《びん》を指先で掻いた。そして数歩踏み出し、卓上から空白の木札を一枚、拾い上げた。食材の発注を書き込む木札だ。筆を執り、木札になにかさらさらと書きつけた。そして、帯から銅の印綬《いんじゅ》を解く。

赤い墨をのばして、局丞《きょくじょう》の印を木札に捺《お》すと、遊圭に手渡した。

「今日より十日に期限を限った、後宮内の通行許可証だ。趙婆の容態が手に余るようなら、時間はいとわない、いつでも私に報《しら》せに来るといい」

「これで、安寿殿の門を出てもいいのですか」

「西凰宮の内側なら、どの門でも通行可だ。私が延寿殿に不在のときは、誰かに行き先を訊《き》け」

遊圭は、安寿殿から出られることに、心臓がどきどきと高鳴った。

「あ、ありがとうございます」

頭を下げた遊圭は、玄月の頰に柔らかな笑みが射したのを見なかった。

玄月が立ち去ったのち、趙婆は申し訳なさそうに謝った。

「遊々、無理しなくていいよ。本当はもう半年前からこんな具合だったんだ。気力でなんとか頑張ってきたが、年が明けてからどうも、気力も使い果たしてしまったようで」

趙婆はまぶたをこすった。

「目が、どんどん見えなくなる。いつまでも持たないのはわかっていたんだ」

趙婆はすっかり意気消沈して嘆息した。

しかし、遊圭は趙婆の繰り言など聞いていなかった。玄月の印を捺した通行証を光に翳《かざ》し、じっと考え込む。

「まだ、望みはあります。趙婆」

遊圭は趙婆の肩に手を置いて、にっこりと笑った。

「尚儀の宮は、どこにありますか。そして、なんという名前ですか」

遊圭は財布を帯に挟み、通行証をしっかりと握りしめた。大急ぎで広大な庭園を横ぎり、幾棟も並ぶ宮殿群を抜けて、遊圭は門番の宦官に通行証を見せて外に出た。

白い壁に挟まれた通路が南北にどこまでも続いている。遊圭は南へ向かって歩いた。左右の白壁に切り取られた細長い空を見上げつつ延々と歩いて、ようやく見えてきたのは、右に『保寿門』、左に『福寿門』。目当ての門はまだまだ先だ。

正面の永寿宮は遠く霞《かす》み、なかなか近づく気配がない。他にも小さな門をいくつかやりすごして、ようやく尚儀の宮、『翊雲門《しゅうん》』を見つけた。

玄月がここにいないことを祈って、遊圭は門番に通行証を見せた。門番の宦官は印をちらりと見ただけで、遊圭を通した。堂々と翊雲門をくぐり、翊雲堂の玄関に足を踏み入れる。たちまち玄関番の宦官に誰何《すいか》され、用件を尋ねられた。

「尚儀の、胡楽《こがく》奏者の方にお届け物があります」

「誰宛《あ》てか」

困った。遊圭は胡娘の本名を知らない。

「あの、忘れました。発音が、難しくて。胡人《こじん》の名前、覚えられないですよね」

遊圭の困惑の笑みに、中年宦官のしかめっ面がゆるんだ。

「おれは誰が誰だか、顔の見分けもつかないね。しかし三十人はいる。全員を呼んでくるわけにもいかない。なにか思い出せ。出身地とか」

「二弦の胡弓奏者で、背が高くて、髪は薄茶、目は青みがかった灰色、それから鼻が高くてまっすぐで」

「十人はいるな」

遊圭は必死で頭を働かせた。

「ファルザンダム！」

「なに？」

「セターレの、ファルザンダムが会いに来ました、って伝えれば、たぶんわかります」

中年の宦官は覚えるのに苦労したが、遊圭が刀銭を三枚握らせると、急に記憶力が良くなった。奥へと取次に消える。かなり待たされ、日暮れまでに帰れるだろうかと不安になっていると、宦官が戻ってきた。

「ついて来なさい」

翅雲堂は、他の妃宮なら庭園や疎林のあるべき場所に、ひたすら建物がひしめき合っていた。あらゆる芸術楽儀に秀でた女性たちを集めた宮殿なのだ。

時に大勢の歌声が聞こえ、美しい独唱が流れ、あちらでは太鼓の音、こちらでは笙《しょう》や笛の音が響き渡る。数えきれないほどの階《きざはし》を上がって下りて、回廊を右に曲がり左に進み、この宦官がいなければ帰ることも不可能だと思い始めたころ、急に広々とした講堂へ辿《たど》り着いた。

そこでは、厚い絨毯《じゅうたん》を何枚も広げた広間に、金、黒、赤、茶と、色とりどりの髪に白い肌の舞姫や楽人が、赤い酒を満たした硝子《ガラス》の器を掲げながら、飛天の宴《うたげ》のごとき演舞を楽しんでいた。

「胡娘！」

遊圭は思わず声を上げそうになったが、押しとどめた。胡娘だらけなのだ。助けを求めようと、宦官へとふり向いたが、薄墨色の直裾袍《ちょっききょほう》姿はすでに横になく、元来た道へと帰る背中がゆらゆらと遠ざかる。

「どうしよう」

胡娘の姿を求めて、遊圭は必死で講堂内を見渡した。

「ファルザンダム！」

突然、横から伸びた手が遊圭を抱きかかえた。

「無事だったか！」

見上げると懐かしい胡娘の顔があった。薄青い瞳《ひとみ》が潤んでいる。

「胡娘っ」

遊圭は力いっぱい抱き返した。言葉は出てこず、涙ばかりがあふれる。

『星《セターレ》』の胡名を、よく覚えていたな」

「胡娘の本当の名前を知らなかったから」

胡娘はくるっと目玉を回して、笑い出した。

「そうだな、金椛《ジンファ》では発音できる者が少なかったから」

「なんていうの？」

「シーリーン」

覚えようと繰り返す遊圭の額に自分の額を当てて、胡娘は満面の笑みを浮かべた。

「甘美という意味だ」

「えぇ、似合わない」

再会の喜びに、あやうくここまで来た用事を忘れそうになる。

それでも、胡娘が錦衣《きんい》兵の追っ手から逃れるのに手間取り、遊圭を迎えに行った時にはすでに行方がわからず、胡娘自身が指名手配され潜伏しなくてはならなくなったこと。ようやく探し当てた明々の長屋は、すでに空き部屋であったことを手っ取り早く聞き出した。

明々とその居候の少女の消息を追って、胡娘は伝手《つて》を頼って後宮に潜入したが、なかなか明々の配属先が探り出せず、先の賀会でようやく明々が安寿殿にいることを知ったばかりだったという。

「まったく、後宮に逃げ込むなんて、よく思いついたな！」

「思いついたのは明々だよ。胡娘こそ、どうして後宮まで追ってきたんだ。危険すぎるだろ」

「ファルザンダムが生きているか死んでいるか、それを確かめないと、私は先へ進めないね」

胡娘は、遊圭の頭をぐりぐりして断言した。胡娘のこだわりの根拠が気になるが、理由を訊くのは後回しだ。

「世話になった女官が、病気になって宮殿を追い出されそうなんだ。胡娘なら助けられるかと思って――」

　遊圭が思い出せる限りの症状を聞き出したあと、胡娘は真剣な顔で考え込んだ。

「流行《はや》り病ではない。誰にもうつる心配はないが、私の知る限りでは、その趙婆は病が癒《い》えぬ限り、体が弱り続けて繰り返し流行り病を拾ってしまうだろう」

「趙婆は、なんの病気なの？」

「飲水病と思う。小水の臭いを嗅《か》いでみて、甘い香りがすればきまりだ」

「どうしたら治る？」

　胡娘は沈鬱《ちんうつ》な面持ちで答えた。

「飲水病は、治らぬ。合う薬があれば、悪化を先延ばしにすることはできるが、やがては目が見えなくなり、血が詰まり、液が流れず、脳や心臓、腎《じん》の病を得てゆっくりと死に至る」

「五年、趙婆はあと五年は働かないといけないんだよ。どんな薬をあげればいいの」

　胡娘は首を横に振った。

「そのときそのときの顔色、体調によって弱っている五臓を見極めて薬食を作り、また飲水病によって引き込まれた病があれば、それに対処した生薬を選んで煎《せん》じなくては効果がない。十日で完治させるのは不可能だ。医者に見せるしかない」

　遊圭は頭を抱えた。胡娘はさらに話を続ける。

「飲水病は、手遅れでなければ医者の勧める治療法でどうにか普通に暮らしていける。

だが、治療を受けなくては、それもできないことになるぞ」

希望はあると趙婆に約束したのに。失望に項垂《うなだ》れる遊圭の肩を、胡娘は引き寄せた。

「ファルザンダムは、良い子に育っているな。ひとの幸せを祈れる、素晴らしい子になった」

「胡娘、また会えるかな、この通行証、十日しか使えないんだよ」

「尚儀の楽団は、あちこちの妃嬪《ひひん》宮に慰問に回る。安寿殿にもそのうち訪問する」

背中を撫《な》でられ、遊圭の気持ちは落ち着いてきた。趙婆に、真実を告げる勇気も、少しだが湧いてきた。


趙婆と話し合ったあと、遊圭は延寿殿へ向かった。

玄月は遊圭を自分の執務室に案内し、報告を促した。

「飲水病と思われます」

玄月は一瞬、痛ましげな表情を見せたが、趙婆が医者に診せることを同意したと告げられると、安堵《あんど》の息を吐いた。

「明日、輿《こし》を迎えに寄越《よこ》す。それにしても、そなたはどこで医薬の知識を学んだのだ」

「生来病がちで、医者にかかることが多かったものですから、たまたま聞き齧《かじ》ったことを覚えていたのでしょう」

「生来病弱、か」

玄月の探るような視線から、遊圭は目を逸《そ》らした。台の上に積み重ねられた書簡の山の、表題や垣間《かいま》見える文章に引きつけられる視線をむりやり剝《は》がせば、その上の壁面に掛けられた鉾《ほこ》と剣に目が釘付《くぎづ》けになる。

「宦官《かんがん》の部屋に武器があるのが珍しいか」

遊圭はびくっとして玄月の秀麗な面に視線を戻した。遊圭を鋭く観察していたらしい鋭い目つきが、唐突に和んだ。遊圭の背筋に悪寒が走る。

「後宮に武器を持ち込めるとは、知りませんでした」

玄月はふっと笑った。

「武器を作る兵仗局《へいじょう》は、内侍省の管轄だが?」

玄月は壁に近づいた。掛けてあった剣をおろし、優美な動作で薙《な》いでみせる。

「浄身の体は、筋肉がつきにくい。鍛錬を怠ると、あっという間に醜く肥え太ってしまうのでね」

目の前に差し出された剣を、遊圭は無意識に両手を伸ばして受け取った。ずっしりとした金属の重さに思わず取り落としそうになり、膝《ひざ》を折った。剣の先がガチリと床を嚙《か》む。

無様に慌てる遊圭から剣を取り戻した玄月は、喉《のど》を鳴らして笑った。片手で高く持ち上げ、壁にかけ直す。

年端もいかない女童に、圧倒的な力の差を誇示する玄月の意図がわからない。いや、むしろ武器に興味を示す女童が異質なのだ。まともな女童なら、玄月の執務室に踏み入ることを許されて舞い上がり、恥じらってうつむくか、うっとりと玄月の顔を眺め、その声に耳を傾けるものだろう。

遊圭は震える声を押さえつけて、自分がここに来たもうひとつの目的を願い出る。

「趙婆の診察には、わたしも同行させていただきたいのですが」

「趙婆も、そなたがついていれば気が楽だろう。ああそうだ。趙婆を説得してくれた礼をさせてもらおう」

玄月は、戸棚から細長い大小の箱をひとつずつ取り出して、小さい方を遊圭に差し出した。遊圭が受け取った小箱を開けると、中には金葉銀枝に珊瑚《さんご》の実をあしらった簪《かんざし》が入っていた。胡乱《うろん》な目つきで玄月を見上げる。

「こんな高価なもの、いただけません」

「好みに合わないか。それならこちらはどうかな」

玄月は、もうひとつの箱の蓋《ふた》を開けて遊圭にさしだした。小ぶりの硯《すずり》、三本の筆、墨とそして、水滴《の》のそろった硯箱であった。

遊圭は息を呑んだ。心を奪われるままに、震える指を硯に伸ばす。金属的な光沢の自然石から削り出された硯の価値は、簪の比ではない。冷たく滑らかな硯に触れたとたん、遊圭はやけどでもしたように指を引っ込めた。

「あ、あの」

見上げた玄月の楽しげな微笑に、ようやく試されていたことに気がついたものの、遊圭は口腔《こうこう》が干上がったように言葉が出なかった。文字通り、喉から手が伸び出ていたに違いない。

「木蘭伝は読んだか」

「あの、まだ上巻の途中で――」

遊圭は口ごもった。感想を訊《き》かれても、どう答えていいのかわからない。

柔らかな文体で書かれた物語には、他人が知りえるはずのない木蘭の心情や、同僚将校への想いが連綿と語られていた。戦場は殺し合う場所であるはずだが、そういった描写は少なく、伝説の女傑の事績を綴《つづ》った純然たる軍記物でないことは確かであった。

「あれは女性の手による魏木蘭将軍の生涯だ。なかなかの文才だとは思わないか。この作者も、残念なことにその名も出自も明らかにはしてないが」

「ではどうして、女性だとわかるのですか」

即座に矛盾を突いてくる遊圭の機知は、玄月を愉快にさせたようだ。

「作者は、私の祖母だったのでね」

啞然《あぜん》とする遊圭を、玄月は穏やかに諭した。

「遊々。私は、書を学ぶのに男も女も、生まれの貴賤《きせん》すら関係ないと思っている。ここには教養の高い有識の女官も多く、そうした才能はむしろ求められている。女に生まれたからといって、縫物や機織りよりも勉学を好むことを隠したり、恥じる必要はない」

玄月は、遊圭を能書の才を隠そうとする、勉強好きの田舎娘だと思っている。遊圭の性別や出自までは疑ってはいなかったようだ。

遊圭は湯に浸るような安堵とともに、好意を示してくる相手を欺いていることに、刺すような胸の痛みを覚えた。

「ごめんなさい。受け取れませんっ」

遊圭は手にしていた簪も箱ごと玄月に押しつけると、身を翻して執務室から逃げ出した。

延寿門を出て安寿殿へ向かう間、深い黒緑の硯が絶えずまぶたの裏にちらつき、何が悲しいのか、理由がわからないまま込み上げる涙を何度も袖《そで》で拭《ぬぐ》った。

趙婆の診察は、長くはかからなかった。命に別状はないが、すでに味覚も視力も失いつつあるので、厨房《ちゅうぼう》に勤めるのは無理だろうと結論された。

「なぜもっと早く来なかったのかね」

医師はそう嘆じたが、後宮の女官が外に出て、しかも男性の医師に診せるのは、生きるか死ぬかの病にでもかからない限り、ありえないことなのだ。重体で動けず、外部から医師を呼び入れることができるのも、妃嬪の位までである。

死者が続出するくらいの疫病でも流行しなければ、医師が後宮に足を踏み入れることなど、考えられなかった。

「やはり、養生院行きかねぇ」

帰り道、四人の宦官の担ぐ輿に揺られながら、趙婆は悲しげに吐息をついた。その輿の右を歩く玄月は無表情、左を歩く遊圭は無言だった。

養生院には病人だけでなく、罪を犯した女官も収監されている。囚人が病人を看護するような、養生とは名ばかりの不衛生でろくな食事も出されない場所だという。

遊圭の胸は引き攣《つ》れるように痛んだ。

安寿門で引き返そうとする玄月を、遊圭は呼び止めた。

「趙婆は、養生院に入れられるのですか」

ふり返った玄月は、感情の伴わない深い瞳《ひとみ》を遊圭に向け、諦観《ていかん》を込めた言葉を吐き出した。

「養生院を、見てきたのか」

通行証があるのをいいことに、遊圭が養生院まで足を延ばしたことを、玄月は叱らなかった。

死ぬまで養生院に置かれた病人は、隣接の火葬場で焼かれて、灰は院内に埋められる。繰り返し誰かを送る煙を眺めながらの闘病生活は、どれほど気鬱《きうつ》な日々だろう。治るものも治らない。

「後宮の宮官は、洗濯女にいたるまで、皇帝の花嫁なのではないのですか？　それなのに、年をとって病を得たら、ごみ溜《だ》めにほうり捨てて二度と顧みないのですか」

老後まで見てやれないなら、なぜ囲い込む。遊圭はそう叫びたかった。

皇帝は趙婆という女が、彼が生まれた時から厨房で働き続けていたことなど知らない。

そして彼女が病のために捨て置かれてしまうことも、知ることがない。

玄月は首を左右に振った。

「我々に何ができる？」

己の無力と落胆に、苦渋を滲《にじ》ませた問いを吐き捨て、玄月は踵《きびす》を返して歩み去った。

遊圭は唇を噛んでその場に立ち尽くした。


趙婆は引き継ぎで忙しい。

その冬を以《もっ》て退宮する趙婆は、厨房の休憩室で炕《カン》に座り込み、窓の外をちらつく雪を眺めている。

「この雪も、もうすぐ見えなくなるんだねぇ」

見納めとでもいうように、趙婆はただひたすらに舞い落ちる雪をぼんやりと目で追う。

「ここに来たときはまだ娘っ子だったのに。月日が経つのは早い。生まれたばかりの皇太子が、もう皇帝になったんだからねぇ。ご生母があんな亡くなり方をして、どうなることかと思ったけど、壮健な美丈夫におなりになって――」

遊圭は趙婆の膳《ぜん》に添える山芋を擂《す》りおろしていた。その手が赤くなり、むずむずする。

薬膳の他にも、趙婆のためにできることはないかと悩んだ遊圭は、擂鉢《すりばち》を置いて手を洗い、趙婆の傍らに膝をついて訊ねた。

「趙婆、ここに思い残すこととか、やり残したこと、ある？」

趙婆は、しばらく黙り込む。目尻《めじり》から一筋の涙が伝い落ちた。

「花嫁衣裳《いしょう》を着てみたかったね。それよりも一度でいい。目が見えなくなる前に、近くで御竜顔を拝見したい。ここを出て行っても、一生仕えた夫の顔をいつでも思い出せるようにね」

つねに陽気で磊落《らいらく》な趙婆が、初めて見せた寂しげな微笑。その頬を流れ落ちる涙に、遊圭は思わず手を伸ばした。湿った温かさだけを指先に残して儚《はかな》く消えた滴が、そのまま趙婆の人生のように思えて、遊圭はやるせない気持ちでいっぱいになった。

趙婆の望みを、遊圭は明々に相談したが、泣きそうな目で顔を背けられた。

「雲の上に昇って、月に触れてみたいってくらい、夢みたいな願いよ」

阿祥には笑い飛ばされた。

「後宮の女官はすべて皇帝の花嫁だなんて、ただの建前。十歳の女童だってわかってることよ」

趙婆を慕う尚食の宮官たちも、困惑した表情で言葉を詰まらせたり、黙って首を振るか、失笑して顔を背けるばかりだ。

一昼夜と次の朝までかけて、何度も趙婆の願いを反芻《はんすう》し、考え続けた遊圭はついに決心を固める。予備の襦衣《じゅい》をほどいて絹帛《けんぱく》の体裁をととのえ、趙婆の墨と筆を借りて帛書を認《したた》めた。

返却するのを忘れていた通行証を使って、延寿殿の掖庭《えきてい》局に乗り込む。

玄月は、遊圭の再訪を予期していなかったらしく、驚いた顔で遊圭を迎え、ぎこちない笑みで椅子を勧めた。

「お忙しいところ、申し訳ありません」

「いや、私もそなたの才能を見込んで話したいことがあった。まず、そちらの用件を先に聞こう」

ひと言ごとに、にこやかさを増す玄月に、遊圭はいっそう緊張した。

「あの、玄月さまは、皇帝陛下とご学友だと趙婆から聞きました」

玄月は眉《まゆ》を上げた。その口元から笑みが消える。遊圭は玄月の表情の変化に、先を促されたのだと思った。

「趙婆が退宮することを、せめて陛下に伝えていただきたいのです」

玄月は急に険しい顔になり、鞭《むち》のような叱責《しっせき》を遊圭に浴びせた。

「李遊々に訊ねる。個人的友誼《ゆうぎ》や私情を、公の職務に持ち込み、理《ことわり》を枉《ま》げることをなんと云うか」

――公私混同、職権濫用。

羞恥《しゅうち》に赤面し、うつむいた遊圭に、玄月は追い打ちをかけた。

「私から帝《みかど》に上奏してくれというのなら断る。宮官の個人的希望を帝に申し上げるのは、私の職分ではない」

玄月が公私の別に厳格な人間なら、正攻法しかない。遊圭は論法を変えた。

「たとえそれが慣習的建前でも、後宮の女官たちが皇帝の妻であるのなら、皇帝は妻から送られた書を読む義務があるのではないですか」

「趙婆が、皇帝宛てに書を認《したた》めたのか？」

「代筆では、ありますが」

玄月は遊圭が両手に抱え込んだ巻布に目を留めた。受け取った帛書を広げてその書面に目を通した玄月は、硬い表情で遊圭を見つめた。

「素晴らしく感動的な名文だ。趙婆の手蹟《しゅせき》ではないが、だれが書いたものか」

「有志による代筆です」

遊圭は頑《かたく》なにそう答えた。

玄月は探るような目で遊圭の顔を見つめたのち、ふっと息を吐いた。

「宮官が帝にまみえるには、内官の推薦がいる。もしくは宮官たちの署名を集めることができたら、私から大后さまにこの書を上申しよう。安寿殿の宮官全員とは言わないが、半分以上は必要だ。四分の三を超えれば、なおいい」

「皇后陛下に、ですか」

遊圭は眉を寄せて訊《き》き返した。玄月の目が細められ、鋭く光った。

「私の職権が及ぶのは永寿宮までだ。この書が大后さまのお心を動かせば、大后さまから帝に上奏される。そもそも、後宮の総括者は大后さまだ。帝といえども、身近に女官を召し出されるのに、大后さまの承認が要る」

遊圭は勢いよく席を立った。

「では、署名を集めてきます」

いまにも部屋を駆け出そうとする遊圭を、玄月は手を上げて呼び止めた。

「ひとつ警告しておく。この書に皇后陛下がお目を通されたのちの結果を、十分に考慮した上でのことだろうな？」

玄月は、一介の宮官の僭越《せんえつ》な願いが、皇后の怒りを買うことを警告しているのではない。

そのことを指摘された遊圭は、ひとつの誤算に気づき、掌《てのひら》に汗をにじませた。遊圭は、この帛書が皇后の認可を必要とすることは想定していなかったのだ。

遊圭はかろうじて無表情を貼り付け、玄月を見つめ返した。警告の意味を悟った遊圭の瞳に、迷いが揺らぐ。

玲玉は遊圭の筆蹟を覚えているだろうか。

しかしいまさら帛書を取り下げれば、自分に向けられた疑惑を肯定することになる。いまはただ、玲玉が遊圭の筆蹟に気づかぬことを祈り、沈黙で答える他はない。

玄月は唇の片端にうっすらと笑みを刷《は》いた。

「汨羅《べきら》の鬼が安寿殿にいることを、公に知らせることになるかもしれないぞ」

遊圭の拳《こぶし》がびくりと震えた。体中から血の気が引いていく。

汨羅の鬼とは、水死者の幽霊の比喩《ひゆ》だ。星遊圭は大葬の夜、運河で水死したと思われている。

玄月はいつから、李遊々が星遊圭であることを見抜いていたのか。偽名が安易すぎたのか。それとも、玲玉と遊圭は未《いま》だに親子のように似ているのか。いや、この会見を始めたときには、玄月は何も疑ってはいなかった。遊圭はいつ、どのようにして馬脚を現してしまったのか。

口腔《こうこう》がからからに渇いて、唾《つば》も呑《の》み込めない。しかし遊圭はなんのことかわからない、という顔を必死で保ち、玄月の目から自分の目を離さなかった。

玄月は嘆息した。

「趙婆のために、なぜそこまでする？」

「趙婆は、誰にでも公平で、親切なひとです」

新参の女童や下層の宦官《かんがん》にも、分け隔てなく食べ物が行き渡るよう、趙婆はいつも安寿殿の隅々まで目を配っていた。

遊圭は、趙婆の明るさに毎日のように救われてきた。

「正直に職分を全うした人間が、ささやかな願いも叶《かな》えられないまま野垂れ死にするような国の在り方は、果たして正しいのでしょうか」

玄月は急に黙り込み、椅子を蹴《け》るようにして立ち上がった。つかつかと遊圭に歩み寄る。無意識に後ずさる遊圭の脇を通り過ぎ、扉の前で立ち止まる。何が気に障ったのかわからないが、無言で扉を開き、肩越しにふり返った玄月からは、怒りの波動すら感じられた。

退出しろという意思表示と受け取り、遊圭は扉に向かう。遊圭が執務室を出ようとしたとき、玄月はその鼻先でバタンと扉を閉めた。

遊圭はとっさに仰《の》け反って、一歩下がる。気がつけば前を扉、後を玄月に挟まれていた。頭上には玄月の左腕。逃げ場がない。

息が触れるほどの距離に、遊圭は進退窮まった。動悸《どうき》が速まり、呼吸が浅くなる。遊圭の正体を暴くのに言質を取る必要などない。強引に身体検査をすればすむ。密室で後宮の女に無体を働くという重罪は、真実の暴露で相殺される。そして性を暴かれた遊圭は、出自を白状するまで、あるいは死ぬまで拷問を受け続けることになるだろう。

玄月がかぶさるように上体を倒し、遊圭の目の前が翳《かげ》った。

遊圭は恐怖に身がすくみ、両腕を胸に引きつけ、体を固くした。指の長い玄月の手が、遊圭の未熟な肩を予想もしなかった力強さで握り締める。

鷲《わし》の鉤爪《かぎづめ》にがっちりと押さえ込まれた獲物のようだ。絶体絶命と覚悟を決めた遊圭の耳に、毒を含んだ玄月の囁《ささや》きが注ぎ込まれる。

「義を見てせざるは勇無きなり、を気取っているわけだ」

と、吐き捨てて、遊圭の肩をつかんでいた手を放した。

「私はいつか、そなたを憎む予感がするよ」

声の響きと、細められた目つきに、玄月のどろりとするような本性が滲《にじ》み出ていた。

遊圭のあまりにも世間知らずで、家も財産も全て失くし、生きるために身を偽る境遇に陥ってもなお、理不尽に憤り声を上げることのできる真っ直ぐな気性とは相容《あいい》れない闇が、玄月の温和な面差しと白く滑らかな皮膚の下に渦巻いていた。

玄月は肩を起こし、再び扉を開け放した。

遊圭は放たれた兎のように駆け出した。通りかかった宦官にぶつかりそうになっても、脇目もふらず、後をふり返ることもせず。息を切らして延寿殿の門をくぐり、通路に出てようやく足を止める。とたんに、膝《ひざ》がガクガクと震えだした。玄月につかまれた肩がずきずきと痛む。

「明々、ごめん――」

自分はとんでもない過ちを犯してしまった。

内廷における皇后の敬称は『娘娘』か『大后さま』だ。『陛下』は外廷の臣下や官吏といった、知識階級の『男』たちが使う敬称ではなかったか。

まさに、口は禍《わざわい》の門。

「どうしよう」

奥歯がガチガチと震えて、どうすることもできなかった。

＊＊＊

延寿殿の陶玄月局丞《きょくじょう》宛てに、曹貴妃を筆頭とする安寿殿の女官たちから嘆願書が届けられた。

「やってくれる」

玄月の独り言には、かすかな苛立《いらだ》ちの響きがあった。

妾妻《しょうさい》にさえ目通りの叶わぬ年端のいかない女童が、どのようにして女たちの同意を集め、安寿殿のあるじ曹貴妃までを動かしたのか。

約束は反故《ほご》にできない。玄月は嘆願書を持って永寿宮へ伺候した。

最近とみに動きの激しくなってきた翔皇太子が、愛獣の天狗《てんこう》を追いかけまわすはしゃぎ声が賑《にぎ》やかだ。

「紹、よく来てくれました」

玲玉は、翔になつかれている若き宦官の訪れを、いつも笑顔で迎える。

拝跪《はいき》の礼ののち、玄月は玲玉に安寿殿より上申された嘆願書を差し出した。

いきさつを聞いた玲玉は、趙婆に同情的であった。病で後宮を去る宮官に謁見を許す前例があるのかと、下問する。

「詳細に調べてからでないと即答できかねますが、金椛《ジンフア》三代については、前例はないと思います」

「難しいところですね」

玲玉は頬に手を当てて考え込む。

「このように、上は妃嬪《ひひん》から下は新参の宮官に至るまで慕われる尚掌《しょうしょう》は、そうそういるものではないでしょう。それなりに報いてやるべきとわたくしは思いますよ」

皇帝が女官を閨《ねや》に上げるには、皇后の許可がいる。玲玉は趙婆に対して拒否権は行使しないと、言明した。

しかし、玲玉の承認だけでは心許《こころもと》ない。

陽元の性格からして、年増の宮官との夫婦ごっこに興味を示すことはありえない。だが、玲玉の後押しがあれば別だ。真から玲玉に心を奪われているのか、あるいは皇后の生家の族滅に罪悪感を抱いているのか、陽元が玲玉の望みを却下することはないという。

ここはどうしても玲玉の積極的な推薦が必要だった。

玲玉は最後の帛書《はくしょ》を開いた。その手が止まる。趙婆の最後の望みについて、遊圭が認《したた》めた嘆願の詩文に、玲玉の視線が絡み取られる。玄月はその表情、まばたきに揺れる睫《まつ》毛《げ》から、口元の動き、指先の震えまで、じっと観察する。

「これは、筆者の署名がありませんが、趙尚食掌の自作ですか」

「代作だそうです」

「誰の手によるものですか」

語尾は細いが、震えてはいない。玄月は帛書を持つ玲玉の指先を見つめた。こちらも震えてはいない。

「それが、名乗り出ないのでわかりません。趙婆の祐筆《ゆうひつ》ではあるのでしょうが、特定できません」

「奥ゆかしいことです。おそらく曹貴妃のお立場に配慮しているのでしょう」

曹貴妃は読み書きができない。妃嬪でさえ、自分の名前を書くだけが精いっぱい、というのは珍しくなかった。この帛書の筆者が曹貴妃の祐筆よりも身分が低く、かつ優れた手蹟《しゅせき》となれば、不要な禍を避けて名を伏せることは不自然ではない。

「語彙《ごい》は平易で詩文としては拙《つたな》いですが、韻律は美しい。それだけに、配偶者に見送られることもなく去る妻の思いが、胸に迫るものがありますね」

「奴才《わたくし》もそう思いました」

玄月の同意に、玲玉はまばたきを返した。

「そなたはその若さで、しかも歳月を重ねた古妻の忠節が報われぬ切なさが、わかるのですか」

玄月は薄い笑みを返し、卓子に帛書を置いて考え込む玲玉に返答を求めた。

「大家に、ご上奏いただけるでしょうか」

「お話しはしてみますが。お決めになるのは帝《みかど》ですから。あの」

玲玉は言い淀《よど》み、小さくかぶりを振る。髷《まげ》に刺した金の歩揺《ほよう》が涼しい音を奏でた。

「陽元さまは、詩情とか、女心の機微は、あまり解されない御方なので」

玲玉は、困惑と憂いに顔をうつむけた。

「あれほど足しげく永寿宮にお通いになる大家ですから、娘娘のお口添えがあれば、玉耳を傾けてくださるのではないでしょうか」

「そうでしょうか」

純粋に、玲玉は自身の皇帝に及ぶ影響力に自信がなさそうである。なかなか皇后による後押しの確約を得られない。

玄月は椅子を降りて正座し、両手を床について額《ぬか》ずいた。

「奴才からもお願い申し上げます。趙婆はとても面倒見のよい女官でした。どうか趙婆の最後の願いを叶《かな》えてください」

「紹。そなたがそこまですることは――」

玲玉は驚き、立ち上がるように命じるが、玄月は言葉を続ける。

「奴才は童子の折に蚕室《さんしつ》に下され、通貞《つうてい》となりました」

突然何を言い出すかと、玲玉は言葉を呑《の》み込んだ。状況を理解しない翔は、きゃっきゃと笑いながら玄月の背中によじ登る。

「だれも人間扱いしない通貞を、趙婆だけが親戚《しんせき》の子を慈しむように接し、かつ他者に侮られぬような立ち居振る舞いを、厳しくしつけてくれました。この恩を返せないまま、趙婆を見送ることは、奴才にとっても耐え難い苦しみです」

玄月の膝の前に、ぽとりぽとりと滴が落ちて床を濡《ぬ》らした。

婉曲《えんきょく》な言い回しではあるが、わけのわからぬ子どものときに去勢され、欲求不満の女官や抑圧された宦官《かんがん》の慰み者にされたのだと告白されれば、まともな人間なら心の痛みを覚える。

言葉を失くし、心を動かされた玲玉は膝を折って、薄墨色の肩に手を置いた。

「わかりました。つらいことを思い出させてしまいましたね。頭を上げなさい。わたくしからも心を込めてお願いしてみます」

玲玉は玄月を立ち上がらせ、翔を雪遊びに連れ出すよう命じた。

翔と天狗《てんこう》を追って建物から離れた玄月は、つるりと顔を拭《ぬぐ》って苦笑した。肩に駆け上がってきた稀獣《きじゅう》に低く囁《ささや》きかける。

「天々。使いどころによっては涙が武器になるのは、女だけの特権ではないと、知っていたか」

帛書の筆蹟を目にした玲玉に、動揺は見られなかった。玄月が翔を抱き上げただけで、甥《おい》を思い出して涙をこらえかねる玲玉が、である。

李遊々は、溺死《できし》したという星家の次男ではないのかもしれない。しかし、執務室で鎌をかけたときの動揺ぶりと、男であれ女であれ、その年齢に似合わぬ教養の高さから、星家の生き残りという可能性は捨てきれない。これを奇貨として居くべきかと、玄月は雪遊びに夢中な翔と天狗を見守りつつ、思案をめぐらせた。

趙婆が花嫁衣裳《いしょう》を身にまとい、皇帝にまみえたのは、桃の蕾《つぼみ》がほころぶ早春であった。

華燭《かしょく》の典は、後宮の儀場である黎明殿《れいめい》において行われた。安寿殿の曹貴妃と次席の嬪に導かれ、贅沢《ぜいたく》に絹布を使った赤と金の曲裾《きょくきょ》の袍《ほう》に金襴《きんらん》の裳《も》を引いて、皇帝の前に進み出た趙婆はとても綺麗《きれい》だったと、参列した女官たちの語り草になった。

自分が生まれたときから後宮に勤めてきたという趙婆と語らいたいと、皇帝はそのまま趙婆を寝宮へと連れてゆき、一夜を過ごした。

「最後のはなむけとしては、破格の待遇だな」

安寿殿の食堂で、玄月は遊圭と明々を前にそう語った。

皇帝の閨を務めた女官は、それが一夜でも内官の資格を持つ。趙婆は、世婦は正四品上に進み、趙婕妤《ちょうしょうよ》となった。栄退にあたって、後宮の南苑《えん》に療養のための小さな館《やかた》を賜り、終生に渡って扶持《ふち》が供される。

「まさか、これを見越してのことか」

遊圭は小さく呟き込み、あわい笑みを浮かべた。風邪を引いたのか、あるいは春先の風塵《ふうじん》にやられたのか、少しかすれた声《せ》で答えた。

「帝のご気性は存じ上げませんが、趙婆の屈託のないお人柄なら、帝を愉《たの》しませる後宮裏話を、いっぱいお持ちだと思ってました」

生来の虚弱体質からくる透き通るような肌は、遊圭の所作をも儚《はかな》げに見せる。そして、奥ゆかしさを強調するためにも、玄月の前では手は常に袖《そで》の中に隠していた。

「しかし、どのようにして安寿殿の女官たちを巻き込んだのか、聞かせてもらえないか」

遊圭は口元に上った微笑を袖で押さえた。喉《のど》の調子を整えてから、かすれ声で答える。

「わたし自身は、ほとんど何もしていないのです。むしろ、皆の名前を集めれば、玄月さまが動いてくださると伝えたことが、宮官たちの背中を押したのです」

遊圭の話を聞いた女官たちは、宮官が使い捨てでないことと、まじめに仕えてきた者が皇帝の言葉を直《じか》に賜る奇跡を見ることができるものならと、ひとりが筆に手を伸ばせば、あとは次々に名を連ねていった。

「さらに、明々がわたしを蔡才人に引き合わせてくださいました。蔡才人はもとは宮官から世婦に上がられたとかで、趙婆の処遇にはことさら心を寄せてくださいました」

遊圭の話に共感した蔡才人が奔走して、内官らを説き伏せた。遊圭が築山《つきやま》の天辺《てっぺん》から投げ落とした雪玉は、初めはゆっくり転がり、やがて雪を集めて大きく育ちながら自身の重さで加速し、安寿殿のあるじ曹貴妃の足元まで転がり落ちていったのだ。

玄月は悪い冗談でも聞いたように苦笑した。

「帝の寵《ちょう》を争い、互いの足を引っ張り合っては、出る杭《くい》はめりこむまで打ち下ろす内官が団結して、ひとりの宮官を皇帝に推薦したというのか」

病によって退宮の決まった、年増を過ぎた宮官では競争相手にはならないと、妃嬪《ひひん》らも寛大な気持ちになったのだろう。

「ひとえに趙婆、いえ、趙婕妤の人徳と、陶玄月さまの人望のお陰によるものです」

遊圭は微笑を絶やさずに応じた。延寿殿での確執は、微塵《みじん》も感じさせない。

「だが、私を動かしたのは、そなただ」

玄月は正面から遊圭の瞳《ひとみ》を凝視した。

「玄月さまも、心の内では趙婆を助けたいとお考えでした」

そう感じたおのれの勘を頼りに、遊圭は告発の恐怖に気が狂いそうな日々を耐えてきたのだ。しかし同時に、玄月が趙婆に敬意を抱いていることにも、疑いがなかった。その栄退を、遊圭の出自を暴露することで台無しにはしないであろうことを。

凜《りん》とした遊圭の眼差《まなざ》しから、玄月は目を逸《そ》らす。

「私は自分に何かできるとは思っていなかった。できたとしても、自分の立場を犠牲にしてまで、義を貫こうとは考えなかった。そなたには借りができたな」

短い沈黙のあと、玄月は立ち上がった。

「他者のために、周りを変えていくために、たった一歩前に踏み出し、声を上げる勇気を、誰もが持ち合わせているわけではない」

玄月は遊圭に視線を戻した。

「私は、いつかそなたを憎むことになるだろう。そなたが、汨羅《べきら》の鬼であろうとなかろうと、虎を後宮で養うようなものだ」

「買い被《かぶ》りです。わたしは玄月さまにとっては、口中の虱《しらみ》のごとき者です」

玄月は目を細めて舌打ちした。

「そなたは、やはり小賢《こざか》しすぎるようだ」

玄月は脇に置いてあった長方形の包みを、遊圭の前に押し出した。

「受け取れ。そなたにはそうする資格がある」

遊圭は争わず包みを受けとり、深々と頭を下げた。

玄月が立ち去ったのちもしばらく、遊圭と明々は沈黙していた。遊圭は包みの中身がなんであるか、開けなくてもわかっていた。先に深い息を吐いたのは明々だった。

「それで、玄月さんは、まだあんたを疑っているわけ？」

遊圭は返事をしようとしたが、コンコンと咳《せき》が出る。

「そうみたいだね」

遊圭はかすれた声でようやくそれだけ答えた。喘息《ぜんそく》のように、喉が腫《は》れて塞《ふさ》がるような息苦しさはない。喉痛以外の風邪の諸症状もない。ただ、声が出にくいだけだ。黄色い砂塵の舞う季節のせいだろうか。胡娘に薬を見立ててもらう必要があるかもしれない。

「べきらの鬼って、なに？」

「さあ、なんだろう。よくわからない」

遊圭は早春の霞《かすみ》がかった薄黄色い空を見上げ、唇にのぼる笑みを噛《か》み殺した。

叔母《おば》が遊圭の手蹟《しゅせき》を見間違えるはずがない。

星玲玉は、遊圭を守ってくれたのだ。

九、轍《てつ》魚《ぎょ》

趙婆が安寿殿を去ったのち、明々は唐突に殿内住みを命じられた。

宮舎を出て、内官たちの住まいである殿内に寝房を与えられるのは、新入りの宮官にとっては破格の出世だ。

しかし、身の回りの荷物を抱えた明々と遊圭が連れていかれた先は、何か月も利用された気配のない書院であった。床にも調度にも、指で文字が書けるほど埃《ほこり》が積もり、遊圭は思わず袖で鼻と口を覆った。

『寝房が個室なのは、書院しかなかったの』

明々を書院尚殿に取り立てた蔡《さい》才人は、申し訳なさそうにそう言った。

趙婆の一件で遊圭を気に入った蔡才人は、はじめは明々に側仕えを命じた。しかし遊圭は、殿舎において昼夜を問わず蔡才人に仕えることに、皇帝や皇后との接点ができることを恐れた。そこで明々は、遊圭は春の風塵のために喉を傷め、咳を悪化させていたという理由で、辞退を申し出た。

『夜に咳が出て皆に迷惑をかけているのは、宮舎でも同じことでしょう。それならどこか個室をあつらえましょう』

蔡才人は強引に決めてしまったが、遊圭は落ち着き先が書院と知って心が浮き立った。

風を通し、埃を払ってしまえば、人気のない静かな書院はとても居心地が良い。

なによりありがたかったのは、続きの小部屋には寝台がふたつ用意されていたことだ。明々に身長が追いついてきた遊圭にとって、寝台を共有することは苦痛以外の何ものでもなかった。

『あんた、もうそういうお年頃なの？』

明々は平然と茶化した。

『明々こそ、わたしと共寝していて、不安じゃないのか』

適齢期を迎えた明々に、男であることを完全に無視され続け、忸怩《じくじ》たる思いを抱えてきた遊圭だ。

『あんたが私を孕《はら》ませたら、並んで縛り首だもの。あ、女官に手を出した男は生きながら皮を剝《は》がされるんだっけ、それとも馬裂き？　遊々はそこまで馬鹿じゃないでしょ』

口では明々に敵《かな》わない。遊圭は黙って荷物を片付けるしかなかった。

気がつけばすっかり春になっていた。遊圭は春の野草狩りで忙しい。

日課の散策を終え、安寿殿の書院に戻ると、掃除を終えた明々がお茶を用意して待っている。ひと休みしたあと、遊圭が庭園や水辺から摘んできたハコべや芹《せり》、土筆《つくし》の仕分けをふたりで始める。

「桜も、そろそろ咲き始めている。胡娘の本草集によれば鎮咳《ちんがい》効果があるそうだけど、使い方が書かれてない」

「塩漬けにして餅《もち》の香りづけにしたり、お茶にするくらいかしらねぇ。この書院には本草集はないの？」

「ここにあるのは、民話を集めた物語集か、歌謡集ばかりだ」

それでも書籍に飢えていた遊圭には、日照りに慈雨のごとき宝の山であったが。

廊下からコツコツと革の靴音が響く。女の絹沓《きぬぐつ》でなく、普通の宦官《かんがん》の立てる小幅な摺《す》り足でもないいきびきびとした足音に、遊圭は憂鬱《ゆううつ》そうに嘆息した。

「書房を転じて薬房と為《な》す、か。李姉妹のすることは常識に収まらないようだな」

少年のように澄んだ、しかし深みのある玄月の声に、明々と遊圭は作業の手を止めて立ち上がり、揖礼《ゆうれい》を捧《ささ》げた。

もともと書籍の多くなかった書院だ。空いた書棚には苗床が並ぶ。冬の間に蒔《ま》いておいた薬草の種は根と新芽を伸ばし、移植の時を待っている。春蒔きの種は湿らせた綿布の上で外皮を落とし、萌芽《ほうが》の兆しを見せていた。

玄月の言う通り、安寿殿の書房はいまや、緑と草の匂いのする薬房と化していた。

遊圭らに頼まれていた香草の種と苗、生薬や蜂蜜《はちみつ》を卓上に置いた玄月は、卓上に並べられた野草の根の名を訊《たず》ねた。明々が「タンポポです」と答える。ひとこともしゃべろうとしない遊圭に、玄月は不快そうに眼を細めた。

書院に移ってすぐ、長く使われなかった室内の黴《かび》や埃のために、遊圭は何度か激しい喘息発作を起こした。掃除が終わったいまは咳は落ち着いたが、そのために声を失った――ことになっている。

明々に勧められたタンポポ茶を口に含んだ玄月は、美味《うま》いとも不味《まず》いとも言いかねる顔を見せた。

「これは何に効くのか」

「母乳の出が良くなります」

思わず噴いた茶を袖《そで》で拭《ふ》き取った玄月は、笑いを嚙み殺す遊圭を睨《にら》みつけた。

「子が授かりやすくなるとかで、いつでも帝《みかど》のお召しがあってもいいようにと、妃嬪の方々に求められています」

明々の説明に、玄月は表情を引き締めた。土を払ったタンポポの根を摘《つま》み上げる。

「本当に効くのなら、大后さまにお勧めしてみるか」

遊圭は驚いて目を上げた。玄月はその視線に応《こた》えるかのように付け加えた。

「帝はしげく永寿宮に通っておられるのだが、未《いま》だに二人目の御子ができず、大后さまはお悩みでおいでだ」

遊圭は明々に耳打ちをする。明々が声にして遊圭の言葉を伝えた。

「私たちのは独学の素人技です。大后さまには、薬寿堂の医師が処方した生薬をお勧めするのが安心ではないでしょうか」

「だが、そなたらはこの茶を安寿殿の内官に出しているのだろう？」

明々はふたたび遊圭のささやきを伝えた。

「タンポポは田舎の農婦が食材や家庭薬にも使っている、副作用もない植物です。でも、このような民間療法をお勧めして、大后さまのお体に万一のことがあっては一大事です」

玄月は眉《まゆ》をひそめた。

「むしろ、薬寿堂の薬が信用していいものか疑わしい。今年に入って、西凰宮だけでなく、東鴦宮の先帝妃嬪《ひひん》や皇子公主も病で命を落としている」

市井や農村に比べれば衛生的で栄養豊かな宮城内とはいえ、流行《はや》り病は庶民も皇族も等しく薙《な》ぎ倒して通り過ぎる。また、炭を使い放題の裕福層では、冬場の行き届いた暖房のため、ガス中毒で死亡する乳幼児の数は驚くほど多い。

そうした死亡例の陰には、目の上の瘤《こぶ》となる妃や皇族を排除するために医師に賄賂《わいろ》を渡し、薬に毒を含ませたのでは、と疑わしい事例も珍しくなかった。

子どもが翔ひとりでは、玲玉の皇后としての地位も不安定なものだ。

「実は、二月の半ばに流産なされたのではと、皇后さま付きの女官が報告してきた」

遊圭は、叔母の身を案じて膝《ひざ》の上に置いた拳《こぶし》をぎゅっと握り締めた。

さらに保寿宮の高淑妃《こうしゅくひ》が、陽元の即位後、初めて懐妊した。族滅法のために妃たちは皇子を産むことを恐れているが、帝の寵《ちょう》を受けるのはやぶさかではないらしい。ただ、どういうわけか男子の死産率が跳ね上がるだけのことだ。

後宮の内幕を語る間、玄月は遊圭の顔から目を離さない。その瞳《ひとみ》には、かつて『李遊々』に読書を勧めていたときの温かさは微塵《みじん》もなく、獲物を狙う鷹《たか》のような鋭さしかなかった。

「誰の息もかかっていないそなたらなら、むしろ安心できる。婦人病治療の権威でもあるしな」

遊圭が、趙婆の閉経困難症を軽減する生薬や薬食を処方したことは、安寿殿では知らない者がいない。生理痛その他の薬を求めて相談に来る女官は後を絶たず、遊圭は宮の隅々を歩き回って薬効のある植物を探し回らねばならなくなった。

しかし、敷地内に自生している野草だけでは充分とはいえず、即効性のある食材や番紅花《サフラン》、肉桂《にっけい》といった高価な生薬は、玄月を通して薬寿堂から購入していた。

「玄月さまは、大后さまを心から案じなさっておられるのですね」

遊圭は吐息とともに囁《ささや》いた。卓の上に身を乗り出して遊圭の言葉を聞き取った玄月は、口を閉じて考え込んだ。

「大后さまは目下の者にも常にお心配りをなされる、謙虚で温厚なお人柄だ。魑魅魍魎《ちみもう》魎《りょう》の跋扈《ばっこ》するこの宮廷社会で、そういう主人に仕えることは、稀有《けう》の幸運と思っている」

身内を褒められて嬉《うれ》しくない人間はいない。

遊圭はか細い声が玄月に届くように、卓の上に首を伸ばした。

「生薬の種類と配合率というのは決まっています。医師が信用できなければ、材料を持ち込ませ、余計な物が混ぜられぬよう、玄月さまの目の前で調合させればよいのです」

遊圭は苦しそうに首を撫《な》で、息を整えた。それだけ囁くのも、ひどく喉《のど》が疲れる。あとは明々が引き継いだ。

「タンポポ茶や葉茎は、特に害はありませんので、どうぞお持ちください。婦人病を改善し、気鬱《きうつ》を晴らす薬食についても知っていることはお手伝いしますが、医療行為にかかわる生薬のご相談は、お受けできかねます」

玄月が帰ったあと、遊圭は疲れ切って卓の上にうつ伏せ、しゃがれた声で愚痴を漏らした。

「配達なんか、部下にやらせるか尚宮に言づけておけばいいのに。なんでわざわざ自分で来るんだろう」

「そりゃ、遊々が尻尾《しっぽ》を出すのを待ち構えてるんでしょう」

むしろ、遊圭が隠し損ねた尻尾を踏んで遊んでいるように見える。

「わざわざ、お后《きさき》さまの話までしていってさ。あんたの叔母《おば》さん、なんだか大変なことになっているのね」

明々が気の毒そうに言った。

「助けに行きたいけど、下手にしゃしゃり出ても身の破滅だし」

遊圭は届けられたばかりの蜂蜜壺《はちみつつぼ》の封を切った。手近の匙《さじ》で蜂蜜をすくいとり、口に含む。ゆっくりと喉に流し込んだ。

「それにしても玄月さん、あんだけ疑っているわりに、あんたが声を失くしたのは、喘《ぜん》息《そく》発作の後遺症だって信じているみたい」

「玄月は長男で、童子の時から後宮暮らしだからかな。声変わりがどんなものか、あいつ自身知らない上に、正常な男子の発育は見たことがないんじゃないか。わたしだって、こんなにつらくて長引くものだとは思わなかった。ある日突然、大人の声になるんだと思い込んでいたよ」

兄伯圭の声変わりは、突然で速やかだったように記憶している。母屋から離れて暮らしていた遊圭にとっては、そう思えたのだ。

「村にはそういう子もいたけど、いつまでもガラガラ声の子も、近所にいたかしら」

回廊では、宦官が鐘を叩《たた》いて申刻を告げていた。蔡才人の私室に伺候する時間だ。

「明々、遊々、待ちかねてましたよ」

十七歳の蔡才人は垂れ目がちの美人で、享楽的な性格が見た目にそのまま表れた女性だ。

城下の商家出身の蔡才人は、安楽な後宮暮らしに満足し、寵争いからは一歩引いていた。上位の妃たちに美顔や美肌情報を提供し、実家の扱っている化粧品を売りつけることに精を出している。その努力は実って妃嬪たちからは可愛がられ、趙婆の件が円滑に運んだのも蔡才人の交際力によるところが大きい。

「遊々のお陰ですっかり双六《すごろく》が強くなったの。もっとやりましょう」

「でも奥様、双六はいくら相手の手を封じ、こちらの駒を効率よく進めても、相手が終盤でぞろ目を出せば、すべてひっくり返ります。運任せの遊びに時間とお金をかけるのはいかがなものかと」

「だから面白いんじゃない」

遊圭のかすれ声を断ち切るように決めつけるなり、蔡才人は胸の前で両手を握り、ほとんど飛び跳ねるようにして炕《カン》の上にふたりを招いた。

蔡才人と明々が双六盤を挟んで対戦し、遊圭はその前に正座して、両方の駒に隙のない置き方を指摘してゆく。蔡才人は、それこそ相手が逆転の目を出さない限り、安定して勝てるようになったのは遊々のお陰だと喜んでいた。

つい昨年までは、外出どころか庭にも出してもらえない日の多かった遊圭には、室内の盤上遊戯は、飽きるまで攻略法を学ぶ時間がたっぷりとあったのだ。

「わたしは碁の方が好きです」

何度か勝負をしたのち、休憩の茶菓を味わいながら、遊圭は蔡才人に双六以外のものを勧めた。

「でも、碁って難しくない？」

「初めは盤の隅から、五目、六目と詰碁で学んでいけば覚えられます。わたし自身、十二目までしか進んでませんから、大したことはないのですが。双六より頭を使いますし、一見難しい詰でも、どの手も理が通っているので面白いです」

「ふうん。碁盤はどっかにあったと思うけど」

蔡才人は室内を見回したが、思い出せないと首を振った。

「星美人がいたころは、碁をやる内官もいたのだけどねぇ」

「大后さまが、安寿殿にいらしたのですか」

明々が驚いて訊《たず》ねた。蔡才人は否と手を左右に揺らした。

「東鴦宮の、東春宮にいたころの話。私は星美人の側仕えの宮官だったの。星美人が星皇后になってからは、碁仲間は別々の宮に分かれてしまったわね」

蔡才人は、残念そうに言ってから、お茶で喉を湿らした。

「玲々姐《ねえ》さまも、気の毒よね。息子がどっかの王に封じられれば、田舎の豪邸でお気楽な引退生活が送れたでしょうに、皇太子に選ばれちゃって。皇后なんて、皇太后と妃嬪の板挟み。もう心の休まる暇もなさそう」

玲玉とは愛称で呼び合う仲だったらしい蔡才人は、心から同情しているようだ。

「私、女の子だったら欲しいなぁ。それなら一度くらい帝《みかど》にお目見えしてもいいわ。ねえ、遊々は婦人薬に詳しいのでしょう？　一夜で女の子の授かる生薬とか知らない？」

茶器を横に押しやって身を乗り出す蔡才人を、遊圭は困惑の顔で見つめ返す。蔡才人はふっと眉を寄せて、遊圭の頬に手を当てた。

「そういえば、最初に会った時から懐かしいなぁと思ってたけど。そうよ、遊々って玲々姐さまに似ているんだわ。特にその困った顔が！」

遊圭は背後から心臓を握り締められた気がした。

書院住みは、宮舎にいたころに比べれば、着替えも沐浴《もくよく》も自室で行え、本性が暴露される危険は少なく、仕事も楽なものだ。しかし近づいてはいけない後宮の中心に引き寄せられているようで、胃痛と気鬱の種ばかりが増える。

玄月の執務室で失言して以来、遊圭は自分の話す言葉にひどく神経質になっていた。玄月の洞察力が異常に高いのかもしれないが、阿祥の例もある。下手に口を滑らしていいことなど何もない。まして自分と明々の命がかかっているのだ。

ある日、玄月は十人の宦官《かんがん》に背負わせてきた十個の櫃《ひつ》を書院に並べた。九つの櫃にはぎっしりと竹簡や布帛《ふはく》の巻物が詰まっていた。最後の櫃には上質の紙が詰め込まれている。

「新皇帝の下で行われる最初の文化事業だ。これまでのすべての記録や書籍を、紙に書き写す。ここに持ってきたのは古今東西の本草集だが、公文書や史書、教書古典に比べて優先度が低い。大学書士に任せていたら、三年は先になるそうだ。そなたがやってみないか」

現物を持ち込んだ上に、運んできた宦官たちを送り返しておいて「やってみないか」もない。断る口実を考えて櫃の上に視線を泳がせる遊圭だが、そこに詰め込まれた叡智《えいち》に思わず唇を舐《な》めてしまう。

「わかっていると思うが」玄月は巻物のひとつを遊圭の前に広げて念を押した。

「一巻から書き写す必要はない。転写は大学書院から全巻を持ち出すための口実だ。まずは全巻に目を通し、大后さまが確実に懐妊できる知恵を探しだす」

「しかし──」

躊躇《ちゅうちょ》しつつも櫃をのぞき込む遊圭の背後に立ち、かぶさるようにして櫃の縁に手をついた玄月は、有無を言わさぬ調子で言った。

「大后さまは追い詰められている。永皇太后は帝が永寿宮に入り浸っているのを責められて、すべての妃嬪妾妻《ひひんしょうさい》を一夜ごとに御寝宮にお召しになるよう要請された。そうなったら、大后さまが次に帝に目通りされるのは百と二十二日後になってしまう」

それも皇帝が毎晩休みなく勤勉に働いての話だ。

「でも、」

叔母の不遇も気になるが、後宮に上げた女たちに見向きもしないのも、それはそれで不公平なのではないだろうか。

「これは、帝のご意向でもある。帝は、大后さまが母后のようにお心を壊されてしまうのではと、ご心配しておられるのだ」

皇帝の生母は、族滅の心労が祟《たた》って自死したと伝えられている。玲玉がそのようなことになったら、と思うと遊圭の手足から急速に血の気が引いてゆく。

「やってくれるな？　星皇后陛下のために」

遊圭はきりきりする胃を帯の上から押さえ、蒼《あお》ざめた顔でうなずくしかなかった。

遊圭が本草集の研究に没頭する羽目になり、明々はふたり分の食膳《しょくぜん》を厨房《ちゅうぼう》まで取りに行く。その途中、阿祥ら数人の女童と行き合った。阿祥はネズミを見つけた猫のように目を輝かせた。

「あら、李尚殿と李女童の立場が逆転したみたいねぇ」

阿祥に追従する女童たちは、くすくすと笑う。なぜ阿祥が勝ち誇る必要があるのか、明々は返答に費やす息さえ無駄に思える。明々の沈黙を口惜しさと勘違いした阿祥は、調子に乗って続けた。

「遊々って、あんな真面目くさったふりして、しっかり玄月さまをたらしこんじゃったのね。書院でいかがわしいことしているのを、宮正の掌長に見つかったらどうなるのかしら」

世間はそう見るのかと、明々はまばたきで驚きを隠す。

明々が引き立てられたのは、趙婆の件で蔡才人が遊圭を気に入ったのがきっかけだが、書院に配置することを提案したのは玄月であったと、のちに蔡才人の口から聞いた。

内官のご機嫌伺いと、尚宮との事務連絡を職務とする玄月は、遊圭の尻尾《しっぽ》を押さえたくても尚殿宮舎に出入りする理由がない。殿内書院の管理は掖庭《えきてい》局の職掌とも重なるので、蔡才人を操って明々を書院尚殿に異動させたのは、遊圭を監視し、出自の証拠をつかむためと思われた。

その一方で、積極的に遊圭の正体を暴露しようとしないのは、玄月が皇后派を自任し、玲玉のために動いているからだろう。

いっそすべてを打ち明けて味方になってもらえば、という明々の提案に、遊圭は身震いを返した。

『それが善意だと思っていたら足をすくわれる。玄月がほかの妃に鞍替《くらが》えしたら、わたしは叔母《おば》さんの命脈を断つ絶好の手札だよ』

明々には、そこまで警戒し、裏を読む遊圭がむしろ理解できない。

『見た目に騙《だま》されるなよ、って言っても無理か。何年も付き合ってきた趙婆でさえ、あいつの本性は見えてなかったようだし』

明々は執務室の舌禍については知らされてないので、遊圭が玄月の何に怯《おび》えているのかはわからない。ただ、趙婆が去ってから、玄月が遊圭に笑いかけなくなったことは、明々も気がついていた。明々に対する態度も冷淡だ。

遊圭は書院に移ってからめっきり口数が減り、表情も乏しくなってきた。出会ったころのような、気の置けない会話が続かない。明々の長屋で一族の殉死を知り、鬱《うつ》々とふさぎ込んでいた日々の無気力が、ふたたび遊圭を包み込もうとしている。

やはり女装のまま生活を続けていくのは、無理があったのだろうか。

『気候も良くなってきた。声が完全に変わってしまう前に、後宮を脱出しようと思う』

黙り込んで何を思いつめているのかと思えば、急にそんなことを言い出したりもする。

遊圭が後宮を出てゆく。初めから計画していたことではあったが、一抹の寂しさは拭《ぬぐ》えない。この頃の遊圭は体力もついてきた。発作の頻度も減り、身長も明々を追い越す勢いだ。いまなら、遊圭も外の世界でひとりで生きていけるだろう。

「ご自分の女童にこき使われる気分って、どんなものかしら」

夢想を遮られた明々は、阿祥の揶揄《やゆ》に我に返った。

「もともと以前から遊々のお守りだったからねぇ。いまさら？　って感じかなぁ」

動じない明々の態度が阿祥の気に障る。

「ずいぶんと余裕ね。妹が高位の寺人《じにん》の妾《めかけ》になれば、帝の寵《ちょう》がなくても一家安泰ですものねぇ」

寺人とは女官の世話をする宦官を指す名称だが、この状況で玄月を指して使うのは穏当ではない。司馬王朝では宦官と女官の恋は否定はされていなかったが、受容もされていなかった。

「『舌禍』という言葉があるのは、ご存じ？」

明々は遊圭の読書につきあって覚えた成句を口にした。

「根拠のない中傷で他者を貶《おとし》めたら、その報いはすべてあなたに跳ね返ってくるのよ。お気をつけなさい」

明々の余裕の反論に、阿祥は顔を真っ赤にして絶句した。

悪意のある相手をやり込めてしまったことの可否まで慮《おもんぱか》れるほどに、明々もまたおとなではなかった。

ただ、阿祥を黙らせ、その取り巻きから揶揄の笑みを拭い去ったことに、溜飲《りゅういん》を下げて満足してしまったのだ。

童試の受験に必須《ひっす》な書籍はすべて読破していた遊圭だが、医療薬学関係の書籍となれば難易度はさらに高い。知らない単語、意味の取れない文章にたびたび頭を抱えた。玄月は二、三日おきに進捗《しんちょく》を見に訪れる。遊圭が解釈に悩む箇所をともに考えることもあれば、進み具合の遅さに叱責《しっせき》を吐くこともあった。

やつれて筆を握りしめる遊圭の書見を、玄月が指導すること幾度目かの晩春。曹貴妃の側近が玄月に呼び出しをかけた。明々と遊圭も同行するよう命じられる。

曹貴妃は、早咲きの牡丹《ぼたん》が咲き乱れる中庭に面した居間に、玄月と遊圭たちを迎えた。貴妃の周囲には、安寿殿の嬪や世婦が並んでいた。蔡才人も、居心地悪そうに控えている。曹貴妃はゆるやかな弧を描く赤い唇から、吸いつくような甘い声を出した。

「最近、穏当でない噂が殿内に広まっておりましてね。わたくしは、そなたが年端もいかない女童に執心だなどという、馬鹿げた噂は信じません。しかし、安寿殿に伺候するのに、わたくしの部屋より先に書院へ足を運ぶのは、噂を助長するのではないかしら。宮正の耳に入っては、いくらそなたでも審問を免れませんよ」

玄月は恭しく膝《ひざ》をつき、洗練された作法と口上で曹貴妃の賢明さを褒め称《たた》え、おのれの軽率さを謝罪してから本題に入った。

「前にも申し上げました通り、養生院の医女らの質の低さはかねてより問題でございました。ろくに文字も読めず、見よう見真似で覚えた産婆術と怪しげな口伝の薬法や呪《じゅ》術《じゅつ》に頼る医女に、貴種を担う妊産婦と貴い血を引く乳幼児を任せておくことの危険性は、曹奥様にも同意いただいたものと理解しておりましたが」

絹の上に玉の露を転がすような滑らかさで、玄月は曹貴妃に説明する。

「それは、ようわかっておる」

「この、いくらかの文字を解するだけでなく、多少は医薬の心得のある李遊々に、より高度な知識を学ばせることが、必ず曹奥様のお役に立つでしょうことは、初めに申し上げた通り――」

曹貴妃は「わかっておる。捗《はかど》っておるか」と優雅にうなずく。玄月は首肯した。

「予定よりは、進んでおります。が、ひとりで学ばせるには限界があり、不肖ながら私が手を貸す必要が往々にしてございます。それゆえ、つい不敬にも曹奥様の御前への挨《あい》拶《さつ》を怠り、書院に直行してしまいました」

曹貴妃は満足げにうなずき、周囲の女官らに話しかけた。

「わたくしが申した通りであろう。玄月は今時珍しい、欲のないまじめな帝《みかど》の臣下じゃ。玄月のやることに理由のないことはない。いたずらな噂を流して安寿殿の寧安を乱すものではないぞ」

室内に居並ぶ女官たちは、「御意」と風に撫《な》でられた稲穂のように、一斉にこうべを垂れた。

「曹奥様」玄月は、かすかに切羽詰まった響きを声に載せて、曹貴妃の前に膝を進めた。

「帝の安寿殿へのご来駕も差し迫っておりますれば——」

曹貴妃は鷹揚《おうよう》に右手の団扇《うちわ》を振った。

「わかっておる。そなたは好きな時に安寿殿に上がり、書院に顔を出してやるがいい」

そして、遊圭に目を向け、身を乗り出して声をかけた。

「帝の来駕の折は、かならずわたくしを懐妊させてみせよ。なるべくなら、女児をな」

遊圭は言葉を失くして、曹貴妃の美しい顔を凝視した。完璧《かんぺき》な卵形に、整った目鼻立ち、丁寧に描かれた眉《まゆ》。しかし、その造形の何ひとつ、遊圭に美を感じさせなかった。

書院に戻るなり、遊圭はかすれた声で玄月に詰め寄った。

「どういうことですか」

蒼白《そうはく》を通り越した遊圭の顔を、玄月は無表情に見返した。

「聞いた通りの意味だ」

「わたしは皇后さまにご懐妊いただくために、医薬を学ぶのではなかったのですか」

声にならない、吐く息に込められた静かな叫び。遊圭は怒りを込め、頭ひとつ高いところにある玄月の目を睨《にら》み上げた。

「わたしに何をさせるつもりですかっ」

遊圭の剣幕と、平然と構える玄月を前に、明々はただおろおろとふたりの顔を見比べる。その明々に、玄月は「表を見張っていろ」と短く命じた。そして遊圭に向き直った。

「独学の素人医術は、安全ではないと申したのはそなただ。学んだ技を曹貴妃で試し、無害有効なら大后さまにお勧めできる」

遊圭は息を呑《の》んだ。目をいっぱいに見開き、歯を食いしばって肩を震わせる遊圭を、玄月は冷淡に見下ろす。

この宦官《かんがん》は、曹貴妃を被検体としか見做《みな》していない。そして、遊圭が逆らえない立場であることを確信して、自分にとって都合のいい手駒として利用する。

「あなたの片棒なんか、担げないっ」

激高した遊圭は、思わず握った拳《こぶし》を振り上げた。明々が止めに入る隙もなかった。軽い音を立てて、振り下ろされた遊圭の拳は玄月の掌《てのひら》に吸い込まれる。玄月は眉ひとつ動かさない。

「ご婦人の平手打ちは、爪痕《つめあと》が残ろうと敢《あ》えて避けることはしないが、拳骨《げんこつ》は腫《は》れと痣《あざ》が後を引くので遠慮している。そもそも」

玄月は遊圭の拳をつかんだまま嗤《わら》った。

「拳で殴りかかってくる女は初めてだが」

拳ごと肩を押し返されて、遊圭は背後の卓に倒れこんだ。卓の上に積み上げられた野草の束が、しりもちをついた遊圭の肩になだれ落ちる。

「帝の安寿殿ご来駕は十日後だ。あと五日以内に、産医術に必要な薬学を学び終え、曹貴妃に処方しろ。わかったな」

無理難題を平然と言い残し、玄月は書院を立ち去った。怒りのおさまらない遊圭は、床に落ちた野草を戸口に投げつけた。

「遊々、落ちついて！」

明々の制止も聞かず、遊々は手の届く所にある物を次々に投げつけた。床に投げるものがなくなると、立ち上がって卓子の上にあったものを両手で薙《な》ぎ払った。竹簡も筆も派手な音を立てて床に転がる。

卓の端に残った硯《すずり》をつかんだ遊圭は、手指の筋が浮き上がるほど固く握りしめた。天然石から削り出された硯の、金属的な光沢は、初めて触れた二か月前と変わらない。遊圭が本当に、手習い好きな農家の娘、李遊々であったなら、こんな仕打ちは受けなかっただろう。遊圭が口を滑らせ、その逆鱗《げきりん》に触れる前は、玄月は李遊々の向学心ゆえに関心を持ち、その才能を伸ばすよう、好意を以《もっ》て督励した。

それが実は死んだはずの官家の男児となれば、ただの道具扱いだ。そして、役に立たなければ、あるいは玄月をもう一度本気で怒らせれば、次こそ叩《たた》き潰《つぶ》される。

明々は散乱した部屋を呆然《ぼうぜん》と見渡し、雑巾《ぞうきん》を持ってきて床に散った墨を拭《ふ》き取った。硯を握りしめたまま、卓に突っ伏した遊圭が嗚咽《おえつ》を漏らす。

明々は雑巾を置くと、遊圭の背中越しにその肩を抱いた。

「ごめんね。あたしがあんたを、こんなところに連れてきたばっかりに」

遊圭は顔を伏せたまま、ただ首を横に振った。

轍《わだち》の残した水溜《みずたま》りに放り込まれ、淀《よど》みと渇きに喘《あえ》ぐ魚のように。

＊＊＊

正午近く、皇后の永寿宮に伺候した玄月は、父親の姿を見て驚いた。皇帝の側近である陶名聞《めいぶん》がそこにいるということは、まだ外廷で執務中のはずの皇帝がそこにいるということだ。永寿宮に異変でもあったのか。

玄月は階《きざはし》を急ぎ足で上がり、父親に訊《たず》ねた。

「なにごとですか」

「いや、いつもの気まぐれを発揮されておられるだけだ。最近の馬上打毬狂《ポロ》いを永皇太后に戒められてな。呉俊信《ごしゅんしん》に馬場への出入りを禁じられ、公務を放り出された。目下、后《きさき》の宮に籠城《ろうじょう》中だ」

語尾に続けて「ふぅ」というため息を名聞は漏らした。

「しかし、馬上打毬は確かに危険な競技です。娘娘からも止めていただいたほうが善策かと」

この秋の即位礼の祝いにと、西国の朝貢使節が献上した馬上打毬の一団は、いたく陽元の興味を引いた。

高速で駆け回る騎馬が、敵味方入り乱れて打杖《うちづえ》を振り回し球を打ち合い、得点を挙げてゆく競技は確かに見ていて興奮する。しかし、皇帝自らそれをやろうとは、短慮にもほどがある。

息子の意見に、名聞は疲れたように肩をすくめた。

「ご即位とは形ばかり、政の実権は皇太后がしっかり握っておられる。その上、もっともお好きであった鷹狩《たかが》りも、皇太子時代のように頻繁に城外に行幸されては、国民の生業を滞らせる、皇帝の趣味としては軽率に過ぎると禁じられてはな」

「ですが、馬上打毬は危険過ぎます。打杖で敵手を殴り落すのもありというではないですか。騎手が玉体を傷つけ奉るのを恐れて、試合にすらならないでしょう」

「それが、血の気の多い胡人《こじん》は、相手が皇帝といえども容赦がないのだ。馬上打毬は君主の競技だとぬかしてな。それをまた大家はお喜びになって」

名聞は拳で眉間《みけん》をこすった。

「これだから西戎《せいじゅう》の未開人は！」

忌々し気に吐き捨てる玄月を、父親は手を振って宥《なだ》める。

「大家はまだ十八でおられる。身内から湧き起こる熱情を持て余しておられるのだ。若いそなたならわかるだろう」

玄月は一瞬、唇を歪《ゆが》めた。去勢されたその身内に、持て余すほどの熱情などない。

かつては官界においてひとの羨《うらや》む地位まで登り、恵まれた家庭を築いた陶名聞は、失脚ののちは陽元のために自らの意思で宦官となった。玄月の父親は、息子が一度も手にすることもなく、永久に失ったものの真の価値を、一生知ることはないのだ。

奥の方から物音が聞こえ、親子は居住まいをただした。衣擦《きぬず》れとともに、陽元がくつろいだようすで前室に出てきた。

「紹、来ていたのか」

陽元は、叩頭《こうとう》の礼をとる玄月に気軽な声をかけた。

「最近は玲玉の顔色が良くなったようだが、そなたの差し入れのお陰だと言っていた。ご苦労」

「もったいないことです」

玄月は深々と頭を下げる。陽元は花の咲き乱れる庭に面した榻《とう》に腰かけ「何を勧めたのだ」と下問した。

「薬草に詳しい安寿殿の女官が、野草で薬膳《やくぜん》を作るのを得意としております。その者が準備する惣菜《そうざい》や生薬のためか、安寿殿の女たちの体調や肌の調子がことのほか改善されたということですので、無害と思われるタンポポ茶や薬食をお勧め申し上げました」

陽元は玄月の報告に考え込む。

「安寿殿、といえば、先に召した尚食の女官のいた宮ではなかったか」

「御意」

「あれはどうしている」

一度は夜を共にした女の名前も覚えていないようすに、名聞の漏らす嘆息が玄月の耳に届いた。

「趙婕妤《しょうよ》は大家に賜った小邸にて養生しておいでです」

「趙婆か。あれは面白い女だった。体が回復したらまた参上するよう伝えておけ」

母親ほど年の離れた女を召し出す神経が玄月には理解できないが「御意」以外の返事は許されない。その響きに滲《にじ》ませた困惑に気づいたのか、陽元は諭されもしないのに言い訳がましい口調で続けた。

「病人をどうこうしようというつもりはない。趙婆は母上が崩御された前後のことを覚えている。もう少し詳しい話が聞きたいのだ」

陶親子は、はっと頭を上げた。陽元の眼差《まなざ》しは、遠く深いところを見つめている。

「母上は、本当に自死であったのだろうか」

「趙婕妤が、そのようなことを申し上げましたか」

玄月は問い返しつつも、父親の横顔を盗み見た。名聞は太監として陽元の閨外《けいがい》に控え、すべての睦言《むつごと》を記録したはずである。その話を一切耳にしなかったはずはない。

だが、名聞は寝耳に水といった体《てい》で、陽元を見つめている。

「いや。母上とは別宮にいたというから、当時の噂以上のことは知らぬらしい。だが、女官たちの間に流布したもろもろの憶測については、新しいことを聞くことができた」

玄月の呆気《あっけ》にとられた表情に、陽元はにやりとする。

「何も聞いておらぬのか、紹。後宮のことは何でも把握しているのではなかったのか」

「奴才《わたくし》が内廷に上がる前のことですので」

「趙婆とは懇意であったのだろう？　そなたの小さいころの話をいろいろと聞いたぞ」

玄月の首のあたりがカッと熱くなった。着せ替え人形のように女装させられては無体な女官から逃げ回り、趙婆の裳《も》の下に逃げ込んだ過去は思い出したくない。

「趙婆に婚礼衣裳を着せてやれと、玲玉に泣いて頼んだそうではないか。そなたがそこまで言うから召し出したのだが、瓢箪《ひょうたん》から駒とは、このことだな」

玄月の白い顔が赤く染まった。

「そなたにも、ひとがましいところがあったのだな」

玄月は耐え切れずに顔を伏せた。床をじっと睨《にら》みつけて奥歯を噛《か》み締める。父親の気遣わし気な眼差しも、目に入らない。

陽元は、何事も職務優先の玄月をからかっただけであったが、『ひと並みでない』という言葉はかれらの神経を逆撫《さかな》でする。

名聞は息子を気遣って話題を戻した。

「そのようなお話を趙婕妤とされていたとは、存じ上げませんでした」

「俊信も控えていたから、あれに聞かれないよう、布団をかぶって話をした。共同部屋で暮らす宮官たちは、そのようにして内緒話をするのだそうだ。なかなか面白かったぞ」

無邪気さは、子どもなら許されるが、成人した君主であれば話は別だ。名聞はあるじの軽挙を窘《たしな》めようとしたが、姿勢を正し表情を硬く改めた陽元の目つきに口を閉ざした。

「紹に命じる。昔を知る女官から、もっと詳しい話を探ってこい。俊信には悟られぬようにな」

「御意」

玄月は叩頭して拝命した。

「大家は、呉太監を警戒しておいでか」

名聞の問いに、陽元は憂鬱《ゆううつ》な面持ちでうなずいた。

「あれが毎晩のようにあの宮へ行け、この妃を召せと言ってくるしたり顔にはうんざりしている」

「それが敬事房太監《けいじぼうたいかん》としての彼の務めですから」

「だが、選ぶのはこの私ではないか！」

陽元の声が大きくなった。良くない兆候だ。

「朝堂の真ん中に座らせておいて、発言もさせない、余暇には運動も許されない、執務とは名ばかりの、読み切れない文書に延々と印を押すだけの毎日に、夜だけ種馬として働けと言われて、その気になる人間がどこにいるものか。しかも、俊信が窺《うかが》っているのは、この私のではなく、ご嫡母様の顔色なのだからな」

怒りに声を荒げた陽元は、しかしすぐに落ち着きを取り戻した。

「そなたらの忠誠は誰に向けられている？」

重々しく訊ねられた陶親子は、即座に、そして声をそろえて応《こた》えた。

「大家にでございます」

陽元は二人の肩に手を置いて言った。

「つまらぬことを訊《き》いた。そなたらの忠誠を疑ったことなどない。良き股肱《ここう》を得たことを、天に感謝する」

十、薪を抱きて火を救う

薬効のある植物を求めて、新緑の濃くなる水辺や果樹の下を歩いていた遊圭は、涼しい木陰に腰をおろした。宮を隅々まで歩き回って、やっと見つけた秘密の場所だ。水草高く生い茂るこの場所は、女官はもちろん、庭師の宦官《かんがん》さえも滅多に手入れに来ない穴場であった。

遊圭は固く合わせた衿《えり》を少しだけくつろげて、涼しい風を入れた。

そのまま指を喉《のど》に添わせていく。喉骨はまだ出てこない。

後宮脱出のめどもつかないうちに、喉に現れる男性の証拠が明らかになったらどうしたらよいのか。遊圭は絶望的な気分になって木漏れ日を見上げた。

二か月が経過するのに、相変わらずはっきりとした声は出せない。出せたら出せたで困ることになるだろうが、変声期に喘息《ぜんそく》発作が続いたために本当に喉が潰《つぶ》れてしまったとしたら、それも困ったことだ。もともと丈夫な器官ではないので、体の変化に時間がかかっているだけなのかもしれないが。

水辺から吹いてくる風が、とても気持ちがいい。鳥の囀《さえず》りを聴いているうちに背中に流れた汗が冷えて、遊圭はうとうととしてきた。連日、朝から夜は灯火を頼りに目がしょぼしょぼするまで書を読み続け、有用な箇所を書き写す作業に、寝不足が続いていた。

否、寝不足は学問のせいではない。一刻も早くここから抜け出したいのに、それができない焦りのせいだ。

毎晩のように、錦衣《きんい》兵に取り押さえられて正体が露見し、素裸にされて刑場に引きずられていく悪夢に魘《うな》される。後宮で不逞《ふてい》を働いた刑罰は生きながらの皮剝《は》ぎ、肉削《そ》ぎだ。

遊圭は膝《ひざ》を抱えて木の幹の襞《ひだ》に背中を押し込んだ。できるだけ小さくなって、どこからも見えない、しかし明るい木漏れ日の下にいれば、夢を見ずに眠れるような気がした。

ここ数日、玄月は本業が忙しいのか、書院に顔を出さない。少しくらい遅れて帰っても大丈夫だろう。

うつらうつらしていると、波のような騒《ざわ》めきが耳の底を流れていく。幹に吸い上げられる水の音か、小鳥の囀りか。

女の囁《ささや》き合う声が聞こえた気がする。ひと気のない場所は、逢引《あいび》きにも使われる。女

官と女官が抱き合っているのを見たことがあるし、女官と宦官が親密そうにしていると
ころも見かけた。ひとは異性ではない相手とも恋に落ちるのかと、遊圭は初めは驚いた。

恋人たちが立ち去るまでは、ここから出られない。遊圭はまどろみに身を任せる。

――誰が得するの？

――星皇后がお隠れになれば
――皇太子が早死にでもしたら？

――族滅なんて割に合わない
「しっ。声が大きいよ」

遊圭は、はっとしてまばたきをした。

玲玉や翔の死を示唆する会話は幻聴ではない。

隠れ場所からそっとのぞき見ると、銀と赤の房に薄桃色の佩玉《はいぎょく》を腰に下げた女官が体
半分だけ見えた。もうひとりの姿は葉陰に隠れて見えない。

「皇太子と皇后が決まってしまえば、帝《みかど》の子を産み放題のはずが、誤算もいいところ。

まさか二年も放置していた星美人に、帝が位についたとたん首ったけになるなんて」

「でも保寿殿のお妃《きさき》さまはご懐妊になったでしょう？」

「帝は皇太后のご意向をまったく無視するわけにもいかないのよ」

「運がいいわね」

少しの間、沈黙があった。

「星皇后がお隠れになったからって、あなたに寵《ちょう》が移るとは、限らないわよ」

「私のためじゃないわ」

「だれのため？　あなたの奥様？」

信じられない、という声の響き。上位の内官を出し抜く機会は逃さないのが彼女たちの身上ではないか。

「そんなことはどうでもいいの。とにかく明日《あした》、帝に献上する皇后への贈り物の中に、これを混ぜてくれればいいの」

「毒草？　そんなことしたら、うちの奥様が罪に問われるじゃない」

女官の声が恐ろしさに震える。

「大丈夫、安寿殿の女官が薬食に凝っているのは皆が知っていることだもの。曹貴妃は何も知らない被害者。罪を被《かぶ》るのは調整を誤った李女童よ。声を失っているそうだし、過失でかたづけてしまえばいいの」

「でも」

なおもためらう女官に、もうひとりが凄《すご》みを利かせて畳み込む。

「あなたが双六《すごろく》の賭《か》けで負けこんだ借金、肩代わりしてあげよう、って言っているのよ。五年分の手当を押さえられているんでしょ。仕送りが滞れば、親は田畑を手放すことになるのよね。それでもいいの？」

女官が体を入れ替えて、もうひとりの佩玉が見えた。脅されているのは黄緑の佩玉に銀の房。安寿殿の内官だ。もう少し首を伸ばしたが、どちらの顔も見えない。そうこうしているうちに、ふたりの足音が遠ざかる。遊圭は慌てて後を追おうとしたが、袖《そで》が近くの木苺《きいちご》の棘《とげ》に絡まった。解《ほど》こうとしても織り目に入り込んだ棘だらけの枝はすぐには取れない。苛立《いらだ》って引き千切ってしまったが、立ち上がった時には女官たちの姿はなかった。

大急ぎで書院に戻った遊圭は、明々に玄月は来たかと訊《たず》ねた。

「明日が帝のご来駕でしょ。それが終わるまでこっちに顔を出す暇はないんじゃないの」

当日では、警告ができない。皇帝やその側近の接待に忙しいであろう玄月と、話す機会があるかどうかもわからない。そして遊圭は皇帝の前に出られる身分ではなく、献上品を検品する権威も持たない。

その中に遊圭が曹貴妃のために調整した薬草が含まれ、毒性のあるものとすり替えられても、遊圭にはどうすることもできないのだ。

遊圭は寝室に駆け込み、行李《こうり》を漁《あさ》って木札を引っ張り出した。以前、玄月に渡された通行証だ。小刀を出して、期限の箇所を削り落とす。

「あいつしか頼れないのは、癪《しゃく》だけど」

走ればすぐに息の切れてしまう遊圭だが、休む間も惜しんで延寿殿へと急いだ。しかしそこに玄月はいなかった。永寿宮に呼び出されたと、取次に出た宦官は答えた。

延寿殿のほぼ対局に位置する永寿宮への距離を思うと気が遠くなったが、唾《つば》を呑《の》んで引き返した。

初夏も間近の陽射しはきつく、石畳も左右の壁も陽光を照り返す。流れ落ちる汗に、緑も流水もない通路はいつか胡娘が話してくれた岩沙漠《さばく》を思わせる。半分も行かないうちに膝が笑い出し、腿《もも》は引き攣《つ》り、ふくらはぎはガチガチに痛み出した。

運動不足にもほどがある。壁に手をついて、焼ける肺に息を吸い込もうとするが、涙が滲《にじ》むだけだ。いまにも膝をつきそうになり、ふらふらとしながら顔を上げる。

石畳の上を、逃げ水が漂う。永寿門は遠く陽炎《かげろう》の向こうに揺れ、永遠にたどり着けない蜃気楼《しんきろう》のようだ。

「なんで肝心なときに連絡が取れないんだよ」

喉が渇いてくらくらする。安寿殿に戻るのも覚束《おぼつか》ない。もしかしたら延寿殿に帰還する玄月に行き合わせないかと、遊圭は壁に寄りかかって呼吸を整えようとした。

せめて、胡娘のいる尚儀の宮に辿《たど》りつければと一歩踏み出す。

突然襲ってきた目眩《めまい》と吐き気に、そのままずるずると座り込み、立ち上がることもできなくなる。朦朧《もうろう》とする意識の中、ここで行き倒れたら絶体絶命だ、と思うのだが、体がもう言うことを利かない。

そのとき、だらりと下がった遊圭の手を、生温かいものが撫《な》でた。肌に、柔らかなふわふわとしたものが触れる。遊圭は目を細く開いて、傍らを見下ろした。

灰褐色の毛並みの柔らかな獣が、尖《とが》った鼻をひくつかせ、黒曜石の瞳《ひとみ》をキラつかせて遊圭を見上げている。

「天狗《てんこう》。どうしてこんなところに」

過去を懐かしむあまり、いまわの際の幻覚を見ているのかと遊圭はまばたきをした。あるいは、すでにどこかで死んでしまった天狗が、自分を迎えに来たのか。

手を上げて、首や頭、背中を撫でてやると、天狗は嬉《うれ》しそうに目を細め、懐かしいきゅうきゅうという鳴き声を上げた。首の周り、深い毛の間に、金色に輝く輪がつけられていた。首輪には、紋章か徽章《きしょう》のような円盤が取り付けられている。

体が熱くて、何も考えられない。これが夢だろうと現実だろうと、もはやどうでも良かった。遊圭は最後の力を振り絞って、天狗に話しかけた。

「天狗。この近くに胡娘がいるはずなんだ。頼む。胡娘に助けに来てって知らせて」

それだけの言葉を吐き出すと、遊圭は意識が遠くなった。

両側から引っ張り上げられ、誰かに背負われたようだが定かでない。なにやら馬か船にでも揺られているような夢を見ていたら、頬をペチペチと叩《たた》かれた。その口に筒状のものがあてがわれ、冷たい水が口中を潤し、喉《のど》を流れ落ちた。

「気がついたか、ファルザンダム」

「——胡娘」

遊圭は涼しい屋内にいた。衿《えり》と帯はゆるめられ、胡娘が固く絞った冷たい木綿布で、遊圭の背中や胸の汗を拭《ふ》きとっていた。

「会いに来てくれるのは嬉しいが、あんなところでへたばっていては、命にかかわるぞ。いまの季節に外に出るときは水を忘れるな。風は涼しいからといって日射しを甘く見てはいけない」

ようやく意識がはっきりしてきた遊圭はあたりを見回したが、天狗の姿は見つからない。やはり幻だったのだろうか。

「胡娘、さっき、外で天狗《てんこう》を見た」

胡娘は、驚いたようすもなく、大きくうなずいた。

「いきなり私の前に現れて、裙《くん》の裾《すそ》を咥《くわ》えてひっぱるからついて行けば、ファルザンダムが倒れていた。ファルザンダムを運び込んでいるうちに姿を消してしまったが、首輪をつけていたところを見ると、陶蓮が後宮の知り合いにでも売ったのだろうな。以前から、狸のような生き物が、猫のように塀の上を走っていくのをたびたび見かけると、宮女や宦官《かんがん》たちが噂していたが、正体は天狗だったようだ」

この広い都の、よりによって後宮で、それも遊圭の危機に再会する。そんな都合のいい偶然が有りえるのだろうかと、遊圭は驚きに言葉を失った。

「天狗は希少な瑞獣《ずいじゅう》だ。陶蓮がもっとも高い値で買い取ってくれる客を求めたとしたら、皇族や後宮の住人でも不思議はなかろう」

胡娘は訝《いぶか》しむこともなく、あっさりと言い切った。

それにしても、どうしていままで姿を現さなかったのか。そして、誰に飼われているのだろう。そこまで考えた遊圭は、周りの人影とはだけられた胸に気づき、ぎょっとして飛び起きた。

「だいじょうぶだ。ここは鐘鼓司《しょうこし》の宦官も出入りする。鐘鼓学芸員の女装役者だと言っておけば、誰も怪しまない」

胡娘はあっけらかんと断言した。

「そもそも、胸や帯を締めつけ過ぎだ。この季節に厚着で歩き回れば、丈夫な人間だって貧血になったり、熱に中《あた》って倒れてしまう」

「別に好きで厚着しているわけじゃ——それどころじゃない。胡娘、叔母《おば》さんが大変なんだ。どうしたらいいだろう」

遊圭は胡娘の知恵を借りようと、ここで行き倒れてしまった理由を打ち明けた。

話を聞いた胡娘は、優しい笑みを浮かべて遊圭の頭を撫でた。

「本当に優しい子だな。濡《ぬ》れ衣《ぎぬ》を着せられる自分より、叔母上の安否が気になるのだね」

「もし、警備の目を盗んで献上品にたどり着けたとしても、毒芹《どくせり》以外の毒草だったら、わたしには見分けられない」

「ぼっちゃんにはそこまで教える時間がなかったからな。この季節なら……たくさんありすぎて見当もつかない」

「毒草って、そんなにどこにでも生えているの？」

遊圭は恐ろしくなって訊ねた。胡娘は苦笑いで応《こた》える。

「東春宮には、猛毒のレンゲツツジが生えていたぞ。子どもがサツキと間違えて蜜《みつ》を吸ってよく死ぬんだ。そんな恐ろしい花が、なんで皇太子の宮に植えてあるのかと聞いたら、庭師が大慌てで、その日のうちに株ごと抜き去っていったな」

遊圭は開いた口が塞《ふさ》がらない。胡娘は、どこの国でも毒薬の需要がもっとも高いのは王宮なのだ、と言って遊圭を怖がらせた。

「わかった。安寿殿には尚儀も同行するから、胡楽隊の一員に加えてもらう。尚儀の楽人や舞人は、帝《みかど》から褒美を賜る。その時に献上品に近づいて、毒草があれば処分する」

安堵《あんど》のあまり、遊圭の目から涙がポロポロとあふれた。

「ありがとう、ありがとう。胡娘ー」

遊圭は胡娘にしがみついて、おいおいと泣いた。

「うーん。そんなに絞めると苦しいぞ。ファルザンダムはずいぶんと力がついたな。声も変わったようだし」

胡娘の常に安定した明るい話しぶりを聞いていると、この世に恐ろしいことなど何もないような気がしてくる。気持ちが落ち着いた遊圭は、かねてよりの疑問を口にした。

「ねえ、胡娘。ファルザンダムって、どういう意味?」

胡娘は少し恥ずかしそうにうつむき、そして悲しそうな目で遊圭を見た。

「私のぼうや、という意味だ」

遊圭は不思議そうに胡娘を見上げた。胡娘は母でも乳母でもない。

「私の息子も病弱だった。私が薬師になったのも、あの子を生かすためだった」

「胡娘の息子？　どうなったの？」

「カンディラの都市が落ちたとき、あの子が転んで手を放してしまった。逃げ惑う人混みに引き離され、通りになだれ込んできた軍馬の蹄《ひづめ》に、あの子は踏みつぶされた」

遊圭は息を呑み込んだ。戦で故国を逐《お》われた胡娘が、遊圭よりもつらい過去を持っていないはずがなかった。

「悲しいこと訊《き》いたりして、ごめん」

遊圭は申し訳なさにふたたび涙をこぼしたが、胡娘は悲しげな眼差《まなざ》しで外の木立に目をやった。

「あれから、私はいろいろあって子どもが産めなくなった。でも、私の神がぼっちゃんと巡り合わせてくれた。だから、ぼっちゃんは私の息子みたいなものだ」

胡娘は遊圭の肩を抱き寄せて、その額に自分の額を当てた。

「血がつながってなくても、恋人同士でなくても、生きている間は命と心を預けあえる相手なら、それは家族だと私は思うぞ」

遊圭は、熱い塊で喉が詰まり、うんうんとうなずくことしかできなかった。

皇帝が安寿殿を訪れた日、遊圭と明々は一瞬たりとも生きた心地がしなかった。

尚儀の一行が演舞や合唱を披露したときは、低位の宮官たちも庭から鑑賞することを許された。しかし胡娘が胡弓《こきゅう》を弾いているのを遠目に確認できただけで、警備の厳しい皇帝や妃嬪《ひひん》、献上品の納められた部屋に近寄ることは不可能だった。

　書院に引き取った遊圭と明々は、眠ることもできずに、ちらつく灯火を前に起きていた。もしも胡娘が失敗した場合に備えて、献上品が持ち出される前に、なんとしてでも玄月を捉《とら》える覚悟を固める。

「玄月さん、助けてくれるかな」

　明々は希望を込めてつぶやく。

　ガタン、と音を立てて、扉が開いた。足音を聞かなかったふたりは飛び上がった。明るい麦藁《むぎわら》色の髪が、背後の釣り行灯《あんどん》の明かりを受けて金色に輝いた。胡娘の誇らしげな笑みが、闇の中に浮かぶ。

「胡娘！」「胡娘さん」

　ふたりは同時に叫んだ。胡娘は薬草の籠《かご》を卓子に置き、ひと束の草を取り出した。

「あったよ。華鬘《けまん》の若葉だ。これは芹と間違えやすいから、これで犠牲者が出て、調整者の過失を責められたら逃げ道がなかった」

　薄明かりの中で、遊圭は毒草におそるおそる目を近づけた。

「それにしても、ここに来る途中、どきどきすることがあったぞ」

　胡娘が興奮して話を続ける。

「毒草だけ抜き取るのも不自然と思ったので、薬草の籠をまるごと持ち去った。すると、若くて顔のきれいな宦官に呼び止められて、狭い部屋に連れ込まれた」

「玄月に捕まったの？　毒草を持っているところを？」

遊圭は驚きと不安に顔をゆがめた。胡娘は楽しそうに、

「玄月というのか。まったく思わせぶりなやつだった」と、うなずく。

「なにをされたの？」

「どうして数ある下賜品から、薬草を選んだかと問い詰められた。本職は薬師なので興味があったと答えたら、そこにあった薬草の名と効能を全部言わされた。安寿殿の薬師に会いたいと言ったら、すんなりここを教えてくれた」

一難去ってひと息ついた三人は、お湯を沸かしてタンポポ茶を淹《い》れた。胡娘は櫃《ひつ》をぎっしりと埋める本草集に目を輝かせた。灯火を引き寄せ、片っ端から開いて読み始める。

「私ここに住みたいね！」

「住めるかどうかはともかく、玄月は信用できる薬師を欲しがっているから、胡娘がここに通えるよう、頼んでみようか。そしたら三人で脱出の相談もできるし」

遊圭がつぶやくと、明々が驚いた。

「三人で？」

眠気に目をこすり欠伸《あくび》を漏らしながら、遊圭が囁《ささや》き声で応える。

「わたしだけいなくなったら、明々が疑われたり、罰を受けたりしないか心配で」

遊圭の話を最後まで聞かないうちに、明々は両手で顔を覆った。見開いた目がみるみ

る潤んで、目尻《めじり》に滴が盛り上がる。遊圭は大いに焦って、明々の肩に伸ばそうとした手を開いたり握ったりした。

「どうしたの、明々」

「置いて行かれると思ってたから」

涙をあふれさせる明々に、ひたすら慌てる遊圭をよそに、胡娘は明々を抱きしめて背中を撫《な》でた。

「私のぼっちゃんはそんな不人情じゃないよ。逃げるときはみんなで一緒だ」

しかし、この堅牢《けんろう》な禁城からどうやって逃げるのか、と明々に訊かれても、遊圭には具体案はない。ただ、ここに来る前に濠《ほり》の石垣に見かけた暗渠《あんきょ》の排水口について、遊圭は絶えず思いを巡らせていた。この宮城の地下にはきっと、城外へと続く暗渠が網の目のように張り巡らされているのだろうと。

「声も変わってきたし、そろそろ脱出しないと、これ以上は誤魔化せない」

「誤飲すれば、喉《のど》を焼いてしまう野草はある」

焦る遊圭に、胡娘は時間稼ぎに使えそうな案を考えついた。

「灯台草といって、黄緑色の花を小皿に乗せたような、可愛らしいどこにでもある植物だが、この茎の白汁が目に入れば失明することもある。遊々は、間違ってこの草を食べて、だみ声になったことにすればいい」

胡娘の強引な提案に、明々が思わず異論を唱えた。

「そんな無茶な。何と間違えて食べたことにするんですか」

「雛罌粟《ひなげし》の茎から搾りとれる白汁には、催眠効果がある。不眠症を患っていた遊々は、これが効くんじゃないかと思って試してみたことにすればよい」

「それって間抜けすぎる……」

遊圭は眉間《みけん》にしわを寄せて目を閉じた。しかし、声が変わってしまった口実を、他に思いつかない。


翅雲宮《しうんきゅう》へ帰る胡娘を見送ったのち、遊圭は重苦しくつぶやいた。

「問題は、毒草を献上品に忍ばせた女官が、この安寿殿にいるってことなんだ」

「銀の房なら、御妻《ぎょさい》の誰かよね。安寿殿には十人いるわ」

明々の打てば響くような応答に、遊圭は心強さを覚える。

「そして、双六《すごろく》で給金五年分の借金を抱えている御妻だ」

ふたりの目が合った。

「蔡才人なら知っているかも！」

午後の定時に蔡才人の私室に上がったふたりは、さっそく訊《たず》ねてみる。

「双六で給金五年分の借金をこさえた女官？　劉宝林《りゅうほうりん》か、王采女《おうさいじょ》。林美人《りんびじん》……は三年ぶんくらいだから除外よね」

指折り数える蔡才人に、明々は「その借金を最近耳をそろえて返済した女官がいるか」と訊ねた。

　蔡才人が、びっくりして問い返した。

「王采女《さいじょ》が、返してきたけど。どうして知っているの？」

　蔡才人の相手を勤めたあと、ふたりは王采女の宮室へと回った。ちょうど尚食の宮官が、夕方の膳《ぜん》を運んでいるところだった。

　明々は知り合いの尚食に声をかけ、王采女への配膳を代わってもらった。

　王采女は、自室に食膳を運んできた明々と遊圭を目にし、ぎょっとして立ち上がる。

「ごきげんいかがですか。王奥さま」

　明々がにこやかに話しかけた。

「どうして、あなたたちが食膳を持ってくるの？」

　桃色佩玉《はいぎょく》の女官と話していた声の人物であると、遊圭は明々に目《め》配《くば》せで伝えた。

「今日は、芹《せり》の煮びたしと、芹の炒《いた》め物、そして芹の胡《ご》麻《ま》和《あ》えに、芹の蔬菜湯《シュウツァイタン》です」

　明々は罪のない笑顔で献立を説明する。王采女は「ひっ」と声を上げて後ずさり、榻《とう》に足をひっかけて倒れこんだ。

　遊圭は素早く王采女のそばに駆けつけ、助け起こした。その耳に囁きかける。

「大丈夫です。これは本物の芹です」

「いやっ」

　王采女は遊圭を突き飛ばした。飾り卓の呼び鈴に手を伸ばす。遊圭はその手を易々と押さえた。明々が追い打ちをかける。

「華鬘《けまん》の若菜は回収しました。穏便にことを済ませたければ、あなたに華鬘を渡した、桃色佩玉の女官の名前と所属を教えていただけますか」

王采女《さいじょ》は色を失って震えだした。

「ぎょ、玉寿殿の李修媛《りしゅうえん》よっ。私は、渡されたものを献上品に添えただけだわ。それがなんだったかなんて」

遊圭は王采女の腕をつかんで引き寄せる。

「この遊々に意趣があるとか、大后さまに遺恨がおあり、というわけではないのですね」

「ないわ。私はただ、借金を返したかっただけ」

王采女は必死で叫んだ。


書院に戻った遊圭は『玉寿殿、李修媛』と反故紙《ほご》の裏に書いて嘆息した。

「姓が同じなんてやだわ」

明々が身震いして言った。金椛《ジンファ》ではもっとも多い姓なのだから、仕方がない。

「真犯人を捕まえたくても、宮が違うのでは押さえようがないな。のこのこ捜しに行っても、摘《つ》まみ出されるだけだ」

「玄月さんに、相談する？」

それしかなさそうであったが、遊圭は頭を抱えた。

「胡娘の協力で切り抜けたことを、どう説明すればいいんだろう」

翌日、玄月が書院に気難しい顔を出した。卓の上の、前々日から手をつけられないまま放置された薬草の籠《かご》に、不審げな目を向ける
遊圭は緊張で唾《つば》を呑《の》みこんでから、話を切り出した。

「安寿殿の薬食流行《はや》りを利用して、大后さまを害しようとする動きがありました。今回は、未然に防げましたが」

玄月は眉間にしわを寄せ、いっそう厳しい顔つきになる。しかし顎《あご》をわずかに上げて、話の先を促した。

遊圭は女官の会話を漏れ聞いたところから、玄月に警告しようとしたが果たせず、対処に悩んでいたところに偶然、胡人《こじん》の薬師が献上品に毒草が混入していたのを見つけ、回収してくれたので助かった、と虚実を織り交ぜて報告した。

玄月の表情に変化はなく、どこまで信じているのかは定かでない。

遊圭は萎《しお》れた華鬘《けまん》の若葉を示した。

「胡人の薬師によれば、この季節に芹と間違えて誤食される、毒性の高い植物のひとつだそうです。わたしも見るのは初めてで、安寿殿では見かけた覚えは、いまのところありません」

玄月は華鬘の横に置かれた紙に目を落とし、読み上げた。

「玉寿殿の李修媛。この女官は？」

「私の親戚《しんせき》じゃありませんから」

明々は念を押した。玄月は横目で明々を流し見て、笑いもせずに応《こた》える。

「当然だ。玉寿殿の嬪《ひん》、李敬玉《りけいぎょく》は正四品上の修媛。実家は官家で、父親は従三品の李徳《りとく》兵部尚書《ひょうぶしょうしょ》だ。田舎の百姓家との縁はない」

後宮の女官すべての出自と親の職官が頭に入っているのか。玄月の即答もさることながら、明々はその言い草にあからさまにむっとして言い返した。

「王采女《さいじょ》と密談し、華《け》蔓《まん》を安寿殿に持ち込んだ女官です」

李修媛の出自を聞いて青ざめる遊圭に、玄月は淡々と問いただした。

「李修媛と王采女は、間違いなく大后さまに毒を盛る相談をしていたのか」

兵部尚書――軍事行政長官、大臣級である。その娘となれば、従八品下の玄月ではうかつに手は出せない。確かな証拠が要る。

だが、出自を明らかにできない遊圭では、公人を弾劾する証人にはなれない。

明々はあきらめずに食い下がった。

「もちろんです。王采女の身辺を調べましたところ、直後に給金五年分の借金を一括で返済しているのです」

玄月は器用に片方の眉《まゆ》を上げると、ふたりに背を向け大股《おおまた》で書院を出て行った。

その後、三日が過ぎたが、玄月からは何の連絡もなかった。

調査の進展が気になるが、遊圭たちは忙しい。室内で育てていた薬草の苗は、そろそろ戸外や大きな鉢に移植せねばならなかった。李女童の調整する薬食の評判が高まるにつれ、愁訴や肌荒れの相談に訪れるものが増えていた。特にこの新緑深まる季節は、虫刺されや草木の葉にかぶれるものも少なくなく、処方薬が飛ぶように売れる。後宮脱出後の軍資金稼ぎにと、明々は遊圭にどんどん薬を作らせていた。

そのため、いつかの玄月の皮肉の通り、書院は薬房と化している。

未刻を告げる鐘と宦官《かんがん》の声が回廊に響き、明々は昼食の配膳を取りに立ち上がった。

「わたしも行く。今日は天気がいいし、かゆみ止めが減ってるから、食後に久良《くら》も探しに行きたい」

「あたしもだんだん詳しくなってきたわ。薬師になれるかしら」

「読み書きをもう少しがんばらないとね」

たわいのない会話を楽しみながら、厨房《ちゅうぼう》へと向かう。女官たちは明々たちに愛想よく声をかけ、遊圭は静かな会釈を返した。

「あ、会いたくない顔が」

明々が顔をしかめる。その視線の先に、阿祥が同僚の女童と並んでいた。

「まあ、尚殿の出世頭さまのおでましよ。順番を先に回してあげましょうよ」

言葉通りの好意がまったく感じられない高飛車な物言いに、周囲の女官たちはいつものことと見て見ぬふりをした。

明々たちも黙って列の後に並ぶ。遊圭は阿祥に一瞥《いちべつ》をくれることさえしなかった。声をだすわけにもいかず、言い返す気もない。玄月との、針の筵《むしろ》で簀《す》巻《ま》きにされ押し潰《つぶ》されるようなやりとりに比べれば、阿祥の嫌味など、ちょっと毛羽立った毛織物のような、ささいなわずらわしさだ。

阿祥は無視された悔しさに下唇を噛《か》みしめ、そばの女童が足を踏んだの踏まないのと八つ当たりを始めた。

「苗々《みやおみやお》、なにやってんのよっ」

脛《すね》を蹴《け》られた苗々は涙目になってうつむいている。遊圭は苛《いら》立《だ》ち、彼女たちから目を逸《そ》らした。

苗々は、阿祥のいないところでは遊圭に親切であったし、疥癬《かいせん》を患っていて紫雲膏《こう》が効かないことを相談にも来ていた。久良の根は苗々のために探すつもりだったが気が削《そ》がれた。食後は薬狩りを中止し、書院へ戻った。

「阿祥は、ずっとあのままかな」

遊圭はうんざりして言った。

「でしょうね。あんたに背丈を追い越されたのも、癪《しゃく》に障っているみたいよ。デクノボーの遊々って陰口を言って回ってるって」

「それを云うなら独活《うど》の大木じゃないかな」

明々はくすくすと笑った。

「それもおかしいわね。あんたは大木じゃないもの。独活というより竹とか糸杉。ていうか、あんた役立たずじゃないし」

「どっちにしても誤用だけど、それを指摘しても聞く耳もたなそうだ」

ふたりは声を上げて笑った。


その日も、玄月は書院に顔を出さなかった。

午後も半ばを過ぎ、申刻の時鐘に明々たちが蔡才人の宮室へ伺候しようとしたとき、廊下でいくつもの佩玉《はいぎょく》が打ち合う音と足音が響いた。

書院の扉が騒々しく開けられ、数人の女官たちが姿を現した。見覚えのある女官はおらず、佩玉は白い璧と黒い房。後宮内の不正を取り締まる宮正《きゅうせい》だ。

「李明容、李遊々、さきほど尚殿宮舎で女童がひとり死亡した。おまえたちの処方した薬食が原因だという。同行を求める」

ほぼ強制的に立たされ、両側を女官に挟まれて、遊圭たちは連行された。死体も現場も見せられず、そのまま安寿殿から連れ去られる。宮正らの殿舎で取り調べを受けることもなく、そしてなんの説明も受けずに、いきなり刑吏の宦官に引き渡されて、見知らぬ区画の半地下牢《ろう》に放り込まれた。

「なんて無体な！　ちょっとは状況を聞かせなさいよ！　誰が死んだの？　何を食べたっていうの！　こっちの話も聞きなさいっ」

明々は牢の格子を叩《たた》いて叫び、遊圭は床に散らかる藁《わら》の上に膝《ひざ》を抱えて考え込んだ。

「厠《かわや》の殺虫剤に出した久良を、だれか間違って飲んだのかな。口に入れたら毒だって説明したはずだけど」

それくらいしか思い当たらない。

「誤飲したの、誰かしら」

ふたり同時に阿祥の顔を思い浮かべたらしい。口を「あ」の形に開いて、閉じた。

遊圭が入宮以来ずっと阿祥に嫌がらせを受けていたのは周知のことだ。堪忍袋の緒が切れた遊圭が、故意に処方を誤ったと疑われる理由はある。

「でも、阿祥はわたしから薬を買ったことはないはずだ」

「そうよね」明々は同意する。

遊圭は格子を透かし見、階段下で雑談をしている看守が宦官であることにはっとした。

「女官犯罪の取り調べは、不正取り締まりの宮正じゃなくて、掖庭《えきてい》局の刑司の管轄だ。つまり、わたしたちは完全に殺人犯にされてしまっている」

明々がほっと息を吐き、一縷《いちる》の希望を口にした。

「掖庭局だったら、玄月さんが助けに来てくれるよね」

遊圭はかぶりを振った。

「あいつ、もしかしたら、李修媛と談合したのかもしれない。兵部尚書が相手じゃ、身内のいない皇后につくのは分が悪いと判断したんだ」

「そんなぁ」

明々は泣き声を上げた。遊圭は食いしばった歯の間から唸《うな》り、拳《こぶし》で膝を叩いた。

「検証も審理もなく、抗弁の場も与えられないまま牢に放り込まれた時点で、気がつくべきだった。これは仕組まれた冤罪《えんざい》だ」

玄月が遊圭たちの口を封じる側に回ったとしたら、絶体絶命だ。

遊圭は歯ぎしりをしながら、固く握った右の拳を、左の掌《てのひら》に叩きつけた。

──どうして宦官なんか信じて、玄月に相談してしまったのか。

その思いは、口にする前に遮られた。数人の宦官がおりてきて格子戸を開け、ふたりについてくるよう命じたからだ。宦官たちは宮正女官とは違い、両側から腕を鷲《わし》づかみにし、遊圭たちを罪人のように引きずっていく。

遊圭は無言で歯を食いしばり、明々は大声で宦官らを罵《ののし》った。

「ちょっと、なんでこんなことするのよ！　私たちなんにもしてないのに！」

連れて行かれた先は同じ地下階の石牢のひとつだった。しかも壁から下がる鎖や赤黒い染みのついた戸板、角材などから、拷問部屋だということが非常にわかりやすかった。

両側から肩を押さえつけられ、明々と遊圭は石畳の床に膝をつかされる。宦官のひとりが声を上げた。

「掖庭局の局丞《きょくじょう》が直《じか》にお取り調べになる」

やはり玄月は自分たちを切り捨てたかと、遊圭は顔を上げた。

だが、開いた扉から入ってきたのは、五十代半ばの、でっぷり太った宦官《かんがん》であった。その宦官は遊圭たちを見て、しわが幾重にも垂れ下がった顔を歪《ゆが》め、にやりと笑った。

「これが、玄月が目をかけているという女官か。どっちだ」

ここに連れてこられた罪状となんの関係があるのか。遊圭たちが答えられずにいると、太った宦官は用意された椅子に腰をかけた。椅子が悲鳴のような軋《きし》み音を立てる。

「掖庭局の刑司にて、局丞を勤める、李万《りまん》と申す。殺人犯とはいえ、同じ姓の者を尋問するのは胸が痛むの」

むしろ嬉《うれ》しそうな、晴れ晴れとした顔で言われても説得力がない。

「私たち、誰も殺してなんかいません！　濡《ぬ》れ衣《ぎぬ》です。誰が何を食べて死んだんですか」

明々は必死で叫んだ。李万は、傍らの部下に罪状を読み上げるよう、しわの襞《ひだ》に埋もれてどこにあるかわからない顎《あご》で指図した。

「そなたらに殺害されたのは、桂《けい》尚殿の女童、唐苗々《とうみやおみやお》。死因は華蔓《けまん》の和《あ》え物だ」

遊圭と明々は驚愕《きょうがく》し、目を合わせた。

「じゃあ、遊々とは関係ありません！　苗々を殺す理由なんか、あたしたちにはないもの」

明々は必死で訴える。宦官は無情にあとを続けた。

「苗々が食べた芹《せり》の和え物は李遊々女童からもらったものだと、阿祥という女童が証言している。そして、書院から華蔓が出てきたと宮正が報告した」

遊圭は激しく首を横に振った。書院に華蔓があるはずがない。胡娘が持ち帰った華蔓はとうに処分した。あったとしても、干からびて和え物にはならない。

「声が出ぬのか。そっちが遊々だな。声を出す必要はない。毒を盛ったと認めるには、うなずくだけでよいからな」

遊圭は結髪が乱れるほどに、首を左右に振り続けた。

「強情なおなごだのう。杖《つえ》で打てば自分のやったことを思い出すのではないか」

遊圭の背後に立つ宦官に目配《めくば》せをする。

拷問吏の宦官は遊圭の衿《えり》をつかんで、襦衣《じゅい》を脱がそうとした。遊圭は反射的に両手で衿を押さえる。頑強な抵抗に、拷問吏は服をはぎ取るのをあきらめ、遊圭の背に杖を打ちおろした。

「やめてっ」

悲鳴を上げたのは明々だ。

背骨や肋骨《ろっこつ》が砕かれたのではという痛みに、遊圭は一瞬、気を失った。倒れて石畳にぶつけた肩と頬の痛みに意識が戻る。

「李遊々、思い出したかな。それとも、もう一杖必要かな」

李万の問いに答えようにも、背中の痛みで息ができない。喘息《ぜんそく》や狭心の発作が起きないのが不思議だ。朦朧《もうろう》とする意識の先で、遊圭に駆け寄ろうと、拘束された明々が暴れる気配が感じられた。

顔を起こし、霞《かす》む目で李万の姿を見定める。ようやく吸い込んだ息でかすかに囁《ささや》いた。

「わたしでは、ありません」

李万がもう一度、という目配せをした。拷問吏は、無抵抗の遊圭を引き上げ、襦衣の衿を開こうとした。胸当ての下、脇下から腹の上までさらしを巻いているのに、この衝撃と痛みだ。裸の背を打たれたら、たった一打で皮膚は破れ肉が裂けるだろう。

それ以前に、下着まで脱がされたら男であることがばれてしまう。

もうおしまいだ、と遊圭が思ったとき、開け放されていた扉から、別の人物が入ってきた。目に映ったのは、やはり灰色の直裾袍《ちょっきょほう》。当然だ、と遊圭は絶望した。ここには宦官しかいないのだから。

気がつけば、遊圭の服を脱がそうとしていた拷問吏の手は止まっていた。

「どうした陶局丞。ここは刑司の管轄だが」

面白がっているような李万の声音に比べて、浅い拱手《きょうしゅ》の礼で応じる玄月の口調にはまったく抑揚がなかった。

「李局丞。お取り込み中、申し訳ございません。李尚殿、李女童の尋問中止の要請です」

「尋問されているのが貴殿のお気に入り女官だからといって、刑司の案件に首を突っ込まれるおつもりか」

言っているうちに腹が立ってきたのか、李万は急に立ち上がって吠《ほ》えた。

「職分を弁《わきま》えろっ、青二才が！」

唾《つば》まで飛ばすその剣幕から、李万が若くして同格の席にある玄月を嫌っていることがよくわかる。

玄月は胸前の拱手を解かず、わずかに頭を下げ、淡々と言葉を続けた。

「その職分を以《もっ》てここに遣わされています。要請は安寿殿の蔡才人から為《な》されました。李姉妹の世婦、正四品上、蔡才人はこのふたりに面会を求め、次第によっては、宮正に再審理を依頼されたき由を楊《よう》局令に申し入れ、受理されました」

玄月は、局令の印を捺《お》した尋問保留令を差し出した。李万の顔の襞《ひだ》が屈辱と怒りでぶるぶると震える。

「蔡才人をここに連れてくるわけには参りません。しばし、このふたりを上階へ連れて行ってもよろしいでしょうか」

李万は「好きにしろっ」と唸り、床に唾を吐いた。

玄月は遊圭の傍《かたわ》らに膝《ひざ》をつき、声をかけた。

「立てるか」

遊圭は体を起こそうとしたが、背中の痛みに呻《うめ》き声しか出せなかった。

玄月は、背中を丸める遊圭の肩に手を伸ばした。遊圭は体に触れられることを拒んで身を硬くし、なおも自力で立ち上がろうとする。額から噴き出す汗が、粒となって頬や首を転がり落ちた。痛みをこらえ、必死で歯を食いしばる遊圭の耳に、玄月が小声で何か囁いた。

目に見えて、遊圭の肩から力が抜けた。その隙に玄月は遊圭の体を起こして、赤ん坊のように縦抱きにした。背中の打撲傷に配慮したのか、遊圭の弱い肺と気管を刺激しないためにそうしたのか。

さすがに赤ん坊でも幼子でもない遊圭は、触れられたくない胸を玄月の肩に預け、灰色の広い背中に手を回してしがみつく形になる。

玄月は遊圭の腰と腿《もも》を支え、姿勢を安定させてから膝を立て、ゆっくりと立ち上がった。ついてくるように目配せを受けた明々は、弾《はじ》かれたように玄月のあとを追いかけた。

十一、疾風勁草

階段を上がりきったその先に、遊圭は夕焼けをちらりと目にした。いくつかの殿舎を過ぎ、果てしなく長い回廊を運ばれて行く。

辿《たど》り着いたのは見覚えのある玄月の執務室だった。そこでは蔡才人が真っ青な顔でかれらを待っていた。

「玄月、間に合ったのね」

喜色を取り戻した蔡才人の顔は、遊圭がぐったりしているのを見て再び青くなった。

「遊々、あなた打たれちゃったの。怪我は？　骨は大丈夫？」

蔡才人はいまにも泣きそうだ。

榻《とう》に遊圭をおろした玄月は、背骨に沿って指を走らせた。

「骨は無事だ。何度打たれた？」

苦しげな遊圭の代わりに、横から明々が「一回です」と答える。

「一回でこのざまか」

玄月は失笑した。むっとした明々が言い返すより、蔡才人の方が早かった。

「玄月っ。遊々はか弱い女なんですよっ」

玄月は蔡才人の抗議を受け流し、棚から小瓶を出して明々に渡した。

「紫雲膏《こう》だ。打撲にも効く」

そして、蔡才人の輿《こし》を用意させるために、その場を外した。

「遊々、あっち向いて」

明々は蔡才人から胸が見えない角度に遊々を座らせて、襦衣の衿を広げ、さらしをゆるめた。白い背中には、斜めに赤い打撲痕《こん》が残っていた。すでに色がどす黒く変わり始めている。

「災難だったわね」

蔡才人は両手を握りしめ、気の毒そうに話しかけた。明々は蔡才人へとふり返り、深々と頭を下げた。

「私たちを助けてくれて、どうもありがとうございます」

「それは、まだわからないわ」

蔡才人の優し気な垂れがちの目尻が、困惑に一層下がる。つかみかけていた蜘蛛の糸がいまにも切れそうなことに、明々はうろたえた。

「どういうこと、ですか」

「あなたたちに、不利なのよ。書院から華鬘が出てきたことが」

「誰かが持ち込んで、隠したんですよ！」

「私は、あなたたちが無実だって知っているわ。だからこうして来たんじゃない」

蔡才人が困っていると、扉が開いて玄月が顔をのぞかせた。蔡才人を呼び寄せる。

彼らの会話は遊圭には聞き取れないほど低く、最後に蔡才人の「あとは任せたわ」と緊張した声が切れ切れに聞こえた。

蔡才人は明々たちに向き直り、念を押した。

「じゃあ、私は行くわ。玄月がきっとなんとかしてくれるから、捨て鉢にならないでね」

蔡才人を見送るために玄月も出てゆくと、遊圭と明々はふたりきりで取り残された。

いつの間にか日はとっぷりと暮れていた。

夜の延寿殿は、不気味なほどひっそりとしていた。遊圭は人気のないいま、後宮の出口に近いここなら、闇に乗じて逃げだせるのではと考えたが、戻ってきた玄月の独特の足音に断念した。

手燭《てしょく》を持って執務室に入ってきた玄月は、無言で蠟燭《ろうそく》の火を燭台に移してから、自分の椅子に腰かけた。

　遊圭が沈黙していると、玄月が口を開いた。

「阿祥とは、秦《しん》尚殿の女童か」

　それは質問でなく、確認であった。

「そなたらが書院に移動したころ、秦尚殿に呼び止められ、李遊々は宦官《かんがん》嫌いだと注進されたことがあったが。遺恨でも買ったのか」

　明々と遊圭の出世を妬《ねた》んだ阿祥と女官たちが、遊圭ですら忘れていた玄月の悪口を吹き込もうとしたのか。それにもかかわらず、玄月がますます遊圭の医薬術を重んじたことが、彼女たちの神経に障ったのだろうか。

　阿祥にいたっては、遊圭を貶《おとし》めるたったひとつの切り札が無効と知り、地団駄を踏んだことだろう。

　重たい空気をはねのけるように、明々は怒りの声を上げた。

「阿祥の話だけを信じて、こっちの言い分も聞かず一方的に牢《ろう》に放り込むなんて、理不尽じゃないですか」

「王采女《さいじょ》の差し金だ。皇后暗殺に一枚嚙《か》んでいたことを知られて、遊々に意趣のある阿祥を使い、そなたらを排除しようとしている」

　玄月は目を細め、口元を歪《ゆが》めた。

「調子に乗って薬をばらまくから隙を作る。素人医療は危険だと自分で言っておきながら、おだてられていい気になっていたのだろう。しかも、金を取っていたそうだな」

明々はぐっと言葉に詰まった。まさか逃亡資金を貯めていたとは言えない。

遊圭は黙っていられなくなった。

「阿祥が、苗々に華鬘《けまん》を食べさせたのですか。わたしを陥れるために？」

口にして問えば、腕から背中に鳥肌が立つ。阿祥にそこまで憎まれているとは、想像もしていなかったのだ。そして、遊圭に罪を着せるために、苗々を犠牲にすることも厭《いと》わない阿祥の性根が恐ろしかった。

遊圭は震える手で顔を覆った。

「苗々は、苦しみましたか」

「話では、急に吐いたのち、意識を失ってそのまま死んだらしい」

胡娘によれば、華鬘は嘔吐《おうと》、昏睡《こんすい》、心臓麻痺《まひ》で誤食者を死に至らしめるという。ではあまり苦しまなかったのだろう。それだけが救いだ。毒草によっては、長時間の痙攣《けいれん》に神経麻痺、あるいは消化器官や粘膜が爛《ただ》れ、苦しみぬいてゆるやかに死ぬ。

明々は執務机に両手をついて、正面から玄月を問い詰めた。

「私たち、どうなるんですか。濡れ衣《ぎぬ》で、潔白なのに」

玄月は「どうなるかな」と、首をポキポキと鳴らして肩をほぐした。

明々は一瞬怯《ひる》んだものの、抗議をやめない。

「なんですか、他人事《ひとごと》みたいに」

「王采女は宮正の掌長にたっぷり袖《そで》の下を渡した。宮正はそなたらに不利な証拠と証言を揃えて、掖庭《えきてい》局刑司に提出した。李 局丞《きょくじょう》は、そなたらが自白するまで拷問し、罪を認めさせて処刑。あるいは死ぬまで拷問するかどちらかだ。冤罪《えんざい》工作の常套《じょうとう》手段だな」

「どのみち痛い思いをして死ねっていうんですか！　そんな無体な。玄月さんのお力で、なんとかできないんですかっ。偉いひとなんでしょ！」

明々は必死ですがりつくが、玄月は鬢《びん》の上を掻《か》きながら平然と応《こた》える。

「私は吏司の帳簿係だ。他司の案件に横槍《よこやり》を入れ、裁定を枉《ま》げるような越権行為を冒してまで、そなたらと心中する義理はない」

確かに、掖庭局の業務は幅広く、相互に関連性がない部署もある。そして刑司は一般業務の宦官から見れば、特殊な機関であった。

蔡才人はしかし、玄月を頼りにしろと助言した。かれが遊圭たちの窮地を覆す切り札を袖に隠していることは確かなのだ。

遊圭は心を落ち着かせるため、深呼吸した。そして感情を抑えた声で訊《たず》ねる。

「では、玄月さまは、どうしてわたしたちをここに連れて来たのですか」

「趙婆《ちょうば》の借りを、まだ返してなかった」

遊圭は玄月の意外な返答と動機に、驚かされる。玄月は机に両肘《りょうひじ》をつき、組んだ手に顎《あご》を乗せた。

「こういうときの対処法は、世慣れぬそなたらには思いつかないだろうから、有効な抜け道をひとつ、授けようと思ったのだ」

明々は期待に目を輝かせたが、玄月直伝の秘策を聞いて、むしろ愕然《がくぜん》とした。

「王采女《さいじょ》が宮正の掌長につかませた以上の鼻薬を嗅《か》がせれば、掌長はそなたらの話を信じる気になるだろうよ」

「なによそれっ。賄賂《わいろ》じゃないっ。宮正が不正を犯してるわけ？　どこまで腐ってんのよ、後宮ってところはっ――」

明々は握った拳《こぶし》で机を叩《たた》いたが、すぐに観念して「いくらあればいいの？」と訊ねた。

「わからん。交渉次第だ。そなたらが出した分だけ、王采女は上乗せするだろうが」

豪農を実家に持つ王采女と明々の財力差は明白だ。明々は絶望して遊圭の横に座り込み、悔しさに唸《うな》るしかなかった。

玄月は執務机に頬杖《ほおづえ》をついたまま、嫌味なほど秀麗な面に微笑を湛《たた》えている。

遊圭は唇を一文字に引いた。明々が王采女に対抗できないことを、玄月が知らないはずがない。どういう思惑で、このようなことを言い出したのか。

遊圭はまぶたを閉じ、地下の尋問室での光景、耳に残る言葉を思い返す。

やがてゆっくりと息を吐くと、できるだけ玄月と同じ目線の高さまで姿勢を正した。

袖の中でぎゅっと拳を握りしめる。

「ご教授いただいた対応策を有効に活用するために、玄月殿にお願いする御助力は個人的なもので、局丞の職権を逸脱することはないと思います。ただ、我々は必要な金額を御用立ていただく分に見合う担保を持たない。しかし――」

遊圭は言葉を探して唇を舐《な》める。

明々は、いきなり改まった、女童らしからぬ言葉遣いで玄月に借金を申し込む遊圭に驚いて顔を上げ、その蒼《あお》ざめた少年の横顔を凝視した。

「李万局丞《りまん》の不興を買ってまで、再審理を通した以上、我々の無実が証明されなければ、玄月殿のお立場も困ったものになるのではありませんか」

玄月は満足げな笑みを満面に広げた。

「なかなか智恵《ちえ》が回るな。そして大の男ですら泣いて命乞《いのちご》いをする杖罰《じょうばつ》にも、声ひとつ上げず痛みに耐え、矜持《きょうじ》を保てる『信』も具《そな》えている」

褒められているようだが、地下室で遊圭が打たれるのを、玄月は黙って見ていたというのか。

「ちょうど、そのような人材を必要とする案件がある。そなたらが私の話に乗るなら、宮正掌長の気を変えさせるのに必要な袖の下は、こちらで都合しよう」

玄月を頼って虎口を脱するために、死にかねない苦痛を伴う厄介ごとを引き受けねばならないのかと、遊圭は不安のあまり胸が苦しくなる。少なくとも薬学書の写本などという、命に危険のない任務ではなさそうだ。

玄月の面から拭《ぬぐ》ったように笑みが消え、口調に重みが増した。

「李修媛の背後にいるのは永皇太后だ。皇太后が皇后を亡き者にしたい動機はまだわからぬが、皇太后に与《くみ》する女官、宦官、外廷の官僚の面々を明らかにしようにも、大家の御即位以前から後宮にいる人間では信が置けない。そして我らの耳目となれる女官や宦官は多くはない」

「間諜《かんちょう》となって、東鴦宮に潜入し、皇太后の周辺を探れ、とおっしゃるのですか」

遊圭は驚愕に声を震わせた。あといくらも後宮にいられないのに、そんな大きな仕事がこなせるはずがない。未成年の遊圭まで勧誘しなくてはならないとは、人手不足にもほどがある。

ましてや、遊圭が生まれるよりはるか以前から、頼れる親族もなく後宮で生き抜き、現在の地位を築いた永皇太后は、すでに女怪の域に達しているに違いない。まさに龍穴に足を踏み入れるようなものだ。

「無理です。できる気がしません」

「では、この件は刑司の李局丞に差し戻す」

玄月は無情に宣告した。明々がヒッと喉《のど》を鳴らし、ここは話を受けておけ、と必死の目配《めくば》せを送ってきた。

——とりあえず引き受けて、あとで隙を見て逃げればいい。

天啓というべきか。遊圭はその閃《ひらめ》きに急に呼吸が楽になった。

「玄月殿の指示で動くということは、我々は東西の後宮を、いまより自在に行き来できるようになりますか」

玄月は、鬢の上を指先で掻きつつ、思案げにうなずいた。

「あまり勝手に動き回られても困るが、職掌に応じた範囲であれば問題はない」

それならば、後宮のあちこちを観察して、逃走経路を検討する機会も得られるだろう。

遊圭は諾と応じる前に目を閉じ、嘆息《たんそく》した。

「わかりました。でも、ひとつ条件があります」

玄月は眉《まゆ》を上げて、その先を促した。

「その任務が終わったら、我々を解放してくれますか」

「解放？」

「後宮を出て行きます」

玄月は一瞬眉根を寄せたが、すぐに平坦《へいたん》な口調で答えた。

「任務を全うできたら、そうするがいい」

玄月は立ち上がり、片手を上げてふたりについてくるよう促した。

「自分で歩けるか」

遊圭は歯を食いしばって立ち上がった。ゆっくりなら傷に響かず歩けそうだ。

明々は、燭台《しょくだい》から手提げ灯籠《とうろう》に火を移す玄月に意気込んで訊ねた。

「これから掌長に交渉に行くんですか」

「私が表立って動くわけにはいかない。話は蔡才人を間に立ててつける。彼女はおまえたちの主人だから、巻き添えを避けるためにも、骨を折らざるを得ない」

「しかし、書院から出てきたという華鬘《けまん》は」

「王の工作であろうが、そなたらが曹貴妃の公認で薬学を学んでいたことは周知のことだ。需要の高い薬草と間違えやすい毒草の見本が、書院にあってもなんの不思議もない。薬代を払えない苗々が毒草と知らずに盗み出したことにしてもよいし、阿祥が盗んで李姉妹を陥れるために苗々に食べさせた、という筋書きを宮正に吹き込んでもよい。窃盗と殺人と偽証。久々の大事件に、李局丞は熱心に職務を遂行することだろう。阿祥が尋問に耐えかねて王の関与を吐いてくれればさらに好都合」

玄月は眉ひとつ動かさずに淡々と善後策を提案する。

遊圭はその冷徹ぶりにぞっと背筋が震え、そのために走った背中の痛みに呻《うめ》き声を吞《の》み込んだ。


遊圭は自分たちがどこに連れていかれているのか、見当もつかなかった。石壁に挟まれ星明かりさえ届かない宮城の連絡通路を、灯籠を持った玄月の後を黙って歩き続ける。足元しか照らさぬ灯火の頼りなさにもかかわらず、後宮の闇を歩く玄月の足取りは確かなものだ。沈黙に耐えかねた明々がそう言えば、玄月は面白い冗談を聞いたように笑った。

「地下に棲《す》む蟻が巣穴を這《は》い回るのに、灯《あか》りを必要とするか？」

吐き出された言葉に滲《にじ》んだ自嘲《じちょう》の響きを、遊圭たちは聞き取れただろうか。

名もない古い官舎で夜食を与えられ、二階の質素な寝室に案内された。

淡い月光の射し込む寝室で、横になった明々は不安を隠さずに遊圭に問いかけた。

「どう思う？　遊々」

「どうって、玄月の下につくこと？　他に選択肢なんかないじゃないか」

むしろ行動範囲が広がって、脱走経路である暗渠《あんきょ》の出入り口なども見つけやすくなるという展望を、遊圭はこのとき初めて明々に明かした。

「ただ、宮城の脱出よりも、濠《ほり》が問題だ。首尾よく任務を片づけて、大手を振って玄武門の橋を渡って出て行けたら、それが一番いいんだけど」

「頼むわよ、遊々。私も泳げないんだから」

翌朝、昨夜の記憶を頼りに食堂におりる。大きな食卓には五種類の粥《かゆ》やら肉料理、漬物の盛り合わせ、煮物、炒《いた》め物などが並んでいた。どう見ても二十人分はあった。

年をとった小柄な宦官《かんがん》が、ふたりを席に案内して、無言で給仕をする。

「朝食にしては、豪華ですね」

明々は目を丸くして小柄な宦官に話しかけたが、その言葉に応じたのは、あとから食堂に入ってきた玄月だった。

「そなたらで食べつくす必要はない。朝の教科が終われば、他の者たちが食べにくる」

「ここは――」

食堂を見回した明々は、そのあまりの殺風景な内装に言葉を失った。

玄月は食堂の入り口に立ったまま、明々の疑問に答えた。

「私の官舎だ」

昨夜は疲れていたのと、薄暗かったので気づかなかった。額や置物などの装飾品といった、局丞《きよくじよう》の官舎に相応《ふさわ》しい調度はひとつもない。重厚だが使い古された食卓と、二十を超える不揃いの椅子。

無機質な白壁を唯一彩る、扉の枠と窓の格子に塗られた鮮烈な丹《に》が、無味乾燥な食堂にはおそろしく不釣り合いだった。

「宮正の掌長に渡す賄賂《わいろ》を工面するために、家財まで売り払ってくださったのですか」

明々が半ば本気で訊《たず》ねた。

玄月は苦笑とも冷笑ともつかぬ形に唇の端《かた》をあげただけで、是とも否とも言わない。

どこか別の部屋で、少年たちが『仁者は難きを先にして獲《と》るを後にす』と論語の一節を唱和するのが聞こえた。懐かしさに耳を澄ませた遊圭は我知らず『仁と謂《い》う可《べ》し』と続きを口ずさむ。

「『仁』とは何だ」

玄月の問いに、遊圭はびくりとふり返った。

だがその瞳《ひとみ》は凪《なぎ》のように静かで、単純に遊圭の答を欲しているようであった。

遊圭は頭の中で答を探したが、記憶に散らばる解釈の断片の、どれが正しいのかわからなかった。

「わかりません。考えたことがありません」

童試のために覚えた知識の意味を、いままで考えたことがなかった。遊圭はそのことに愕然《がくぜん》とした。

「私も、未《いま》だによくはわからぬが、そなたには仁が具《そな》わっているように思う」

褒められているようだ。遊圭がどう応《こた》えてよいかわからずに瞠目《どうもく》していると、玄月はふっと笑った。

「昨夜、そなたは己の窮地より先に、苗々の死とその受けた苦しみを心にかけた」

やはりよく理解できなかった遊圭は、救いを求めて明々に視線を向けた。明々は目を逸《そ》らして上目遣いに天井を見上げる。自分たちの窮地ばかり気にしていたことを、恥じているのかもしれない。

少年たちの朗読は続いている。澄んだ高い声だが、後宮にいるということは宦官なのだ。かれらのうち何人かは、とっくに少年期を過ぎているのだろう。

「玄月殿はご自分の官舎で、あの方たちに、学問を教えているのですか」

それなら、この官舎が質素に過ぎるのも道理だ。学問には金がかかる。

食卓に歩み寄った玄月は、立ったまま自分で茶を注ぎ、飲み干した。

「学問の才は生まれや出自を選ばない。本人に学ぶ気があるかどうかだ。私はここに来てそれを知った」

そして、性別も関係ない。

明々も、遊圭の手ほどきで本草集は読めるようになった。書くことも、生薬の簡単な注文書や処方箋《しょほうせん》なら任せられる。借りっぱなしの魏木蘭伝も、遊圭よりも夢中になっているくらいだ。

「書生が増えて、ここでは手狭になってきた。内廷に正式な学問所を設けていただくよう、大家に奏上しているのだが、他の案件が山積みで、なかなか手が回らない」

玄月は朗読に耳を傾け嘆息した。

新帝即位に伴う後宮再編成の慌ただしさも落ち着かぬ前から、皇后の暗殺未遂や皇太后に対する疑惑が深まりつつある中、若い宦官の学問所設置まで手間や時間を割くことができないのだろう。

「学問とは出世の手段でなく、生きる糧であったと、試験も任官も無縁となって初めて気づかされる。愚かしいことだが」

遊圭はその言葉に、胸に錐《きり》を揉《も》み込まれるような切なさを覚え、唇を噛《か》んだ。

体が弱く、日々を長らえることだけを期待されていた遊圭にとって、学問で一日も早く兄に追いつくこと、従兄弟《いとこ》たちよりも多く書を読むこと、そして誰よりも若く童試に受かることは、己の存在価値を周囲に認めさせる唯一の手段であった。ひとより多く学び覚えることばかり急ぎ、文書に込められた叡智《えいち》や思想に注意を払うことをしなかった。

未来が閉ざされ、誰と競う必要もなくなって初めて、自分のささやかな知識や学才が敬愛する趙婆の一生の望みを叶《かな》えた。

学問は大事なひとを幸福にする。その充足感は、読書から遠ざかるほどに、遊圭の学問への渇望をいっそう激しいものにしていた。

特権階級にあった遊圭や玄月が当然のように享受し、その血肉ともなった学問が、誰もが手にすることのできない、いかに稀有《けう》な財産であったか。

玄月は私費を投じて宦官や通貞たちを教育している。遊圭には、それもまた『仁』より出《い》ずる行為ではないかと思われた。

遊圭は陶玄月という人間に対する認識を、わずかばかり改めた。

しかし、遊圭に向き直った玄月は、いっそう鋭い目つきで、厳しい警告を吐いた。

「だが、義を通し、仁を貫くのも時と場によりけりだ。清廉は辱《はずか》しめられる。覚えておけ」

「たしか、仁義に非《あら》ざれば間《かん》を用うること能《あた》わず、というのも、ありましたが」

臨機応変を説く玄月に、遊圭は出典を同じくする兵法書から引用した文で、危険な仕事を押しつけるのなら梯子《はしご》を外すなと応酬する。

もはや自分の才気を隠そうとしない遊圭に、玄月は満足そうに笑った。

「これより先、そなたが心に留めるべきは、仁義よりも信、信よりも忠だ。期待している」

誰に対する『忠』か。それは遊圭も玄月も口にはしなかった。

終章

静かな中庭で、遊圭と明々は冷めた茶を挟んで、玄月の帰りを待っていた。華鬘《けまん》事件の経過がどうなったのか、気が気ではないのだが、匿《かくま》われている立場としては待つほかにない。

明々がふと塀に切り取られた青い空を見上げて訊ねた。

「遊々って、本当はいくつなの？」

脈絡のない質問に、遊圭は当惑した。

「自分でも知らない。玲叔母《おば》さんか、胡娘が知っていると思う。どうして」

明々は指先で袖口《そでぐち》をいじりながら、言葉を選んだ。明々にしては珍しく、落ち込んだ口調だ。

「遊々って玄月さんとも、なんかこう、対等に話したり、駆け引きができるじゃない。朝ご飯のときなんか、あんたたちが話していること、難しくてよくわからなかった。体はちっちゃいけど、もしかして、実はすごくおとなだったり、する？」

遊圭は苦笑いを浮かべてかぶりを振った。

「男子の声が変わるのは、早くて十、遅くて十五というから、その間には違いないと思う。生きていれば十九の伯圭兄さんとは、五つも離れてないはずだから、たぶん、十三、四。それくらいかな」

遊圭は喉《のど》に触れて、骨がまだ出てきていないことを確認した。それから両手を組んで、卓子の上に置いた。

明々はさらに言いにくそうに、袖をぐるぐると捩《ね》じりながら、小声で訊ねた。

「地下牢《ろう》でさ、玄月さんになんか言われたでしょ。遊々が急に素直に玄月さんにしがみついたから、びっくりした」

遊圭はうっすらと微笑んだ。

「さすがに担ぎ上げられたら、胸や腰に詰め物をしているのがばれる。男だという動かぬ証拠を明け渡してしまうと思って、自分で歩こうとしたんだけど、どうしても立ち上がれなくて。焦っているうちにとどめの一撃みたいなのを囁《ささや》かれた」

「なんて言われたの？」

明々は瞳を輝かせ、興味津々で訊《たず》ねる。男装の麗人、魏木蘭将軍の恋愛物語の影響だろうか。妙なことを想像しているようだ。遊圭は苦笑するしかない。

「公称で呼ばれただけだよ。『星公子《シンコンツー》、私の首につかまれ』って。わたしの命運はこいつの掌《てのひら》の上なんだって思ってしまったら、自棄《やけ》になってしまった」

「ふうん」

まったく思いがけなかったのか、明々は目をパチパチさせて相槌《あいづち》を打った。遊圭は悔しさに震える両手の拳《こぶし》を、固く握りしめた。

「ぜんぜん、対等に話せてなんかいないし、渡り合えてもいない。結局、あいつの思惑通りに、はめられただけだ」

一語を口にするたびに、石を吐くような痛みを伴っているかのようだ。

「まあ、しょうがないわよ。遊々は半年前までは世間知らずの箱入りだったわけだし。かたやあちらは遊々が筆を持つ前から後宮で揉まれてきたツワモノ。勝てる方が奇跡」

明々は明るく励ました。あまり慰めになっていないが、それが事実なのだから仕方がない。

「でも、大丈夫。すぐに追いつける。その玄月さんがあんたを高く買ってくれたんだから。なんだっけ？　遊々にはジンとか、シンとかそろって頼りになるから、助けてくれたんでしょ？」

「智、仁、義、信そして忠。あいつの見立てが正しければ、星公子ってボンボンはたいした大物だ」

遊圭は、空虚な笑い声を上げた。自分がそんな立派な人間だとは思えない。つまるところ、玄月が遊圭に期待しているのは、皇后玲玉への『忠』の部分だろう。身内は決して裏切らない。金椛人《ジンファ》が生まれ落ちた瞬間から、その心骨に刻み込まれる人の道だ。玲玉のために、命を賭《と》して任務を果たすであろう人材。玄月が李万との対立をも覚悟して遊圭を取り込もうとした理由は、ただそれに尽きる。

「あいつと張り合って後宮で生き延びる技を極めるよりも、さっさとここを出て行くことを優先したいね。だけど、逃げ出す前に叔母さんに迫る危険は排除しておきたい。明々、悪いけど、つきあってくれるね？」

声が変わったせいでもあるまいが、遊圭は話し方もおとなび、表情まで凛々《りり》しく、瞳《ひとみ》にも強い意志が閃《ひらめ》いている。まだあごや肩の線は細く、化粧でいくらかごまかせるにしても、女装が通用しなくなるのはそれほど先のことではないだろう。

明々はきりっとした目つきに、口の両端をぐいっと上げた。

「もちろんよ。しっかり手柄を上げて、たっぷりご褒美をもらって、母さんと阿清にいっぱいお土産を持って帰るの」

明々の自信たっぷりな楽観主義は、後宮に来る前とちっとも変わらない。胡娘が加われば、自分たちは無敵だという気さえしてくる。

遊圭は突き抜けるように青い、初夏の空を見上げた。蒼天《そうてん》の彼方《かなた》に隠された星々をつかみとろうと、開いた両手を突き上げて天に誓う。

「そして、わたしは星家を再興する。必ず」

あとがき

篠《しの》原《はら》悠《ゆう》希《き》

お読みいただき、ありがとうございました。

タイトルに『春秋』と銘打ちましたが、御覧のとおり編年体の史書ではありません。主人公たちの未来へと続く『年月や歳月』を綴る創作史話として『春秋』としました。

金椛《ジンファ》国は架空の王朝です。行政や後宮のシステム、度量衡等は唐代のものを、服飾や文化は漢代のものを参考にしております。

参考文献・ウェブサイト
『台所漢方　食材&薬膳手帳』　根本幸夫　池田書店
『食べる野草図鑑』　岡田恭子　日東書院
『聊斎志異』　蒲松齢作　立間祥介編訳　岩波文庫
『山海経』　高馬三良訳　平凡社
『科挙』　宮崎市定著　中公新書
『宦官』　三田村泰助著　中公新書
『魂のありか　中国古代の霊魂観』　大形徹　角川選書
「イー薬草・ドット・コム」　www.e-yakusou.com

後宮《こうきゅう》に星《ほし》は宿《やど》る

金《きん》椛《か》国春秋《こくしゅんじゅう》

篠原《しのはら》悠《ゆう》希《き》

平成28年 12月25日　初版発行

発行者●郡司 聡

発行●株式会社KADOKAWA
〒102-8177　東京都千代田区富士見2-13-3
電話 0570-002-301（カスタマーサポート・ナビダイヤル）
受付時間 9:00～17:00（土日 祝日 年末年始を除く）
http://www.kadokawa.co.jp/

角川文庫 20115

印刷所●株式会社暁印刷　製本所●株式会社ビルディング・ブックセンター

表紙画●和田三造

ISBN978-4-04-105198-6　C0193

角川文庫発刊に際して

角川源義

第二次世界大戦の敗北は、軍事力の敗北であった以上に、私たちの若い文化力の敗退であった。私たちの文化が戦争に対して如何に無力であり、単なるあだ花に過ぎなかったかを、私たちは身を以て体験し痛感した。西洋近代文化の摂取にとって、明治以後八十年の歳月は決して短かすぎたとは言えない。にもかかわらず、近代文化の伝統を確立し、自由な批判と柔軟な良識に富む文化層として自らを形成することに私たちは失敗して来た。そしてこれは、各層への文化の普及滲透を任務とする出版人の責任でもあった。

一九四五年以来、私たちは再び振出しに戻り、第一歩から踏み出すことを余儀なくされた。これは大きな不幸ではあるが、反面、これまでの混沌・未熟・歪曲の中にあった我が国の文化に秩序と確たる基礎を齎らすためには絶好の機会でもある。角川書店は、このような祖国の文化的危機にあたり、微力をも顧みず再建の礎石たるべき抱負と決意とをもって出発したが、ここに創立以来の念願を果すべく角川文庫を発刊する。これまで刊行されたあらゆる全集叢書文庫類の長所と短所とを検討し、古今東西の不朽の典籍を、良心的編集のもとに、廉価に、そして書架にふさわしい美本として、多くのひとびとに提供しようとする。しかし私たちは徒らに百科全書的な知識のジレッタントを作ることを目的とせず、あくまで祖国の文化に秩序と再建への道を示し、この文庫を角川書店の栄ある事業として、今後永久に継続発展せしめ、学芸と教養との殿堂として大成せんことを期したい。多くの読書子の愛情ある忠言と支持とによって、この希望と抱負とを完遂せしめられんことを願う。

一九四九年五月三日

座敷わらしとシェアハウス

篠原悠希

座敷イケメンと共同生活、どうなるの!?

普通の女子高生・水分《みくまり》佳乃《よしの》は、祖母の形見の品を持ち帰った日から、一人暮らしのマンションに、人の気配を感じるように。そんなある日、佳乃は食卓に座る子供と出会う。「座敷わらし」と名乗る子供は、なんと日に日に成長し、気づけば妙齢の男前に。性格は「わらし」のままなのに、親友には「私に黙って彼氏を作るなんて!」と誤解され、焦る佳乃だが……。「成長しちゃう座敷わらし」と女子高生の、ちょっと不思議な青春小説!

ISBN 978-4-04-103564-1